소년화랑

신라 수호기

소년 화랑

신라 수호기

박수미 소설

크고 맑은 눈은 자신감으로 가득하고,
고삐를 꼭 잡은 왼손은 작지만 다부집니다.

이상하지요?
낙엽이 가득한데도 봄이 온 것 같으니 말이에요.

북랩

문득 여름 같은 동화를 쓰고 싶었다.

매일이 행복한 설렘으로 가득한 뜨거운 날들의 이야기를.

그래서 내가 제일 좋아하는 계절을 화소로 하나씩 녹여 넣었다.

찬란한 햇살, 시원한 바람, 맛있는 간식과 환한 웃음, 그리고 보기만 해도 흐뭇해지는 우정.

아차차, 여행을 빠뜨리면 안 되지.

두근거림에 비례해서 오싹한 긴장도 넣고. 쏟아지는 별빛에, 보물찾기의 신비와 기쁨도 듬뿍!

땀으로 흠뻑 젖은 채 매미 소리 요란한 산과 들을 열심히 뛰어다니는 두 어린 영웅은, 그렇게 태어났다.

'나는 아주 훌륭한 사람이 될 거야!'

모든 어린이가 그렇듯 기파랑과 동해미르는 큰 꿈을 꾼다. 꿈꿀 수 있는 자유를 한껏 누려도 아름다운 건, 정말로 무한한 가능성이 열려 있기 때문이다.

웅대한 야망을 품은 만큼 자주 한계와 마주하지만 결코 좌절은 하지 않기에 그들은 다시 일어설 수 있다. 그리고 지독한 성장통조차도 서로를 의지하며 대견하게 이겨낸다. 그것만으로도 이미 얼마나 멋진 영웅들인지!

쓰는 내내 그저 즐겁기만 했다면 거짓말이겠으나, 그래도 유년 시절로 돌아간 것 같아 행복했다.

논문을 집필할 때나 웹소설을 연재할 때와는 다른 쾌감을 느끼며 원고지를 채웠고, 어릴 때 내가 아껴보던 동화처럼 삽화도 그려 넣었다. 어린 독자들이 그 시절의 나만큼 즐거워하기를 바라는 욕심이었다.

물론 그러는 동안에도 한쪽에서는 계속 내 원칙이 등대처럼 반짝반짝 길을 안내했다.

이 이야기는 말이지, 재미있으면서도 아이의 정서에 상처가 되지 않아야 해! 열심히 노력하는 것과 정의의 가치를 알려야 한다고! 꿈과 희망을 주는 사랑이 가득한 이야기이면서 생각할 거리도 제시해야 하고! 어른의 욕심이란 어쩔 수 없는 모양이다.

강자와 약자, 적과 친구, 승리와 패배 같은 양분법만으로는 온전히 설명할 수 없는 관계를 통해 책임 있는 현대인으로서 자라날 어린 독자들이 올바른 가치와 선택에 대해 고민할 만한 화두도 제

시하고 싶었다. 따라서 이 이야기는 가장 강한 힘을 가진 사람이 가장 행복했었노라고 말하지 않는다.

동시에 인문학을 연구하는 사람으로서 이 책을 통해 우리의 역사와 문화에 대해 알리고도 싶었다. 그래서 열심히 관련 자료를 참고해 가며 이야기의 요소마다 당시의 삶을 담고자 고증에 최선을 다했다.

의도적으로 역사적 기록과 달리 설정한 부분은 김유신과 선화 공주의 나이이다. 삼국유사에 적힌 대로라면 김유신이 선화 공주보다 10여 살 이상 어려야겠지만, 두 흥미로운 역사적 인물이 동시에 등장하게 하고 싶어서 비슷한 나이인 것으로 해두었다.

모쪼록 모든 사랑스러운 아이들이 아름답게 자라나는 데, 우정 가득한 두 친구의 서사가 조금이라도 도움이 되기를 간절히 소망한다. 그들이 언젠가 이 책을 추억하며 미소를 지어준다면 기쁠 것이다.

2022년 7월, 여름의 향기 가득한
동인관 연구실에서
박수미 배상

작가의 말

1.
소년 낭도 기파랑

"이랴!"

아주 잘생긴 소년이 커다란 흰 말
을 타고 힘차게 달립니다. 그 속도가
엄청나게 빠르기 때문에 옆으로 나무
들이 휙휙 지나가고 땅에선 모래 먼지
가 구름처럼 날립니다. 소년의 이름은
기파랑. 멋진 깃털이 달린 삼각 모자를
쓴 기파랑은 허리에 긴 칼을 차고 있고, 등에는 화살이 가득 든
화살 통을 메고 있습니다. 장난감이나 뭐 그런 게 아닙니다. 칼도,
화살도, 말안장에 달린 활도 모두 군인들이 쓰는 진짜 무기입니다.
간간이 뻗어 나와 있는 나뭇가지나 길가에 솟아 있는 바위를 피해
가면서 웬만한 어른들보다도 더 빨리 말을 몰고 있지만 기파랑의

얼굴에는 두려움 같은 건 전혀 없습니다. 크고 맑은 눈은 자신감으로 가득하고, 고삐를 꽉 잡은 왼손은 작지만 다부집니다.

"허, 정말로 대견하신 화랑님일세그려."

"그러게, 우리 개똥이보다도 어려 보이는데 참 대단한 재주구면."

밭일을 하고 있던 농부들이 기파랑의 씩씩한 모습을 보고 감탄하여 한마디씩 합니다. 그러는 사이 벌써 기파랑이 모는 말은 잘 안 보일 만큼 멀리 가버렸습니다.

"빠르기도 하다. 바람 같으이."

농부들은 콩알만큼 작아진 기파랑의 뒷모습을 잠깐 더 보고 있다가 다시 허리를 숙여 일을 하기 시작합니다.

지금으로부터 1,000년도 더 전에, 아주아주 오랜 옛날에 우리나라의 이름은 대한민국이 아니었습니다. 아니, 심지어 한 개의 단일 국가도 아니었습니다. 그때에는 지금의 우리나라 땅과 중국 일부에 걸쳐서 세 개의 나라가 자리하고 있었습니다. 고구려와 백제, 신라가 바로 그 세 나라입니다. 고구려는 중국 땅의 남쪽과 우리나라 북쪽을 영토로 하는 나라였고, 백제는 우리나라의 서쪽, 신라는 동쪽을 다스리고 있었습니다. 기파랑은 바로 이 신라사람입니다.

당시에는 나라와 나라 사이에 전쟁을 하는 일이 자주 있었습니다. 지금처럼 평화로운 시대가 아니었기 때문에 나라를 방비하는 일을 조금만 소홀히 하면, 외국에서 언제 군사를 일으켜 쳐들어올지를 모르는 시절이었습니다. 신라도 마찬가지였습니다. 고구려, 백제와 국경을 마주하고 있었기 때문에 항상 전쟁에 대비해야 했지요. 게다가 때로는 말갈, 중국의 수나라, 당나라나 일본의 왜적들이 바닷길로 쳐들어오는 일도 있었습니다. 결국 늘 언제 있을지 모르는 외국의 침략을 경계하고 있었어야 했다는 뜻입니다. 그래서 당시의 왕들은 어떻게 하면 보다 더 나라를 강하게 할 수 있을까 하고 궁리를 했습니다. 화랑은 이런 고심 끝에 나라의 힘을 기르기 위해 만들어진 신라의 독특한 제도입니다.

신라의 사내아이는 14세 정도가 되면 낭도가 될 수 있고, 낭도들은 화랑을 따라서 산과 강으로 여행을 다니며 몸과 마음을 닦습니다. 아까 농부는 잘 몰랐기 때문에 기파랑을 보고 화랑이라고 했지만 기파랑도 아직 낭도입니다. 하지만 언젠가 반드시 화랑이 되겠다고 마음먹고 있는 기파랑이니만큼 완전히 틀린 말도 아니겠

지요. 화랑은 무술이 뛰어날 뿐만 아니라 학
식도 높고, 인격도 훌륭한 젊은 군인들입니
다. 신라의 많은 유명한 장군들이 젊은 시절
화랑이었다는 것만 봐도 화랑이 어떤 사람
인지 쉽게 상상할 수 있는 일입니다. 이런,
화랑이 어떤 사람인지를 설명하는 게 너
무 길어졌군요. 자아, 다시 말을 타고 달리
던 기파랑의 이야기로 돌아갑시다.

기파랑이 말을 몰아 토함산을 넘어 도착한
곳은 한적한 숲 어귀였습니다. 큰 나무 옆에
말을 세운 기파랑은 훌쩍 뛰어 가볍게 땅에 내려섰습니다. 그
모습이 고양이처럼 날랩니다.

"흰 바람! 여기서 기다리고 있어!"

기파랑은 말을 향해 이렇게 외치고는 긴 칼을 채앵- 하고 빼 들
면서 거침없이 숲속을 향해 뛰어들었습니다. 흰 바람은 그 말을 알
아들었다는 듯, 히힝- 하고 한번 웁니다.

숲속은 오래된 큰 나무들이 빼곡히 들어차 있어서 마치 미로처
럼 복잡합니다만, 기파랑은 자기 집 안방인 양 익숙하게 이리저리
뻗은 굵은 가지 사이를 달립니다. 고요한 숲속에는 기파랑의 발소
리만 가득합니다. 그때였습니다.

피잉-!

어디선가 발사된 화살이 기파랑의 가슴을 향해 빠르게 날아왔

습니다.

"이얍."

기파랑은 조금도 두려워하지 않고 뒤로 펄쩍 뛰어오르며 칼로 화살을 쳐냈습니다. 화살은 반으로 잘라져서 힘없이 땅에 떨어졌습니다.

피잉- 핑!

이번에는 다른 방향에서 두 개의 화살이 거의 동시에 날아옵니다. 기파랑은 칼을 휘둘러 첫 번째 화살을 막고, 왼손으로는 두 번째 화살을 받아냈습니다.

"으하하! 제법이구나. 하지만 이번에도 피할 수 있을까?"

머리 위에서 커다란 목소리가 쩌렁쩌렁 울립니다. 기파랑은 고개를 돌려서 소리가 나는 곳을 찾아내려 했지만 계속되는 메아리 때문에 목소리는 마치 숲 전체에서 들려오는 양 혼동을 일으켰습니다.

'소리를 좇으려 하지 말고 그 기척을 느끼자!'

기파랑은 방어자세를 취하고 눈을 감은 채 정신을 집중합니다. 사방이 온통 고요해지려는 찰라, 왼쪽의 커다란 은행나무 뒤에서 활시위를 당기는 소리가 들립니다. 평소였다면 듣지 못했을 아주 작은 소리였습니다.

"얏!"

기파랑은 왼손에 들고 있던 화살을 그쪽으로 던지고 자기도 화살의 뒤를 따라 몸을 날렸습니다. 기파랑의 칼이 번쩍이며 크게 원을 그립니다. 은행나무 뒤에 숨어서 기파랑에게 활을 쏘려던 사람은 백발이 성성하고 눈처럼 흰 수염을 기른 노인이었습니다. 백발노인은 숨도 흩어지지 않으면서 몸을 뒤로 젖혀 쉽게 기파랑의 칼을 피합니다. 기파랑이 쉬지 않고 두 번, 세 번 연속 공격을 해보지만 백발노인은 힘들이지 않고 날카로운 칼끝을 피해냅니다. 그리고 마침내 노인은 왼손을 뻗어 손가락 사이로 기파랑의 칼을 붙잡았습니다. 기파랑은 이리저리 용을 쓰며 칼을 빼내려고 해보았지만, 노인의 손에 잡힌 칼날은 꼼짝도 하지 않았습니다. 잠시 마주 보고 있던 두 사람은 거의 동시에 환하게 웃기 시작했습니다.

"허허, 기파랑아! 정말 많이 늘었구나. 이제 이만큼 연습을 했으니 불의의 습격에 쉽게 당하지는 않을 것이다."

"아닙니다, 스승님. 과찬의 말씀이십니다. 아직 멀었는걸요."

그렇게 말하고 기파랑은 넙죽 엎드려서 백발노인에게 설날에 세배하는 것처럼 큰절을 했습니다. 노인은 흡족한 듯 수염을 쓰다듬으며 따뜻한 미소를 지었습니다.

"음, 그래, 그렇게 항상 겸손한 마음을 갖는 것이 중요하다. 자기가 최고라고 생각하는 교만함이 가장 위험한 것이란다."

이 백발노인은 풍백이라고 하는 분입니다. 풍백님은 어찌 보면 선계에서 내려오신 신선 같기도 하고, 어떤 때 보면 도를 많이 닦은 도사님 같기도 합니다. 몇 달 동안 풍백님을 뵈어왔지만, 기파랑은 한 번도 이분이 피곤해 보인다고 느낀 적이 없습니다. 입고 계신 옷은 늘 방금 빨아 말린 듯, 희고 은은한 광택이 났으며, 그 곁에 다가가면 푸른 솔잎 향기가 나서 마음이 편안해집니다. 이상한 것은 풍백님처럼 아시는 것도 많고, 무술도 대단하신 분이 어째서 아무런 벼슬도 하시지 않고 이런 숲속에 조용히 묻혀 사시는가 하는 일이었습니다.

'무슨 사연이 있으시겠지.'

기파랑은 이렇게 생각하면서 궁금한 마음을 달랬습니다. 어른들의 일을 버릇없이 함부로 여쭤보는 것은 예의에 어긋난다고 배웠기 때문입니다. 한 가지 분명한 것은 풍백님을 우연히 만난 다섯 달 전부터 지금까지 기파랑은 정말 많은 것을 배웠다는 것입니다. 우리 민족의 시작과 역사, 자연의 이치, 병법과 옛 영웅들, 도술과 마법, 귀신의 종류와 성격… 등등, 한 손으로는 다 꼽을 수도 없을 만큼 많은 것들에 대해서 풍백님은 옛이야기를 들려주시듯이 재미있고도 자상하게 알려주셨습니다. 풍백님의 이야기에 정신이 팔려, 시간 가는 줄을 모르고 있다가 별이 하늘 높이 뜬 한 밤에야 집에 돌아간 적도 많았습니다. 그렇지만 기파랑이 가장 재미있고 신나게 배우는 것은 역시 무술입니다. 풍백님이 가르쳐주시는 무술은 택견과도 조금 다르고, 화랑들이 쓰는 검법도 아니지만, 동작도 멋지고 정말 강한 것이었습니다. 기파랑은 벌써 서너 달 전부터 자기보다 두어 살이나 많은 낭도들과 겨뤄서 진 적이 없습니다. 다 풍백님의 가르침 덕분이라고, 기파랑은 감사히 생각했습니다. 요즘 기파랑이 연마하는 것은 기습에 대비하는 법이었습니다. 처음엔 어디서 날아올지 모르는 화살이나 표창에 속수무책이었지만, 이제는 많이 늘어서 제법 잘 피해냅니다.

"그래, 내 기적을 느낄 수 있었니?"

"네, 스승님. 어렴풋이나마 이 나무 뒤에 계신 걸 알 수가 있었습니다."

"조금 더 수련을 한다면 그때는 눈을 감지 않고도 그렇게 할 수 있을 게다."

"예, 열심히 하겠습니다."

기파랑은 두 주먹을 꼭 쥐며 다부지게 대답했습니다. 그때 풍백 님이 손가락을 입술에 대며 조용히 하라는 시늉을 했습니다. 기파 랑은 영문을 몰라서 눈만 깜빡였습니다.

"동해미르가 근처에 와 있다. 잘 들어보렴. 말발굽소리가 나지 않니?"

귀를 기울여보니 정말 멀리서 말이 달려오는 소리가 납니다. 그 렇지만 동해미르가 타고 있는 줄은 어떻게 아셨을까? 기파랑은 궁 금했습니다. 아마 풍백님에게는 멀리 떨어진 것도 보이나 봅니다.

"나무 위로 올려줄 테니, 잠시 쉬면서 동해미르가 잘하는지 보렴."

풍백님은 기파랑을 한 손으로 안아 가볍게 위로 던집니다. 그러자 어른 키의 열 배도 넘 는 나무 위로 부웅- 하고 기파랑이 날아오릅 니다. 기파랑은 몸을 틀어 굵은 가지 위에 가 볍게 내려앉았습니다. 높은 곳에서는 숲속 이 한눈에 다 들어옵니다. 아까 기파랑이 뛰어 들어왔던 곳으로 기파랑의 오래 된 단짝 친구, 동해미르가 걸어오는 게 보입니다.

　동해미르는 동쪽바다에 사는 용이란 뜻인데요, 동해미르의 아버지께서 늦게 얻은 아들이 큰 인물이 되어 널리 위용을 떨치라고 그런 이름을 지어주셨답니다. 멋진 이름을 가지고 있지만, 동해미르는 사실은 조금 둔하고 겁이 많은 아이입니다. 그렇지만 기파랑은 그런 것에 상관없이 동해미르를 좋아하고 아낍니다. 동갑내기인 둘은 아주 어렸을 적부터 무엇이든 같이하는 의좋은 친구였습니다.

　"너희들은 웬만한 친형제보다도 더 죽이 잘 맞는구나."

　가끔 동네 어른들에게서 이런 말을 들을 정도로 둘의 우정은 남달랐습니다. 기파랑은 동해미르가 풍백님의 화살을 잘 피하길 바라며 조용히 아래를 내려다봅니다. 동해미르는 아직 기적을 살피는 일에 서툴기 때문에, 조심조심 걸음을 내딛습니다. 언제라도 달아날 준비를 하는 것처럼 엉덩이를 뒤로 빼고 천천히 걷는 폼이 우습기도 하고 안타깝기도 합니다. 스무 걸음쯤 떨어진 곳에서는 풍백님이 활을 겨누고 있습니다. 동해미르에게 쏘려는 화살 끝엔 날카로운 촉 대신에 작은 솔방울이 달려 있습니다. 아직 연습이 부족한 동해미르가 행여 다치기라도 하면 안 되기 때문이지요.

　피융!

　풍백님이 쏜 첫 번째 화살이 동해미르의 가슴께로 날아갑니다. 동해미르는 비록 화들짝 놀라기는 했지만 어찌어찌 칼을 휘둘러 화살을 쳐냅니다. 보고 있던 기파랑은 소리 죽여 안도의 한숨을 내쉬었습니다. 그러나 당황한 동해미르는 풍백님이 위치를 바꿔서 쏜 두 번째 화살을 미처 피하지 못하고 왼쪽 엉덩이를 맞고 맙니다.

"아이쿠."

별로 아프지도 않을 텐데 동해미르는 큰소리를 내며 엉덩방아를 찧습니다. 아마 놀라고 겁이 나서 그런 것 같습니다. 방어자세는 벌써 온데간데없습니다.

"어허, 동해미르야 어서 일어나서 다음 화살을 대비해야지!"

풍백님은 안타까운 듯, 혀를 끌끌 차며 동해미르를 나무라십니다.

"하지만 스승님! 엉덩이가 너무 아파서 꼼짝도 못 하겠는걸요."

동해미르는 일어날 생각도 않고 아예 털썩 주저앉아서 화살에 맞은 자리를 문지르고 있습니다.

"에구, 아파라. 멍이 들었겠어요."

동해미르가 계속 엄살을 피우자 풍백님은 허허 웃으시면서 그 곁에 다가가 머리를 쓰다듬어 주십니다. 풍백님의 시험이 다 끝난 것 같았으므로 기파랑도 나무 위에서 뛰어내려 두 사람의 곁으로 다가갔습니다.

"동해미르야. 정말로 훌륭한 화랑이 되려면 때로는 멍이 들고 아파도, 꾹 참고 연습을 해야 한단다."

풍백님은 인자한 표정으로 말씀하셨지만, 그 걱정은 진심이었습니다.

"나는 네가 아프다고 하면 활을 거두지만, 만약 전쟁터였다면 적군은 그런 사정을 봐 주지 않을 게야. 그때는 어떻게 하겠느냐?"

동해미르는 그 모습을 상상하는 것처럼 잠시 멍하니 생각을 하더니 이내 진저리를 쳤습니다. 이마엔 송글송글 식은땀까지 납니다. 동해미르는 힘차게 벌떡 일어나서 엉덩이를 툭툭 털더니 한 번더 연습을 하겠다고 합니다.

"그래, 잘 생각했다. 그럼 이번에는 잘 피해보거라."

동해미르가 용기를 내는 모습에 풍백님이 대견해하시고, 기파랑도 동해미르를 향해 씨익- 웃어주었습니다. 친구야 힘내, 하는 마음을 담아서 말이죠.

'우리가 스승님께 이렇게 배울 수 있어서 얼마나 다행인지 몰라.'

기파랑은 동해미르의 연습에 방해가 되지 않게 멀리 비켜서면서 이렇게 생각했습니다. 다섯 달 전에 우연히 풍백님을 만났던 순간이 어제 일처럼 생생하게 떠올랐습니다.

2.
스승님을 얻은 날

　기파랑과 동해미르는 늘 겨루기에서
지는 아이들이었습니다. 기파랑이 조르고
졸라, 남들보다 2년이나 일찍 낭도가 된 터
라 두 사람은 다른 낭도들에게 밀릴 수밖에
없었죠. 적어도 두 살, 혹은 네 살이나 많은
낭도들은 기파랑과 동해미르보다 힘도 셌
고, 키도 훨씬 컸습니다. 동해미르는 두어
번 겨뤄보다가 아예 항복을 해버렸지만, 지
기 싫어하는 기파랑은 하루도 빼놓지 않고 힘이 쪽 빠질 때까지
다른 낭도들과 겨루기를 했습니다. 온몸이 멍투성이가 되어 집으
로 돌아오면서도 기파랑은 늘 이렇게 말했습니다.

　"참을만해. 이제 조금만 더 하면 이길 수 있어!"

풍백님을 맨 처음 만난 그 날도, 기파랑과 동해미르는 여느 때처럼 다른 낭도들과 어울려 목검을 가지고 겨루기를 했었고, 또 여느 때처럼 실컷 두들겨 맞았습니다.

"이제 그만 하자. 해도 지려고 하고, 난 집에 가서 밥을 먹어야겠어."

마지막까지 남아 기파랑과 겨루기를 하던 낭도가 이젠 질린다는 표정으로 이렇게 말하고는 자기 짐을 챙겨서 돌아가 버리자, 기파랑과 동해미르는 어두컴컴해지는 토함산 기슭에 둘만 덩그러니 남게 됐습니다.

"기파랑, 우리도 이제 돌아가자. 힘들지 않니?"

지쳐서 늘어지는 동해미르의 말에 기파랑은 고개를 저었습니다.

"아니야, 다른 낭도들보다 조금씩이라도 더 연습해야 해. 그러지 않으면 결코 겨루기에서 이길 수가 없어. 동해미르야 난 정말로 한 번이라도 이기고 싶어."

"그렇지만 우린 그 애들보다 몇 살이나 어리잖아. 품일 화랑님도 우리더러 그 나이에 그만하면 잘하는 거다, 라고 하셨잖아. 나도 2년 뒤엔 그만큼 할 수 있다, 뭐."

동해미르는 입술을 삐죽 내밀고 안 되는 건 안 되는 거야, 하는 표정을 지었습니다. 그걸 본 기파랑도 긴장이 풀려 픽- 웃고 말았습니다.

"동해미르, 너 배고파서 그러는 거지? 솔직히 말해."

"그래, 아까부터 계속 배에서 꼬르륵 소리가 났어. 위장이 밥 달라고 난리야. 하지만 네가 조금 더 연습하고 싶다면 옆에 앉아서

소년 화랑 신라 수호기

기다릴게."

"동해미르, 넌 정말 좋은 친구야."

기파랑은 동해미르와 어깨동무를 하고 나란히 걸었습니다. 길쭉해진 두 사람의 그림자도 착 달라붙어서 의좋게 뒤를 따라옵니다.

"화랑이 되면 정말 멋질 거야. 여러 사람이 우러러보고, 아무도 함부로 뭐라 하지 못하고, 늘 멋진 옷을 입고, 그렇지?"

동해미르는 꿈을 꾸는 것처럼 눈을 가늘게 뜨고서 화랑이 된 자신의 모습을 상상합니다. 기분 좋은 미소가 얼굴 가득 피어납니다.

"그렇겠지, 하지만…."

"하지만 뭐?"

"우리가 화랑이 되고 싶은 진짜 이유는 그 모습이 멋지다거나 하는 그런 게 아니야. 너도 잘 알잖아."

"아아, 잘 알지."

동해미르는 약간 지루하다는 듯 머리를 뒤로 젖힙니다.

"먼저 나라를 튼튼히 지키고!"

갑자기 동해미르가 큰 소리로 외칩니다. 어렸을 적부터 기파랑과 둘이서 수백 번도 넘게 약속했던 둘만의 맹세라서 쉽게 외울 수 있습니다.

"멀리 안국까지 신라의 땅으로 만들어!"

기파랑도 지지 않고 씩씩하게 소리칩니다. 안국은 지금의 러시아 땅입니다. 세 번째 약속은 둘이 합창해서 읊습니다.

"전쟁 없는 평화로운 세상을 만든다!"

그리고는 괜히 기분이 좋아서 킥킥 웃어대기 시작합니다. 뛰어난 화랑이 되어 적군을 무찌르고 선봉에 서서 명검을 휘두르며 군사들에게 전진을 호령하는 자신들의 모습을 상상하는 것만으로 너무 뿌듯하고 행복해진 겁니다. 그때 등 뒤에서 웬 할아버지의 목소리가 들려왔습니다.

"애들아, 잠깐 나 좀 보련?"

기파랑과 동해미르는 돌아서서 할아버지에게 다가갔습니다. 노인들을 공경하고 돕는 일은 낭도로서 당연한 일이기 때문이지요.

"할아버지, 부르셨어요?"

기파랑이 먼저 고개를 숙여 인사를 한 후 공손히 여쭈어보았습니다.

"저희가 도와드릴 일이라도 있나요?"

동해미르가 붙임성 좋게 바짝 다가섭니다.

"아니다. 아니야, 도와달라는 게 아니고."

할아버지는 손사래를 치시고는 소매 속에 손을 넣어 뭔가를 꺼냈습니다.

"너희들이 예뻐서 요걸 좀 주려고 불렀지."

할아버지의 손바닥에 놓인 건 한 쌍의 푸른 옥 장식이었습니다. 허리띠나 모자에 단다면 대단히 멋있어 보일 그런 물건이었지요. 언뜻 보기에도 매우 귀하고 값비싼 보물임을 알 수 있었습니다.

"우와, 정말이세요? 진짜 감사합니다."

동해미르는 신이 나서 옥 장식을 집으려고 두 손을 내밀었습니다.

"단!"

할아버지는 노인이라고 믿기 힘들 만큼 재빠르게 동해미르의 손을 뿌리치면서 대신 얼굴을 바짝 들이댔습니다.

"너희가 날 좀 도와준다면 말이다."

"어떤 걸 도와드리면 되는데요?"

동해미르는 아직도 옥 장식에만 눈길을 주면서 건성으로 묻습니다.

"허허허, 아주 쉬운 일이란다. 사실 뭐 일이라고 부를만한 그런 거창한 것도 아니야. 만일 하고 싶은 마음만 있다면 세 살 먹은 아이라도 할 수 있는 일이지."

그렇게 말하면서 할아버지는 품속에서 작은 두루마리를 꺼내서 바닥에 놓고 폈습니다. 기파랑이 자세히 보니 그건 매우 정확하게 그려진 서라벌의 지도였습니다.

"이게 뭐예요, 할아버지?"

동해미르는 대충 훑어보고 모르겠다는 듯, 고개를 갸웃거렸습니다. 할아버지는 온화하게 웃었습니다.

"잘 보렴, 아가야. 너는 지금 아마 이쯤에 있을 거다. 그리고 여기가 저 앞에 보이는 다리고. 여기는 황룡사지."

할아버지는 가늘고 주름이 많은 긴 손가락으로 지도의 이곳저곳을 짚었습니다. 동해미르는 그제야 그게 지도란 걸 알아내고 손뼉을 쳤습니다.

"아하, 이건 우리 서라벌의 지도군요. 야, 정말 잘 그리셨네요."

"그러니? 마음에 들어?"

할아버지는 히죽 웃으면서 동해미르의 머리를 쓰다듬어 주었습니다.

"자, 그럼 이제 너희들이…"

할아버지는 소매에서 작은 붓을 꺼내서 동해미르에게 건네주며 말했습니다.

"여기에다가 표시만 좀 해주면 된단다."

"무슨 표시요?"

"너희들은 매일 건강한 망아지처럼 이곳, 저곳을 돌아다니며 재미있게 놀지? 그런데 군인들이 보초를 서고 있거나, 훈련을 하는 곳에서는 쫓겨나지 않니. 그렇게 군인들이 있어서 마음대로 놀이를 할 수 없는 곳마다 동그라미를 그려주럼."

"네? 그건 정말 쉬운 일이기는 하지만, 왜 그런 게 아시고 싶으세요?"

동해미르는 붓을 받아 쥐고서 이해가 안 된다는 표정으로 물었습니다.

"흐흐, 나한테는 너희들보다 두어 살 어린 손자가 있는데 그 애가 아주 겁이 많거든. 눈물은 또 어찌나 많은지, 제가 조금이라도 두려워하는 걸 보기만 하면 몇 날 며칠을 울고 또 울지. 그런데 이 애가 가장 무서워하는 게, 칼 든 군인이란다. 잘 뛰어놀다가도 어쩌다 군인들만 만나면 정신을 잃을 때까지 울어대니 이 할애비 가슴이 얼마나 아프겠니?"

동해미르는 미간을 살짝 찌푸린 채 정말 그러시겠네요, 하는 표정으로 고개를 끄덕였습니다. 하지만 기파랑은 할아버지의 이야기가 뭔가 이상하다고 생각했습니다.

"그래서 너희들에게 그 표시를 해달라고 하려는 거란다. 나중에 손자에게 보여주면서 이 동그라미 쳐져 있는 곳에는 군인들이 있으니 그쪽으로는 가지 말려마, 하고 일러주려고."

"네에, 그렇군요."

동해미르는 고개를 끄덕이고는 땅바닥에 앉아서 지도에 표시를 하려고 합니다.

"제일 군인이 많이 있는 곳은 여기구요…."

"동해미르! 잠깐만 기다려."

동해미르의 붓이 막 지도에 닿으려는 찰나, 기파랑이 손을 뻗어 동해미르를 잡아당기며 외쳤습니다. 동해미르는 갑작스러운 기파랑의 행동에 놀라서 뒤로 쿵 엉덩방아를 찧었습니다.

"아야야, 엉덩이야. 아니, 왜 그래 기파랑?"

동해미르는 천천히 일어나서 다시 지도 쪽으로 다가가려고 했습니다. 동해미르의 머릿속에는 빨리 할아버지의 지도에 동그라미를 그려드리고 옥 장식을 받아가고 싶은 마음뿐이었습니다.

"멈춰, 동해미르."

기파랑은 동해미르를 막아서며 할아버지에게 물었습니다.

"이런 말씀을 드려서 정말 죄송하지만, 할아버지의 말씀이 모두 사실입니까?"

"그럼, 사실이고말고, 내가 너희에게 무엇 하러 거짓말을 하겠니?"

할아버지는 여전히 웃으면서 지도를 들어 기파랑에게 내밀었습니다.

"자, 어서 표시를 해주고 이 옥 장식을 받아가렴."

스승님을 얻은 날

기파랑은 뒤로 한걸음 물러났습니다.

"저희가 여자아이도 아니고 그런 옥 장식에는 관심이 없습니다. 만약 정말로 할아버지께 그런 겁 많은 손자가 있다면 그저 착한 일을 하는 마음으로 표시를 해드릴 겁니다. 무슨 대가를 바라서가 아니라요."

"오오, 너는 이 옥 장식이 싫었던 게로구나. 그럼 이 단도를 주마. 대단히 날카로워서 무쇠도 너끈히 자를 수 있는 물건이란다. 어떠냐?"

할아버지는 허리춤에서 칠보로 장식된 작은 칼을 꺼냅니다. 기파랑은 고개를 저었습니다.

"저희는 이유 없이 다른 사람의 물건을 탐내지 않습니다. 지도에 표시를 하는 것은 아무 힘도 들지 않는 일인데, 그런 쉬운 일을 하면서 그렇게 값나가는 물건을 받을 수는 없습니다."

계속 기파랑이 고집을 피우자 할아버지는 짜증이 난 듯 혀를 찼습니다. 동해미르는 어찌 된 영문인지 잘 몰랐지만, 기파랑이 하는 말을 더 들어보기로 마음먹고 있었습니다.

"그래, 알았다. 네게는 아무것도 필요가 없다 이 말이지? 그래 정말 착한 아이구나. 그러면 그냥 표시만 좀 해주렴. 이 할애비가 이렇게 부탁하마."

"알겠습니다. 노인의 곤경을 도울 수 있다면 마땅히 그렇게 해드려야죠."

기파랑의 이 말에 할아버지는 얼굴 가득 만족한 웃음을 지었습니다.

소년 화랑 신라 수호기

"그래주겠니? 자 여기 지도가 있다."

"단!"

기파랑은 아까 할아버지가 했던 말투를 흉내 내며 조건을 걸었습니다. 할아버지는 다급해하며 그 말을 따라 묻습니다.

"단?"

"여기서는 곤란하고 저와 함께 잠시 다른 곳으로 가주시면 그때 그려드리겠습니다."

"어딜 가자는 말이냐?"

"여기서 조금만 걸으면 부사님이 나랏일을 보시는 남당이라는 관청이 있습니다. 그곳에 가서 부사님께 먼저 할아버지의 사정을 말씀드리고 나서, 허락을 얻은 후에 지도에 표시를 해드리겠습니다."

"그건 또 왜 그렇게 해야 하는 거냐?"

할아버지는 애가 타서 발을 동동 구를 지경입니다. 그러거나 말거나 기파랑은 침착하게 자기가 하고 싶은 말을 합니다.

"지금 신라가 다른 나라들과 그 힘을 겨루고 있는데도, 서라벌이 이렇게 평화로운 것은 모두 열심히 훈련하고 경비를 서고 있는 군인들의 덕입니다. 이 군인들이 서라벌 사람들에게는 가장 든든한 방패지만, 바꾸어 말한다면 적국의 밀정이나 군사들에게는 제일 두렵고 무서운 존재이겠지요. 아마 그들은 어떻게 해서든 그 자리를 피해가고 싶을 것입니다. 제가 보기엔 할아버지가 이토록 지도에 군인들의 위치를 표시하고 싶어 하는 이유는 무언가 불손한 것만 같습니다. 그러나 만약 할아버지의 말씀이 정말이라면 그 가여운 손자를 위해서 표시를 해주는 것이 옳겠지요. 그래서 부사님께 자초지종을 여쭙고 그분의 판결을 따르려는 것입니다. 제 작은 머리로 생각하는 것보다 부사님이 훨씬 훌륭한 결정을 내리실 테니까요."

"너 지금 내가 다른 나라의 밀정이라도 된다는 게냐?"

화가 나는지 할아버지의 목소리가 가늘게 떨립니다.

"만약 할아버지께서 거리낄 것이 없다면 부사님을 두려워하실 이유가 없으실 것입니다. 그렇지 않습니까?"

기파랑의 태연한 대답에 할아버지는 잠시 머리를 숙이고 생각을 하시더니 마침내 그러자고 고개를 끄덕입니다.

"그래, 알았다. 네 말이 옳은 것도 같구나. 조심해서 나쁠 거야 없겠지. 남당으로 가자. 저기 그런데 얘야. 내가 다리가 아파 그러니 부축을 좀 해주지 않겠니?"

"제가 부축해 드릴게요."

인정이 많은 동해미르가 선뜻 나서서 할아버지의 허리를 부축하며 손으로 짚으시라고 어깨를 들이댑니다. 그러자 갑자기 할아버지의 표정이 무섭게 바뀌며 동해미르의 목을 거칠게 움켜쥐었습니다.

"이런 건방진 꼬마들을 보았나, 내 오늘 매운맛을 좀 보여주마."

동해미르는 뒷목을 꽉 잡혀서 움직이지도 못하고 버둥댑니다. 할아버지의 손에는 굵은 힘줄이 튀어나와 있습니다. 노인이라고는 할 수 없을 만큼 힘이 세 보입니다.

"아야야, 할아버지 아파요. 왜 이러세요?"

동해미르가 쉰 소리로 놓아달라고 사정해 보지만 할아버지는 요지부동입니다. 아니, 오히려 동해미르의 목을 잡은 손에 더욱 힘을 주었습니다. 그리고는 조금 전에 기파랑에게 주겠다고 했던 단도를 동해미르에게 겨누었습니다.

"움직이지 마라, 아까 말했지? 이 칼은 대단히 날카롭고 잘 든다고. 그리고 거기 너, 건방진 꼬마야."

할아버지는 기파랑을 가리켰습니다.

"넌 어서 이 지도에 표시를 하여라. 네 친구가 다치는 걸 보고 싶지 않으면. 어서!"

"잠깐만요, 할아버지."

기파랑은 우려하던 일이 사실이 되자 당황스러웠습니다. 역시 이 할아버지는 보통 노인이 아니었습니다. 서라벌의 군사 배치를 알아내기 위해 몰래 숨어든 적국의 밀정이었던 겁니다. 기파랑은 동해미르의 얼굴을 보았습니다. 숨이 막혀서 안색은 파랗게 질려 있었지만 절대 표시를 해주지 말라고 눈짓하고 있었습니다.

"말이 필요 없다. 빨리 표시를 하라니까!"

노인은 동해미르를 아무렇게나 흔들면서 닦달을 합니다. 기파랑은 잠시 생각하다가, 어쩔 수 없다는 듯 한숨을 내쉬고 붓을 집어들고 땅에 엎드려 지도에 표시를 하기 시작했습니다. 노인은 만족한 듯 낄낄대며 웃었고, 동해미르는 발버둥을 치며 기파랑에게 그러지 말고 빨리 달아나라고 쉰 소리를 냈습니다. 기파랑은 그 소리를 못 듣는 것처럼 묵묵히 붓을 놀립니다.

"그런데 할아버지, 이 지도가 좀 잘못돼 있어요. 황룡사 근처에 군사들이 연습을 마치고 밥을 지어 먹는 호수가 있는데, 여기엔 안

그려져 있는 걸요."

한참 열심히 표시를 하던 기파랑이 이렇게 말하자, 노인은 자기도 모르게 고개를 숙였습니다.

"응? 어디에 있는 호수인데?"

"이때다! 받아라!"

노인의 허리가 숙여지자, 기파랑은 미리 손에 쥐고 있던 흙을 노인의 얼굴을 향해 뿌리고는 용수철처럼 튀어 올라서 노인의 배를 들이받았습니다.

"아이쿠쿠! 이 녀석이!"

미처 대비하지 못한 공격에 노인은 당황하며 동해미르를 잡고 있던 손을 놓았습니다. 눈에 들어간 흙을 털어내기 위해서였지요.

"동해미르! 지금이야! 빨리 달아나자!"

기파랑은 동해미르의 손을 잡아 이끌며 달리기 시작했습니다. 동해미르도 죽어라 뜁니다. 둘은 뒤도 돌아보지 않고 한참을 달렸습니다.

"하마터면 큰일 날뻔했지?"

"하아, 하아, 난 네가 정말 표시를 해주는 걸까 봐 더 걱정했어!"

이만하면 어느 정도 노인에게서 멀어졌다고 여겨질 때쯤, 기파랑과 동해미르는 잠깐 멈춰 서서 숨을 돌렸습니다. 둘 다 얼굴이 빨갛게 달아올라서 잘 익은 홍시 같습니다.

"기파랑, 미안해. 내가 쓸데없는 욕심을 부리는 바람에."

동해미르는 노인의 옥 장식에 현혹되었던 일이 부끄러운지 머리를 긁적입니다.

"네 잘못이 아니야. 그 노인은 애초에 사람을 속이려고 단단히 준비를 하고 온 걸 뭐."

"좌우지간, 네 덕분에 살았어."

두 친구는 마주 보며 안도의 한숨을 내쉬었습니다.

"킬킬킬, 요놈들. 이제야 오는 게냐? 어린 녀석들의 뜀박질이 꽤 느리구나."

앞쪽에서 들려오는 귀에 익은 목소리에 기파랑과 동해미르는 그 자리에서 얼어붙는 것 같았습니다. 한 줄기 식은땀이 등을 타고 흐릅니다.

"아니 어떻게?"

기파랑은 보고 있으면서도 믿을 수가 없었습니다. 숲 앞쪽의 어둠 속에서 아까의 그 노인이 둘을 마중하듯 걸어오고 있었습니다. 어느새 둘을 앞질러 와서 기다리고 있었던 겁니다. 노인을 본 동해미르는 기겁하면서 두 손으로 목부터 감싸 쥐었습니다.

"이제 확실히 알았을 테지, 도망가는 건 불가능하다는 걸. 자, 어쩔 게냐? 지도에 표시를 하고 집으로 갈래, 아니면 이 자리에서…."

노인은 여기까지 말하고 칼을 뽑아 옆에 서 있는 나무를 향해 휘둘렀습니다. 굵은 나뭇가지가 썽둥 잘려 나갑니다. 애초에 힘의 차이가 너무 커서 도저히 달아날 방법이 없습니다. 그렇다고 싸워보지도 않고 얌전히 잡혀줄 수도 없는 노릇입니다.

"덤벼라! 신라의 낭도 기파랑이 상대해 주겠다!"

각오를 한 기파랑은 등에 메고 있던 목검을 뽑아 들며 큰 소리로 외쳤습니다. 동해미르는 어쩔 줄을 몰라 하다가, 하는 수 없다는 듯 고개를 절레절레 흔들며 목검을 뽑습니다.

"너희 같은 꼬마들이 나를 이길 수 있다는 거냐?"

노인은 가소롭다는 듯 허리를 잡고 웃었습니다.

"그러지 말고 얌전히 목숨만 살려달라고 빌어라. 말만 잘 들으면 그럴 수도 있는데."

"신라의 사나이는 적에게 목숨을 구걸하지 않는다!"

기파랑은 목검을 앞으로 겨누며 당당하게 말했습니다.

"그래, 내 오늘 너를 잡아 큰 공을 세울 것이다."

동해미르도 지지 않습니다. 비록 다리가 후들거리고 오줌을 지릴 것처럼 무섭지만, 기운을 있는 대로 쥐어짜서 호기롭게 외친 것입니다.

"어디 말솜씨만큼 칼솜씨도 좋은지 보자!"

노인이 바람처럼 빨리 달려듭니다. 기파랑은 머리 위로 목검을 들어 간신히 노인의 공격을 막아 냈습니다.

"동해미르, 넌 옆을 노려!"

그 말을 들은 동해미르는 노인의 옆으로 돌아 빈틈을 노렸습니다. 그런데 노인은 대단한 고수인지, 도무지 공격할 만한 틈이 보이지 않습니다. 노인의 공격을 정면으로 받고 있는 기파랑은 열심히 방어를 하지만 아무래도 힘과 기술이 딸려 점점 밀리고 있었습니다. 이대로 보고만 있다가는 금세라도 노인이 기파랑을 다치게 할 것 같았습니다.

'안 되겠다.'

동해미르는 아슬아슬해서 더 보고만 있을 수가 없었습니다.

"이판사판이다, 이얍!"

동해미르는 벼락같이 소리를 지르고 혼신의 힘을 다해 똑바로 목검을 찔러 들어갔습니다. 그러나 그 노력도 허무하게, 노인은 한 손으로 동해미르의 등을 쳐서 가볍게 제압합니다. 기파랑은 노인의 시선이 잠시 동해미르에게 쏠린 틈을 놓치지 않고 목검을 휘두르며 돌진했습니다. 그러나 이번에도 노인은 날렵하게 기파랑의 공격을 피했습니다. 그와 동시에 노인은 손바닥에서 붉은 용 모양의 장풍을 뿜어냈습니다. 놀라운 광경에 잠시 주춤거리다 장풍에 가슴을 맞은 기파랑은 하늘에 붕 떴다가 떨어졌습니다.

"크흑!"

거칠게 땅에 내동댕이쳐진 기파랑은 숨쉬기조차 힘들 만큼 고통스러웠습니다. 간신히 고개를 들어보지만, 팔다리가 뜻대로 움직이질 않습니다. 근처에 쓰러져 있는 동해미르도 비슷한 처지인지 엎어져서 움직이질 않습니다.

"별것도 아닌 녀석들이 속을 썩이는구나."

노인이 비웃는 소리에 기파랑은 발끈했습니다.

"분하다. 며칠만 더 연습을 했더라면 이길 수 있었을 텐데."

노인은 기파랑의 이야기에는 신경도 쓰지 않고 동해미르에게 다가갔습니다. 동해미르는 이제야 정신이 드는지, 멍한 얼굴로 힘들게 숨을 내쉬고 있었습니다. 노인은 동해미르의 머리카락을 잡아당기고서 야비하게 웃었습니다.

"저기 저 녀석은 도무지 꽉 막혀서 이야기가 안 된다만, 너는 살고 싶을 거다. 자 윤석아, 이제 지도에 표시를 할 마음이 들었니?

그러면 아까 보여줬던 옥 장식도 주마."

동해미르는 아무 말도 않고 잠시 멍하니 기파랑의 얼굴을 봅니다. 동해미르의 크고 처진 두 눈에는 눈물이 그렁그렁 매달려 있습니다. 기파랑도 안타까워서 눈물이 납니다.

"기파랑을 보내주시면 지도에 표시를 해드릴게요."

동해미르는 결심한 듯 순순히 말했습니다. 기파랑은 세차게 고개를 저었습니다.

"아니야, 동해미르를 보내주면 내가 남아서 지도에 표시를 하겠다!"

노인은 재미있다는 듯, 손뼉까지 쳐가며 깔깔대고 웃었습니다.

"오, 서로 친구를 살리고 싶어 한다 이거로구나. 재미있어, 재미있어."

"나를 남겨라! 동해미르는 살려 보내줘!"

일어나 보려고 발버둥을 치며 기파랑은 진심으로 외쳤습니다. 그러자 노인이 갑자기 정색을 하면서 기파랑에게 다가왔습니다. 노인이 자신의 곁에 앉아서 손을 뻗는 것을 본 기파랑은 차라리 눈을 감아버렸습니다.

'나는 이제 죽는 걸까?'

기파랑은 지독하게 아플 고통에 대비하려고, 온몸에 힘을 주고 바짝 긴장을 했습니다. 그런데 어찌 된 일입니까? 노인의 손이 기파랑의 몸에 닿자, 아프기는커녕 오히려 온몸의 상처가 치료되는 느낌이 들었습니다. 지금 노인과 싸우다가 다친 곳은 물론, 그동안 다른 낭도들과 겨루기를 하다가 입었던 부상들도 깨끗이 낫는 것 같았습니다.

'도무지 영문을 모르겠구나. 나를 치료해 주는 이유가 뭘까?'

의아하게 생각하고 있는 기파랑의 머리를 노인이 쓰다듬어 주었습니다. 기파랑은 고개를 들어 돌아보았을 때, 노인의 얼굴은 어느새 더없이 인자한 할아버지의 표정으로 바뀌어 있었습니다.

"참으로 장하고 씩씩하다. 정말로 훌륭한 낭도로구나. 이제 상처가 다 나았을 것이니 일어나렴."

도대체 뭐가 뭔지 이해가 안 되는 것은 동해미르도 마찬가지였습니다. 노인이 다가와 손을 대자 아픔이 씻은 듯이 가시고, 오히려 전보다 더 기운이 나기까지 했던 것입니다. 게다가 저 온화한 표정이란…, 친할아버지보다도 더 다정해 보이는 이 사람이 정말 조금 전까지 자신들을 위협하던 그 노인인지, 동해미르는 꼭 여우에 홀린 것 같았습니다.

"너희들이 하도 의좋게 나라를 걱정하기에, 그 모습이 귀여워서 내가 잠깐 장난을 좀 쳤단다. 처음에는 그저 잠깐만 속이려 했었는데 점점 재미가 나서 너희를 다치게 할뻔했지 뭐냐. 그런데 너희들은 정말 대단하더구나. 애국하는 마음도, 정의로운 마음도, 서로를 아끼는 마음도 무엇 하나 빠지는 게 없었다."

기파랑과 동해미르는 멍하니 그저 듣고만 있었습니다. 좌우간 살아난 게 무엇보다 기뻤습니다. 노인은 두 손을 뻗어 둘의 손을 하나씩 잡았습니다.

"이렇게 바른 아이들에게 장난만 치고 그냥 가버린대서야 말이 안 되지. 내가 빚을 하나 졌으니 너희들을 가르치는 걸로 갚아주

스승님을 얻은 날

마. 기파랑아, 강해지고 싶다고 했지?"

기파랑은 고개를 끄덕였습니다.

"그리고 동해미르야, 앞으로도 계속 기파랑을 도와주고 싶지?"

"네."

동해미르가 눈을 깜빡이며 대답합니다.

"너희들이 배우고 싶다면, 얼마간 근처에 머물면서 무술과 병법을 가르쳐주마. 너희의 꿈을 이루는데 도움이 될 게다. 어떠냐? 그걸로 이 할애비의 짓궂은 장난을 용서해 주겠니?"

기파랑은 아까 노인이 손에서 뿜어냈던 용 모양의 장풍을 떠올렸습니다. 분명 이 노인은 대단한 무술의 고수였습니다. 그런 기술은 지금까지 듣도 보도 못한 것이었고, 이 사람에게서 가르침을 받는다면 강해질 수 있을 겁니다. 그러나 그 전에 분명히 짚고 넘어가야 할 일이 있었습니다.

"저, 그럼 할아버지는 적국의 밀정이 아닌가요?"

"허허, 물론 아니지. 나는 옛날 사람이라서, 지금은 어느 나라의 백성도 아니지만, 신라에게 해를 끼칠 생각은 추호도 없단다. 맹세하마."

"그럼 아까 그 지도는 어떻게 된 거죠?"

동해미르는 갸웃거리며 물었습니다. 기파랑도 그게 궁금했던 차였습니다. 장난을 치려고 그런 물건을 준비해서 들고 다닐 사람은 없을 것이기 때문이었습니다.

"이것 말이냐?"

노인은 웃으며 지도를 집어 가볍게 하늘로 던졌습니다. 지도는 어느새 나뭇잎이 되어 팔랑대며 땅에 떨어졌습니다. 요술이었던 겁니다.

"이건 어떠냐?"

이번엔 옥 장식과 단도였습니다. 눈 깜빡할 사이에 옥 장식은 조약돌로, 단도는 부러진 나뭇가지로 바뀌었습니다.

"오, 할아버지는 산신령님이셨군요! 부디 저희의 스승님이 되어주십시오!"

기파랑과 동해미르는 계속되는 희한한 광경에 놀라, 엎드려 절을 하며 탄성을 질렀습니다.

할아버지는 기분이 좋은지 껄껄 웃으셨습니다.

"내 이름은 풍백이란다. 산신령은 아니다만 너희를 가르칠만한 재주는 있지. 내일부터 토함산 너머 밤나무 숲에서 기다리고 있으마."

기파랑과 동해미르는 연신 고개를 끄덕였습니다.

"그럼 오늘은 많이 늦었으니, 내가 집까지 빠르게 데려다주마. 자 내 손을 꽉 잡아라."

어떻게 빠르게 간다는 말인지 잘 모르겠지만 기파랑과 동해미르는 풍백님이 시키는 대로 했습니다. 그러자 갑자기 세상의 풍경이 일그러지면서 나무들이 뒤로 휙휙 사라져갑니다. 꼬불꼬불하던 산길이 쫙 펴져서 빠르게 뒤쪽으로 빨려가 버렸습니다. 불어오는 바람에 머리칼이 날립니다. 기파랑이 놀라서 눈을 껌뻑거리고 있는 사이, 벌써 세 사람은 동네 어귀에 도착해 있었습니다. 다시 주변의 경치가 일렁이다가 마침내 멈춥니다. 기파랑은 그제야 이곳에

오는 동안 자신의 발이 잠시 땅에 닿지 않고 있었음을 깨달았습니다. 동해미르도 엄청나게 신기한 것을 본 표정을 하고 있었습니다.

"자, 다 왔다."

풍백님은 어리둥절해 하고 있는 두 사람의 손을 놓습니다.

"스승님, 저희가 지금 날아온 건가요?"

"저희가 여기 사는지 어떻게 아셨어요?"

기파랑과 동해미르는 각각 궁금해하는 것을 물어보았습니다. 풍백님은 빙그레 웃으며 친절히 설명해 줍니다.

"날아온 게 아니라 축지법을 쓴 거란다. 먼 곳으로 빠르게 이동할 때 쓰는 기술이지. 그리고 난, 너희를 며칠 동안 계속 지켜보고 있었단다. 매일 의좋은 모습이 참 보기 좋았지."

"네에."

기파랑과 동해미르는 내일부터 이렇게 뛰어난 재주를 가지신 풍백님께 무술을 배울 수 있다는 기대에 가슴이 콩닥콩닥 뛰었습니다. 마주 보는 얼굴엔 웃음이 가득합니다.

"내일 보자꾸나. 밤나무 숲에서 말이다."

풍백님은 두 사람의 머리를 한 번씩 쓰다듬어 주시고는, 오실 때처럼 순식간에 멀리 사라져 버렸습니다.

"신기하다."

동해미르는 입을 떡 벌리고 감탄했습니다.

"우리들, 정말 굉장한 분에게서 배울 수 있게 되었나 봐!"

기파랑의 말에 동해미르는 고개를 끄덕였습니다. 저절로 배에 힘이 들어갑니다.

"저기, 스승님께 잘 가시라는 인사를 해야 하지 않을까?"

"이미 보이지도 않을 텐데?"

그래도 기파랑과 동해미르는 풍백님이 가신 방향을 향해 꾸벅 고개를 숙이고, 헤어져 각자의 집으로 돌아갔습니다.

"잘 자, 기파랑아. 내일 보자."

"그래 동해미르야. 너도 저녁 맛있게 먹고 잘 자."

헤어지기 전, 두 소년 낭도는 정답게 인사를 합니다.

기파랑과 동해미르가 스승님을 얻은 것은 그렇게 달빛이 유난히도 따스한 밤의 일이었습니다.

3.
선물 받은 특별한 재주

그다음 날 일찍, 기파랑과 동해미르는 어제 풍백님이 일러주신 대로 밤나무 숲으로 달려갔습니다. 혹시 어젯밤의 일이 모두 꿈이 아닐까 걱정도 됐지만, 과연 풍백님은 오래된 나뭇등걸에 앉아 두 사람을 기다리고 계셨습니다. 둘은 반가운 마음에 넙죽 엎드려 큰절부터 했습니다. 스승님께 예의를 갖추는 것은 아주 중요한 일이기 때문이죠.

"볼수록 귀여운 아이들이로고."

풍백님도 예절 바른 두 사람을 칭찬하셨습니다.

"자 그럼, 오늘부터 여섯 달 동안만 너희에게 무예와 병법을 가르치도록 하겠다. 그렇게 하고 나면 훗날, 스스로 수련하는 데에도 많은 도움이 될 것이다. 기본부터 시작하자. 매사에 가장 중요한 것이 기초를 바르게 닦는 것이란다."

그렇게 시작된 풍백님의 가르침은 엄하지만 사랑이 가득했고, 고되었지만 재미있는 것이었습니다. 숨 쉬는 법, 걸음 걷는 법, 주먹을 뻗는 법, 칼을 쥐는 법, 활을 쏘는 법 등등, 이미 알고 있던 것들부터 완전히 새로 배웠습니다. 연습을 거듭할수록 기파랑과 동해미르는 전보다 몸이 가벼워지고, 힘이 세진 것을 느낄 수 있었습니다. 다른 낭도들과의 겨루기에서도 가끔 이기기 시작했습니다. 하지만 다른 낭도들에게는 풍백님의 존재에 대해 말하지 않았습니다. 애초에 풍백님이 기파랑과 동해미르를 가르치시면서 두 가지 조건을 달아 놓으셨기 때문입니다. 첫째는 풍백님께 무술을 배운다는 사실을 부모님 외의 사람에게 말하지 말 것이고, 둘째는 풍백님께 배운 재주를 의롭지 않은 일에 쓰지 말 것입니다. 어쨌든, 하루하루 실력이 늘어가는 재미에 둘은 정말 열심히 배우고 연습했습니다.

기파랑과 동해미르가 힘든 무술훈련과 병법공부에 지치면 풍백님은 재미난 옛날이야기를 해주셨습니다. 신라라는 나라가 있기 2,000년도 훨씬 전에 백두산 자락에서 나라를 세운 고조선의 이야기, 풍백님과 우사, 운사를 거느리고 이 땅에 내려오신 환웅과 그 아들, 단군왕검의 이야기, 모두 신비하고도 흥미로운 이야기들이었습니다.

매일매일 그 전날보다 강해지는 것을 느끼는 재미에 기파랑과 동해미르는 비가 오나, 바람이 부나 하루도 거르지 않고 열심히 밤나무 숲속에서 무예를 닦고, 또 닦았습니다. 손에 물집이 잡히고, 코피를 쏟을 만큼 피곤해도 개의치 않았습니다. 언제 또 올지 모르는 귀한 기회를 헛되이 보낼 수 없었기 때문입니다.

　두 달이 지난 어느 날, 풍백님은 대단한 선물을 준비해 두고 기파랑과 동해미르를 기다리고 계셨습니다. 한 눈에도 명마라는 것을 알 수 있는 멋진 말 두필이었습니다.

　"장수가 말 타는 법을 모른대서야 이야기가 안 되지. 너희들에게 주마. 그간 열심히 배운 상이다."

　기파랑과 동해미르는 뛸 듯이 기뻐하며 거듭 풍백님께 감사를 드렸습니다. 기파랑은 자신의 백마를 '흰 바람'이라고 이름 지었습니다. 동해미르의 검은 말 이름은 '천둥'입니다. 처음엔 말타기가 영 서툴러서 말 등에서 떨어지는 일도 많았지만 지금은 두 사람다 아주 능숙해졌습니다. 처음 말을 끌고 집으로 돌아간 날, 두 사람의 부모님들은 어디서 난 말이냐고 깜짝 놀라셨습니다.

"저희 스승님이 주셨습니다."

기파랑과 동해미르는 부모님들께 풍백님에 대해 자세히 말씀드렸습니다. 부모님들은 풍백님이 축지법이나, 장풍을 쓴다는 이야기와, 몇 천 년 전부터 이 땅에 사셨던 분이라는 말에는 고개를 갸웃대시면서도, 몇 달간, 훨씬 늠름해지고, 예의 바르게 변한 아이들의 모습에 만족하셔서 별다른 말씀을 하시지 않았습니다.

"어쨌든 좋은 스승님을 만나게 되어 다행이다. 스승님은 너희에게 있어 임금님이나 부모와 마찬가지로 귀한 어른이시니, 항상 예를 갖추어라."

아버지들은 이렇게 말씀하셨고,

"미리 알았더라면 음식이라도 대접했을 것을, 늦었지만 이 과일과 떡을 전해드려라. 너희를 가르쳐주셔서 마음을 다해 감사한다는 말씀도 꼭 전해드리고."

어머니들은 이렇게 말씀하시면서 음식을 싸주셨습니다.

풍백님이 약속했던 여섯 달은 눈 깜짝할 새에 지나가 버렸습니다. 물론 그 사이에 많은 변화가 있었습니다. 다른 낭도들과 겨루기만 했다 하면 동네북처럼 맞았던 기파랑과 동해미르가 이제는, 품일 화랑님을 따르는 200여 낭도 중에 으뜸가는 실력자가 되었고, 무술시험에 통과한 덕에 목검 대신, 진짜 칼을 들고 다닐 수 있게 되었습니다. 팔과 다리는 근육이 붙어서 단단해졌고, 머릿속에는 손자병법같이 군인들이 꼭 알아야 하는 책의 내용이 차곡차곡 담겼습니다. 그래도 두 사람은 아직도 많이 부족하다고 느꼈습니다. 동해미르는 가끔 꾀를 피우고 연습을 게을리 한 적도 있었기 때문에 더 그랬습니다. 둘은 스승님이 부디 오래오래 머무시면서 더욱 많은 것을 가르쳐주셨으면 하고 밤마다 기도했습니다.

그런데 오늘, 풍백님은 기파랑과 동해미르에게 작별인사를 하시려고 합니다.

"내가 너희를 가르친 게 벌써 반년이 되었구나. 짧지 않은 시간이었지만, 늘 재미있었단다. 너희들은 정말 좋은 제자였다. 오늘부터 나는 얼마 동안 백두산에 다녀오려고 한다."

"스승님, 여기에 더 계시면 안 되나요?"

기파랑과 동해미르는 안타까운 마음에 풍백님을 붙잡고 싶었습니다.

"세상에는 만남이 있으면, 헤어짐이 있는 법이란다. 사람에게 영원이란 없지. 너무 아쉬워 말고 앞으로도 지금까지 했던 것처럼 열심히 무술연습을 하고, 틈틈이 책도 읽어서 몸과 마음을 더욱 충실하게 만들려무나. 너희들에게는 원대한 꿈이 있다는 것을 항상 잊지 말고."

"그렇지만, 너무 아쉬운 걸요. 스승님이 보고 싶을 거예요."

동해미르는 울음이 날 것 같은 얼굴이었습니다.

"허허허, 녀석도 참, 동해미르는 마음이 여려서…. 너무 슬퍼 마라. 1년 뒤에 다시 여기에 들러 너희 얼굴을 볼 것이다."

풍백님은 동해미르를 달래며 웃으십니다.

"1년이요? 그럼 그때는 지금보다 더 오래 계실 건가요?"

기파랑과 동해미르가 합창하는 것처럼 물었습니다.

"글쎄다. 그건 분명하지 않구나. 그러나 중요한 것은 우리가 또 볼 수 있다는 것 아니겠니?"

"그렇지만 만약 1년을 기다려서 단 며칠밖에 못 뵌다면 너무 아쉽잖습니까?"

"허허, 그래 아쉽겠지. 이렇게 헤어지는 일은 늘 아쉽고 아픈 법이란다. 그래도 오늘은 특별한 선물이 있다. 너희들의 마음을 달래 주는 의미로 한 가지씩 특별한 재주를 전수해 주려고 한다. 그간 열심히 연습을 한 상이기도 하고."

특별한 재주라는 말에 귀가 솔깃했지만, 그래도 스승님을 떠나보내야 하는 섭섭함은 지울 수가 없습니다. 기파랑과 동해미르는 기대가 되면서도 마음이 아팠습니다.

"그럼 먼저 하나 묻겠다. 가장 뛰어난 장수란 어떤 장수일까? 동해미르 말해보아라."

동해미르는 대답을 제대로 못 하고 머뭇거렸습니다. 분명히 언젠가 풍백님께 배운 것 같은데, 잘 기억이 나질 않습니다. 슬쩍 기파랑의 눈치를 보니 자기도 잘 모르겠다는 듯 고개를 저었습니다.

"죄송합니다, 스승님. 분명 배운 것은 기억이 나는데, 그새 잊어먹었습니다."

동해미르는 솔직히 말씀드렸습니다.

"괜찮다. 한 번 더 일러주마. 이번에는 잘 기억해 두렴. 무릇 싸우지 않고 이기는 장수를 가장 훌륭한 장수라 하고, 전쟁을 하고

서야 이기는 장수는 그 아래로 본다."

"어찌하면 싸우지 않고도 이길 수가 있겠습니까? 겁을 주나요?"

"그래 맞다. 겁을 주기도 해야지. 평소에 장수가 널리 용맹을 떨치고 군사들이 잘 훈련되어 있으며 그 사기도 높으면, 적군은 싸움을 걸기가 두려울 것이다. 그러면 당연히 전쟁을 피할 것이고 그것이 싸우지 않고 이기는 한 방법이라 할 것이다."

"전쟁에 대한 준비를 확실히 해둘수록 오히려 전쟁을 예방할 수 있다는 말씀이시군요."

알아듣겠다는 듯 기파랑이 고개를 끄덕입니다.

"그렇지. 그러기 위해서 임금은 백성들이 살기 좋도록 나라를 올바르게 이끄는 데에 힘쓰고, 신하 된 자는 임금을 보필하여 바른 정치를 하는 것에 혼신의 힘을 기울이고, 병사는 나라를 지키는 일에 온 정성을 쏟고, 백성들은 자기가 맡은 바에 최선을 다해 일해야 하는 것이다. 즉, 그 나라의 모든 사람이 자기가 할 일을 열심히 하는 것이 싸우지 않고 이기는 방법 중 제일 첫째요, 기본인 게다."

"그럼 저희 같은 낭도의 할 일은 수련을 게을리하지 않고, 책도 많이 읽는 것이겠군요."

"그렇지 동해미르야, 이제 알 것 같으냐?"

"네, 잘 알겠습니다."

두 제자는 풍백님의 말씀을 깊이 새기며 대답했습니다.

"그래, 그런데 아무리 잘 대비를 한다 해도, 전쟁을 피해갈 수 없는 때가 생긴단다. 그때에 장수가 취할 방법은 세 가지가 있지.

무엇인지 알겠느냐?"

"네, 공격과 방어, 후퇴입니다."

기파랑이 이번에는 잘 기억하고 있다가 대답합니다.

"그래, 맞았다."

풍백님이 대견해하시는데, 동해미르가 이해가 안 간다는 듯한 표정으로 여쭈어봅니다.

"하지만 스승님, 후퇴는 비겁한 것 아닌가요? 용감한 군인이 도망간다는 것은 부끄러운 일입니다. 목숨을 걸고 싸워야지요. 그리고 그건 세속오계의 정신에도 어긋납니다."

그 말을 들은 풍백님은 빙그레 웃으시며 동해미르의 머리를 쓰다듬어 주십니다. 세속오계란 오래전, 원광법사가 화랑 귀산과 추항에게 전해준 가르침으로 화랑으로서 지켜야 할 다섯 가지의 정신입니다. 그 다섯 가지란,

1. 사군이충 - 임금님을 충성으로 섬긴다.
2. 사친이효 - 어버이께 효도를 다한다.
3. 교우이신 - 친구 사이에는 신의가 있어야 한다.
4. 임전무퇴 - 전쟁에 나가면 뒤로 물러나지 않는다.
5. 살생유택 - 함부로 살생을 하지 않는다.

입니다. 동해미르는 후퇴가 임전무퇴의 정신에 어긋난다고 믿었던 것입니다.

"그렇게 생각할 수도 있겠구나. 하지만 동해미르야, 생각해 보렴. 열 명의 군사가 순찰을 하다가 만 명의 적군이 쳐들어오고 있는 것을 본다면, 그때도 싸워야 할까? 아니면 재빨리 본진에 돌아와

서 적의 침입을 알려야 할까?"

동해미르는 잠시 고민을 해봤습니다. 물론 싸워 이기는 편이 멋있기는 하겠지만, 열 명이 만 명과 싸워서 이기려면, 병사 한 사람이 상대해야 하는 적군이 천 명이나 됩니다. 도저히 당해낼 수가 없습니다.

"싸우면 분명히 지겠지만, 만약 도망친다면 두고두고 겁쟁이라고 놀림을 받을 것 같습니다."

"한 걸음 뒤로 물러나서 힘을 모은 뒤에 싸우는 것을 놀리는 이가 있다면 그 사람이 어리석은 것이다. 군인이 전쟁에서 목숨을 잃는 것을 두려워해서도 안 되지만, 용맹하다는 평가를 듣기 위해 후퇴를 해야 할 때를 놓쳐서는 더욱 안 될 것이야. 하물며 장수가 될 너희들은 항상 병사들의 목숨이 너희의 선택에 달려 있음을 잊어서는 안 된다."

풍백님은 단호하게 말씀하셨습니다. 병사들의 목숨을 책임지고 있다는 말에 동해미르는 느낀 바가 있어서 고개를 끄덕였습니다.

"네, 곰곰이 생각해 보니 스승님의 말씀이 옳습니다."

"그래, 그렇게 말해주니 고맙구나. 어쨌거나 앞서 말한, 전쟁에서 군인이 취할 수 있는 세 가지 방법 중 한 가지에 해당하는 특별한 재주를 한 사람 앞에 하나씩 가르쳐 주려고 한다. 물론 공격, 방어, 후퇴의 모든 재주를 다 배울 수 있으면 좋겠지만, 너희들은 아직 어리고 힘도 부족하니 이 중, 한가지만이라도 확실히 연습해 두는 편이 더 나을 것이다. 어떤 재주를 배우고 싶은가 잘 생각해 보고 결정하렴."

소년 화랑 신라 수호기

기파랑과 동해미르는 잠시 골똘히 생각에 잠겼습니다. 공격은 멋지고, 방어는 안심이 되며, 후퇴는 쓸모가 많습니다. 어떤 것을 택하는 것이 가장 좋은 선택일까요.

"전 공격을 택하겠습니다."

기파랑이 먼저 결정을 내리고 손을 들었습니다.

"이유는?"

풍백님은 그럴 줄 알았다는 표정이셨습니다.

"반드시 이겨야 하는 싸움에서 적을 물리치고 싶기 때문입니다."

"그렇구나. 그러면 동해미르는 무엇을 고르겠느냐?"

동해미르는 어느 것을 골라야 할지 마음을 정하기가 어려웠습니다. 공격을 택하자니 방어가 안전해서 더 좋을 것 같고, 방어만 해서야 이길 수 없으니 공격을 택해야 할 것 같기도 해서 딱히 하나를 고르기가 어려웠습니다.

"저, 스승님. 전 조금 더 생각을 해보고 결정하면 안 될까요? 먼저 기파랑에게 공격하는 재주를 일러주시는 동안 어떤 것을 택할지를 결정하겠습니다."

"그러려무나."

풍백님은 선선히 승낙을 하시고는 기파랑에게 공격의 재주를 가르치십니다.

"기파랑은 공격하는 재주를 택할 것이라 짐작하고 있었다. 항상 적을 쓰러뜨리고 이길 것만 생각하고 있지. 진취적이라 사내답긴 하지만 자칫 위험에 빠지게 될까 걱정스럽기도 하다. 늘 자신의 안위도 돌보는 세심함을 염두에 두도록 하여라."

"네, 스승님의 가르침을 항상 기억하겠습니다."

"그럼, 잘 보고 따라 해보거라. '자용섬'이라는 기술이다. 붉은 용 모양의 화살이라는 뜻이란다. 손에 용맹한 기운을 모아 적을 향해 날리는 것이지. 재주를 부리는 이가 가진 기의 크기에 따라 자용섬의 크기도 정해진단다. 너는 비록 아직 어리지만 열심히 수련한다면, 작은 바위 정도는 부술 수 있을 것이다."

풍백님은 이렇게 말씀하시고는 양손을 돌려 작은 원을 그리셨습니다. 희미한 하얀 바람 같은 것이 그 원안에 머뭅니다. 아마 저것이 용맹한 기운이라는 것인가 봅니다. 빙글거리며 돌던 흰 기운은 차츰 빛을 강하게 발하더니 붉게 변했고 마침내 태양만큼 밝아져서 풍백님의 양손 안에서 매우 빠르게 회전하였습니다.

"타아앗!"

풍백님은 큰 기합과 함께 손바닥을 위로 올리셨습니다. 그러자 엄청나게 큰 용 모양의 장풍이 묘한 소리를 내며 하늘 위로 발사됩니다. 그 크기와 밝기, 그리고 빠른 속도에 기파랑과 동해미르는 입을 크게 벌리고 감탄했습니다. 용이 승천하는 것처럼 꿈틀대며 자용섬은 구름을 뚫고 하늘 끝까지 올라가 버렸습니다.

"우와!"

기파랑과 동해미르는 잠시 스승님과의 이별도 잊고 펄쩍펄쩍 뛰며 좋아했습니다. 정말 놀라운 재주입니다.

"이번에는 너에게 보여주기 위해 천천히 했다만 익숙해진다면 아주 빠른 속도로도 쓸 수 있을 것이다. 다만 한 가지, 아직 나이가 어려 기력이 약한 너희들이 이 기술을 쓴다면, 아마 탈진하여 잠깐 동안 몸을 제대로 가눌 수 없을 게다. 그러니 전에 일러준 방법대로 기력을 끌어올리는 것도 게을리하지 말아야 한다. 어떠냐? 배워보겠느냐?"

"네, 스승님 부디 가르쳐주십시오."

기파랑이 기대에 차서 고개를 끄덕입니다. 세상에, 이렇게 멋진 재주를 배우게 될 줄은 꿈에도 몰랐습니다. 풍백님은 기파랑의 손을 잡고 자세를 바로 잡아가며 자용섬을 뿜어내는 법을 일러 주셨습니다. 정신을 집중하여 잘 듣고 그대로 따라 해보았지만, 아직 기파랑의 손에서는 지렁이보다도 가는 붉은 빛이 피식- 하고 잠깐 비칠 뿐입니다.

"이얍! 애개?"

자신의 손에서 뿜어져 나온 자용섬이 하도 작고 보잘것없어서 기운이 빠진 기파랑은, 자기도 모르게 탄식을 했습니다.

"괜찮다. 이미 요령을 깨쳤으니, 차츰 늘게 될 것이다."

풍백님이 웃으시며 기파랑을 안심시켜 주셨습니다.

"배우자마자 그만큼이라도 자용섬을 발사하는 건 대단한 거란다. 역시 기파랑은 기운이 넘치는 아이로구나."

"그렇습니까? 그럼 어서 연습을 더 하겠습니다."

풍백님의 격려에 기파랑은 금세 기운을 차리고 옆으로 비켜서서 자용섬을 연습하기 시작했습니다.

"자, 그럼 기파랑은 공격하는 재주를 얻었으니 됐고, 동해미르야, 네가 배우고 싶은 기술은 어떤 것이냐? 고민은 끝났니?"

동해미르는 그새 마음을 정한 듯 자신 있게 말했습니다.

"네, 스승님. 제가 배우고 싶은 기술은 후퇴하는 재주입니다."

어지간해서는 잘 놀라시질 않는 풍백님이지만 동해미르의 이 말은 상당히 의외의 것이었는지 눈을 동그랗게 뜨셨습니다.

"아니, 너는 방금 전까지 후퇴란 비겁해서 군인이 할 바가 아니라고 하지 않았느냐?"

기파랑도 어이가 없어 자용섬을 연습하다 말고 동해미르를 쳐다봅니다. 도대체 동해미르는 무슨 생각으로 그런 결정을 한 걸까요?

"다른 것이 아니고, 조금 전 스승님의 말씀을 듣고 그런 결정을 내렸습니다. 자용섬을 쓰고 나면 기력이 빠져 탈진할 수도 있다는 말씀이요. 기파랑은 적과 마주치게 되면 분명히 앞뒤 따지지 않고 자신의 기운을 모두 쏟아 자용섬을 발사할 것입니다."

"그래, 기파랑의 성격은 그런 것이지."

풍백님은 고개를 끄덕이십니다.

"그런데 만약 그 자용섬으로 적을 모두 쓰러뜨리지 못한다면 그땐 큰일이 아닙니까? 탈진하여 팔다리를 제대로 움직이지 못할 때에 어떻게 적과 싸워 이길 수가 있겠어요?"

"그 또한 맞는 말이지."

동해미르는 조금 부끄러운 듯 머리를 긁적이며 말을 이었습니다.

"그때에 제가 기파랑의 곁에 있다가 스승님께 배운 후퇴하는 재주를 써서 기파랑을 데리고 위기를 면하려는 것입니다. 다시 기운을 차릴 때까지 잠시 물러나는 것은 결코 부끄러운 일이 아니라는 것도 알았으니까요."

풍백님은 알겠다는 듯 고개를 끄덕이십니다. 흐뭇한 웃음이 풍백님의 입가에 번집니다.

"과연 동해미르구나. 늘 친구를 제 몸보다 아끼는 그 마음이야말로 동해미르가 가진 것 중 가장 값진 것이라 할 것이야. 참으로 착한 아이다."

"아닙니다. 스승님. 부끄럽게 그러지 마세요."

동해미르의 얼굴이 빨갛게 달아올랐습니다. 기파랑은 그저 친구가 고맙고 자랑스러울 뿐입니다.

"그럼, 후퇴하는 재주를 배워보자꾸나. 잘 보거라. 동해미르야. 축지법이라고 하는 기술을 전에 한 번 본 적이 있을 것이다."

"예, 기억이 납니다. 스승님을 처음 만난 날, 저희를 집까지 데려다주신 그 기술 말씀이시죠?"

"그래, 그것이다. 몸을 한없이 가볍게 하여 바람에 싣고, 땅에는 주름을 잡아 가야 할 곳을 당겨오는 기술이란다. 자세를 일러주마."

선물 받은 특별한 재주

그렇게 해서 풍백님은 기파랑에게는 자용섬을, 동해미르에게는 축지법을 가르쳐주시고, 밤나무 숲을 떠나셨습니다. 아쉬운 마음에 두 친구의 눈에서는 눈물이 뚝뚝 떨어졌지만, 1년 뒤 다시 만날 수 있다는 것으로 위안을 삼으며 슬픈 마음을 달랬습니다. 저만큼 걸어간 풍백님은 웃으시며 손을 두어 번 흔드시더니, 축지법을 써서 바람처럼 빠르게 멀어져 갔습니다. 갑자기 밤나무 숲이 텅 빈 것 같이 쓸쓸해졌습니다.

4.
안민사의 축제

세월만큼 빠른 게 없습니다. 풍백님이 길을 떠난 지 벌써 열 달이 지나갔습니다. 아마 두 달 정도만 지나면 풍백님을 다시 만날 수 있을 것 같습니다. 기파랑과 동해미르는 하루하루 날짜를 세어 가며 풍백님을 기다렸습니다. 그동안 열심히 연습을 해서 부쩍 는 실력을 보여드리고 칭찬받고 싶은 마음이 굴뚝같습니다. 다른 낭도들은 요사이 들떠서 수련을 게을리하고 있지만, 기파랑과 동해미르는 흥분되고 설레는 중에도 늘 한결같이 부지런히 무예를 연마하고 책을 읽었습니다. 다른 낭도들이 들떠 있는 이유가 무엇이냐고요? 바로 완성을 코앞에 둔 안민사 때문이지요. 안민사의 막바지 공사가 한창인 요즘, 주변은 온통 축제의 분위기가 가득합니다. 아직은 지어지는 중이라 보통 사람들은 절 내부에 들어갈 수 없지만, 그래도 사람들은 조금이라도 더 근처에서 나라에서 제일

가는 크기가 될 사찰의 모습을 구경하려고 전국각지에서 모여들었습니다.

안민사는 임금님의 명에 의해 동해와 남해가 만나는 곳의 해변 절벽 위에 지어지는 절인데, 어른들의 말씀에 따르면, 그 안에는 유례없이 크고, 아름다운 석탑들과 불상이 가득하다는 것입니다. 백제에서 초청해 온 유명한 석공이 삼일 동안 차가운 폭포수 아래 앉아 몸과 마음을 정히 한 후 일을 시작하여, 열 달도 넘게 쪼아 만든 9층 석탑은, 이제껏 서라벌 사람들이 보아왔던 그 어떤 탑보다 웅장하면서도 섬세하다고 합니다. 수백 근의 청동으로 주물을 하고 수십 근의 황금을 씌운 커다란 불상은 보기만 해도 마음이 평화로워질 정도로 자애로워 보인다고 합니다. 또, 어른 키의 세 배가 넘는 크기의 거대한 청동 종을 울리면 그 소리가 신라의 삼분의 일에 닿을 만큼 크면서도, 청아하여 듣는 이의 심금을 울려준다는 이야기도 있습니다. 게다가 연등은 또 어찌나 아름답고 호화로운지…. 어른들은 낮 동안 절의 주변에서 삼삼오오 짝을 지어, 자기가 알고 있는 새로 지어질 절의 웅장함과 화려함에 대하여 이야기했고, 해가 져서 절을 짓는 일꾼들이 하루 일을 마치고 나오면, 그들을 붙들고 뭔가 새로운 정보가 없는가 물었습니다. 그럴 때면 일꾼들은 잔뜩 뜸을 들이면서 목이 컬컬하다는 둥, 허기가 져서 말할 기운도 없다는 둥, 딴청을 피웠습니다. 애가 탄 어른들은 일꾼들을 이끌고, 원래는 그 자리에 없었지만 안민사 덕을 보려고 얼마 전부터 새로 자리 잡은 주막이나 식당으로 들어갔습니다. 그곳에서 일꾼들과 술잔을 나누며 밤이 늦도록 안민사에 대한 이야기를 듣고, 다음 날이 되면 또 다른 사람들에게 자신이 아는 것을 자랑스럽게 말해주는 게 요즘 어른들이 즐기는 일이었습니다.

"자네, 이런 이야기 들어보았나? 어제 일꾼들에게 술을 사주며 얻어들은 건데, 안민사의 본존불은 수나라에서도 감탄할 만큼 대단히 멋진 것이라서 곧 수의 황제도 이곳으로 구경을 올 거라더군."

"예끼, 이 사람아. 그까짓 일꾼이 저 먼 중국 왕실의 일을 어찌 안다고 그리 허튼소리야. 그런 것보다 내가 들은 정보를 일러줌세. 지금 저 안에 한 아름으로도 못 안을 만큼 큰 연등이 수백 개가 있는데, 아 글쎄 그걸 다 합친 것보다도 더 밝고 화려한 황금빛 용등이 대웅전 앞마당 한가운데에 걸릴 거라는 게야. 밤에 보면 마치 살아 꿈틀대는 용처럼 실감이 난다고 하더군."

"뭐, 그것도 흥미 있는 이야기이긴 한데, 내가 아는 것만은 못하군. 이 절의 첫 법회에 누가 오신다는 줄 아는가? 임금님과 공주님일세. 신하들을 모두 이끌고, 이름난 고승들을 잔뜩 데려오신다더군. 경비를 담당하고 있는 군사에게서 들은 이야기니까 확실할걸세. 내 조카애거든. 엣헴!"

"헛, 그게 사실인가? 안민사 덕에 가까이서 용안을 뵙게 될 줄이야. 이거 정말 영광이구면."

뭐 이런 식입니다. 사실 원래는 며칠씩이나 이렇게 아무 일도 않고 빈둥거린다는 건 꿈도 못 꿀 일이었지만, 몇 년간 계속된 풍년 덕에 사람들은 여유가 있었고, 그래서 늘 기분이 좋았습니다. 올해도 날씨는 순조로워서 농사일도 이제 논에 물이 모자라거나 넘지 않도록 관리만 조금 더 해준 뒤, 여름을 보내고 추수할 일만 남았습니다. 특히 초여름에 장마가 별 피해를 주지 않고 지나간 것에 농부들은 진심으로 감사를 드렸습니다. 주인들이 기분이 좋으니까 덩달아 머슴이나 하녀들도 살판이 났습니다. 저녁때에는 인근의 일꾼들도 하루 일을 마치고, 비록 피곤한 몸이나마 안민사 터를 찾아 그곳에 가득 차 있는 축제의 공기를 마시고 이런저런 가게들을 둘러보면서 좋아했습니다. 대부분의 주인들도 그러는 걸 못 본 척 눈감아주고 넘어갔습니다.

"저희들도 사람이니 어찌 구경 오고 싶지 않겠나."

"그러게 말일세. 어쨌든 제 할 일을 너무 게을리 하지만 않으면 되는 게지."

아이들도 신이 나기는 마찬가지입니다. 안민사 근처에 새로 자리를 잡은 많은 가게들에서는 그동안 못 보았던 여러 가지 신기한 물건들, 맛있는 먹을거리를 팔고 있었기 때문에 그 근처를 기웃거리느라고 시간 가는 줄을 몰랐습니다. 낭도들은 그래도 체면이 있어서 다른 꼬마들처럼 대놓고 소리를 지르거나 가게 주변을 뛰어다니진 않았지만, 아직 어린 것은 한 가지라서 속으로는 잔뜩 들떠 있었습니다. 가끔 화랑님이 모든 낭도들을 데리고 와서 과자를 사주시곤 했는데, 낭도들은 그 맛을 잊지 못하고 그리워했습니다. 문제는 마음대로 간식을 사 먹을만한 돈이 없다는 거였죠. 이때에는 아직 동전이나 지폐가 쓰일 때가 아니라서 사람들은 물건값으로 쌀과 같은 곡물이나 베, 면 등의 옷감을 대신 주었습니다. 귀족이나 부자들은 금이나, 은을 얇게 잘라 들고 다니면서 그걸로 계산을 했지요. 그러니 여염집 아이들은 가끔 어머니가 쌀 한 되를 퍼 주시면서 '이걸로 가서 간식을 사 먹으라.'고 크게 인심을 쓰시는 경우가 아니고서야 가게에서 뭘 사 먹을 길이 없었습니다. 결국 매일 구경이라도 하고 싶어서 근처에서 서성이는 겁니다. 어쩌다가 운이 좋아 아는 친척 아저씨라도 만나면 맛난 과자라도 사주실지 모르니까요. 그런데 기파랑과 동해미르는 도대체 어디서 뭘 하고 있는 걸까요?

"기파랑, 보여? 저기 절벽 위에 독수리가 앉아 있어. 네 왼쪽에."

동해미르가 목소리를 죽이고 기파랑의 귀에 소곤댔습니다. 기파랑은 동해미르가 가리킨 방향으로 시선을 돌렸습니다. 정말 커다란 독수리가 깎아지른 듯한 절벽 맨 꼭대기에 앉아 잠시 쉬고 있었습니다. 기파랑은 천천히 등에 메고 있는 화살 통에서 화살을 꺼내 시위에 가져갑니다. 화살 끝의 촉이 날카롭지 않고 둥근 천으로 싸여 있습니다.

"좋았어. 이제 곧 금 한 냥이 생기겠구나."

기파랑은 활을 위로 올려 독수리를 겨눕니다. 시위가 팽팽하게 당겨졌습니다. 기파랑은 숨을 멈추고 겨냥이 빗나가지 않도록 정신을 집중합니다.

"잘 쏴야 해. 행여 독수리가 다치지 않도록."

옆에 선 동해미르는 안절부절못하고 걱정을 합니다. 기파랑은 대답을 하지 않고 활에만 온 신경을 모읍니다.

피잉!

마침내 기파랑이 당기고 있던 시위를 놓자 빠르게 화살이 날아갑니다. 화살은 독수리가 앉았던 곳 바로 아래를 세게 때립니다. 미처 모르고 있던 독수리는 갑자기 날아온 화살에 놀라 푸드득 날갯짓을 하며 급히 날아올랐습니다. 하늘에서 두어 번 빙글대며 돌던 독수리는 곧 자기에게 화살을 쏜 기파랑과 동해미르를 발견했습니다. 화가 난 독수리는 기파랑을 향해 곧장 날아듭니다. 몸크기가 송아지만 한 독수리의 날카로운 발톱과 부리가 기파랑을 노리고 있습니다. 그런데 기파랑은 무서워하지도 않고 두 번째 화살을 쏠 준비를 합니다. 그런데 이 화살도 촉이 없습니다. 솜뭉치만 달려 있는 화살로 어쩌려는 걸까요? 그러는 동안에도 독수리는 빠르게 아래로, 아래로 날아옵니다. 쫙 펼친 독수리의 발톱이 똑똑히 보일 때쯤, 기파랑은 화살을 날렸습니다. 슈웅- 하고 날아간 화살은 독수리의 꼬리 사이를 통과해 버립니다. 화살에 맞을뻔한 독수리는 겁을 집어먹고 방향을 바꾸어 하늘 위로 도망을 쳐버렸습니다. 기파랑은 그럴 줄 알았다는 듯 오히려 태연히 위를 보고 달아나는 독수리에게 손까지 흔들어줍니다. 독수리는 끼익하고 울면서 훨훨 멀리 날아가 버렸고, 조금 전 기파랑의 화살이 독수리의 꼬리를 스칠 때에 떨어져 나온 꼬리 깃털 하나만 팔랑대며 천천히 떨어졌습니다.

"잡았다!"

동해미르는 손을 펼쳐서 독수리의 깃털을 받고는 만세를 불렀습니다. 기파랑도 계획했던 대로 일이 잘돼서 기분이 좋았습니다. 처음부터 독수리는 다치지 않게 하고 이 꼬리 깃털 하나만 얻을 생각이었던 겁니다. 왜 꼬리 깃털을 구하려고 했는가? 이유를 말씀 드리자면 이런 겁니다. 소감이라는 계급의 장수가 있습니다. 이 소 감들이 쓰는 깃발을 장식하는 데에 독수리 꼬리 깃털이 꼭 필요한 것이어서, 깃발 만드는 장인들이 독수리 꼬리 깃털을 비싸게 주고 샀기 때문입니다.

신라 시대에는 장수의 등급에 따라 그 부대를 상징하는 깃발의 위에 장식하는 것이 달랐습니다. 이 장식을 '화'라고 합니다. '화'로 는 호랑이 가죽, 곰 가죽, 독수리 깃털 등이 쓰였는데, 그중에서도 호랑이의 뺨가죽으로 장식을 한 깃발은 계급이 매우 높은 장수의 부대라는 뜻이었고, 독수리 꼬리 깃털 장식도 꽤 높은 계급의 장 수만 쓸 수 있는 것이었습니다. 기파랑과 동해미르는 이미 동네의 깃발 만드는 아저씨로부터 독수리 꼬리 깃털을 구해오면 황금 한 냥에 사주겠다는 약속을 받아놓고 있었습니다. 독수리는 사납고 무서운 새였기 때문에 잡아서 깃털을 얻기가 매우 어려웠습니다. 어지간히 솜씨가 좋은 사냥꾼이 아니면 잡을 엄두도 내지 못했고, 자연스레 그 값이 비쌌던 것입니다. 어쨌든, 필요 없는 살생을 하지 않고도 원하던 독수리 꼬리 깃털을 손에 넣은 기파랑과 동해미르 는 신바람이 났습니다.

"앗싸! 이제 꿀에 담근 능금을 실컷 먹게 됐다. 랄라라 고것 참 꿀맛이로세."

동해미르가 엉덩이를 흔들면서 콧노래를 부릅니다. 얼마 전, 화 랑님이 낭도들을 데리고 가서 사주신, 꿀에 담근 능금의 맛은 너 무도 달콤하고 좋았습니다. 혀끝으로는 단맛이 확 퍼지고 입 안에서는 아삭아삭하는 능금의 과육이 씹힙니다. 기파랑과 동해미르는 단 한 번 먹어본 것뿐이었지만, 그 맛에 폭 빠질 수밖에 없었습니다. 게다가 그 능금을 파는 젊은 아저씨도 재미있고 유쾌한 사람이어서 아이들 사이에서는 최고의 인기인이었습니다.

"그러게. 화랑님께도 대접해 드리고, 다른 낭도들도 다 하나씩 먹어보라고 주고, 집에 갈 때는 식구들 것도 싸 가야지."

"그 능금장수 아저씨가 오래 이곳에 계셔야 하는데, 스승님이 돌아오시면 꼭 대접해 드리고 싶어."

"그래, 맞아. 스승님이 돌아오시겠다고 하신 날이 이제 두 달도 안 남았지?"

"혹시 오늘이라도 오실지 모르지. 그런 의미에서 이따가 저녁때에 또 밤나무 숲에 가보자."

기파랑과 동해미르는 아직 풍백님이 돌아오실 리가 없다는 걸 알고 있었지만, 그래도 매일 밤나무 숲에 들러서 그곳에서 수련을 하고 책도 읽으면서 혹시나 오실지 모르는 스승님을 기다렸습니다.

"그래, 하지만 우선은 독수리 꼬리 깃털부터 황금과 바꾸자. 어렵게 구한 건데 혹시라도 망가지면 곤란하니까."

"그러자. 천둥아!"

동해미르가 큰 소리로 자신의 말 이름을 부르자 숲속에서 기다리고 있던 천둥이가 히힝 소리를 내며 달려옵니다.

"흰 바람!"

기파랑도 자기 말을 부릅니다. 두 사람은 비호처럼 날쌔게 달리는 말 등에 올라탑니다. 말발굽소리를 요란하게 내며 희고 까만 말

두 마리가 빠르게 마을을 향해 달립니다.

"아니, 너희가 정말 독수리를 잡았다는 말이냐?"

동해미르가 쑥 내민 독수리 꼬리 깃털을 본 깃발 만드는 아저씨는 깜짝 놀랐습니다. 애초부터 이런 아이들이 그 무서운 독수리를 잡아 깃털을 구해 오리라고는 기대하지 않았었기 때문입니다. 게다가 이 꼬리 깃털은 그 크기로 보아 엄청나게 큰 독수리의 것이었습니다.

"에이, 누가 독수리를 잡았다고 했나요. 그냥 꼬리 깃털만 얻었어요."

동해미르는 잔뜩 뻐기며 거드름을 피웠습니다.

"아하, 그럼 어디 산속에서 주운 거로구나?"

아저씨는 이제 알겠다는 듯한 표정입니다.

"이렇게 멀쩡하고 깨끗한 깃털을 어디서 주워요."

하긴 그 말을 듣고 보니 저절로 빠져서 땅에 뒹굴던 깃털은 아닌듯합니다. 아저씨는 더욱 자초지종을 알 수 없게 되었습니다. 두 아이의 얼굴을 번갈아가며 쳐다봐도 도무지 답이 안 나옵니다.

"그럼 대체 뭔 소리인 거냐? 뭐, 됐다. 어쨌든 약속대로 금 한 냥에 사마."

아저씨가 반짝이는 황금 덩어리 하나를 꺼내어 저울에 쟀습니다. 눈금을 보니 정확히 한 냥입니다. 한 냥이 얼마 정도인지 잘 모르겠다고요? '냥'이란 가벼운 것의 무게를 재는 옛날 단위인데 요즘도 금이나 은을 잴 때 쓰입니다. 한 냥은 열 돈이고요. 한 돈은 두툼한 반지 하나 정도의 무게입니다. 이제 한 냥이 얼마만큼의 크기인지 알겠죠? 깃털을 드리고 금을 받은 기파랑과 동해미르는 세상에서 제일가는 부자가 된 기분이었습니다. 두 아이는 마주 보며 만세를 한 번 부르고 금을 주머니 속에 잘 챙긴 다음, 밖으로 뛰어나가 말에 올랐습니다. 물론 깃발 만드는 아저씨에게 인사하는 것은 잊지 않았죠.

"아저씨 사주셔서 감사합니다. 안녕히 계세요!"

"얘들아, 다음에도 이런 깃털을 구하거들랑 나에게 팔러 와다오!"

아저씨가 문밖까지 따라 나와서 급하게 소리를 칩니다.

"그럴게요!"

인사를 마친 기파랑과 동해미르는 바람처럼 빠르게 말을 몰아 안민사 쪽을 향해 달려갔습니다. 도중에 동해미르가 큰 소리를 지르며 기파랑에게 물었습니다. 말을 타고 달리는 중에는 꽤 시끄럽거든요.

"야, 기파랑. 그런데 황금 한 냥이면 능금을 얼마큼이나 살까? 이백 개가 넘게 사야하는데."

동해미르는 낭도의 수만큼 충분히 능금을 사지 못할까 봐 조금 걱정이 됩니다.

"그러게? 그만큼 살 수 있지 않을까? 그래도 황금인데."

기파랑도 정확히 모르기는 마찬가지입니다. 그럴 수밖에요. 둘 다 이렇게 많은 액수를 가지고 물건을 사보는 게 처음이니까요. 가장 비싼 것을 사본 경험이라야 지금 신고 다니는 가죽신을 사러

시장에 갔던 게 전부인데, 그때도 달랑 은전 한 푼만 들고 갔었습니다. 칼이나 활은 제법 값이 나가는 물건이긴 하지만 모두 아버지가 쓰시던 것을 물려받은 것이고 말과 마구는 풍백님이 선물해 주신 것이거든요.

"어쨌든 그 능금 파는 아저씨가 가장 잘 아시겠지. 일단 가서 물어보는 게 가장 정확할 거야."

"능금을 다 사고 나서도 금이 조금은 남았으면 좋겠다. 난 감주도 사 먹어보고 싶고, 멋진 허리띠도 갖고 싶은데, 아 참, 떡도 맛있겠더라."

동해미르는 갖고 싶고, 먹고 싶은 게 굉장히 많은가 봅니다. 사실 기파랑도 꼭 한 가지 사고 싶은 게 있긴 합니다. 그건 바로 멋진 칼입니다. 아버지에게서 물려받은 칼은 너무 낡고 이가 빠진 부분이 많아서 잘 들지 않습니다. 꼼꼼히 살펴보면 너무 흠이 많아서 언제 부러진다고 해도 이상할 게 없을 정도입니다. 게다가 칼집과 손잡이도 많이 헤져서 너덜거립니다. 그렇지만 분명히 좋은 칼은 황금 한 냥보다 비쌀 것입니다. 어쩔 수 없이 지금 이 칼로 만족하는 수밖에 없다고 기파랑은 늘 자신을 달랩니다. 어느새 안민사가 저 멀리 보입니다. 보면 볼수록 흰 바람과 천둥, 참 빠르고 좋은 말입니다.

5.
정대 형과 우정을 나누다

오늘도 안민사 앞은 매우 북적입니다.
기파랑과 동해미르는 절 근처의 말 매어두
는 곳에 말을 두고 천천히 구경을 하며 사
람들 틈에서 능금장수 아저씨를 찾았습니
다. 워낙 붐비는 곳이라 그것도 쉬운 일이
아닙니다.

"앗 저기 있다."

동해미르가 먼저 능금장수 아저씨를 발
견하고 뛰어갑니다. 역시 이런 일에는 동해
미르가 잽쌉니다. 능금장수 아저씨 주변에는 이미 어른 두어 명이
옹기종기 서서 꿀에 담근 능금을 맛있게 먹고 있었습니다.

"아저씨, 안녕하세요."

기파랑과 동해미르는 싹싹하게 인사를 건넵니다.

"아 어서 와요, 낭도소년들. 가만 있어보자. 전에도 우리 집에서 능금을 사 먹었었지? 화랑님과 같이 와서, 음 닷새 전이던가? 그렇지?"

"네, 맞아요. 와! 아저씨 기억력 대단하시네요. 이렇게 많은 사람을 상대하시면서 저희 얼굴을 기억하세요?"

"하하, 그게 장사하는 사람이라면 당연한 거란다. 그래, 우리 낭도들이 오늘은 단둘이서 능금 드시러 오셨나?"

아저씨는 밝게 웃으면서도 손은 쉬지 않고 능금을 손질하여 얇은 꼬챙이에 꿴 다음, 꿀통에 담급니다. 이제 스무 살이 조금 넘은 듯한 젊은 능금장수 아저씨는 얼굴도 잘생겼습니다.

"아니요. 우리 둘만 먹을 게 아니고요. 한 이백 개 정도 사려고 하는데요."

동해미르는 꿀통에 담긴 능금에서 눈을 떼지 못하며 건성으로 대답합니다.

"엥? 이백 개씩이나? 너희들이?"

아저씨는 믿지 못하겠다는 눈치입니다.

"얘들아, 이게 이래 봬도 꽤 비싸단다. 이 계절에는 구하기도 어려운 최고급 능금에다가 귀한 벌꿀을 쓰고 있거든, 그리고 아저씨는 장사해야 하니까 농담은 사양할게요."

"저기, 이걸로 그만큼 살 수 없을까요?"

기파랑은 주머니에서 황금을 꺼내 내밀며 물었습니다. 번쩍이는 황금을 보자 아저씨와 주변에 섰던 손님들은 적잖이 놀란 눈치입니다. 사람들은 다시 한번 아이들의 행색을 살펴봤습니다. 기파랑과 동해미르는 사흘 동안이나 새벽부터 독수리를 찾느라고 온 산과 들을 헤집고 다닌 터라 온통 먼지투성이에다 때가 꼬질꼬질합니다. 칼을 차고 있지만 아주 낡은 것이고, 부잣집 도련님들이 의례히 차고 다니는 옥 장식 허리띠도 없습니다. 도저히 이런 황금 덩어리를 들고 다닐 아이들로는 안 보입니다. 다른 어른들도 놀라기는 마찬가지입니다. 아이의 허름한 주머니에서 황금 한 냥이 나왔으니까요.

"어허, 너희들 이제 보니 아주 부자였구나."

능금장수 아저씨가 감탄했습니다. 그러자 옆에서 능금을 먹고 있던 청년 하나가 끼어듭니다.

"흥, 부자는 무슨 부자. 어디서 훔친 게 분명하구먼. 에이, 어린 놈들이 도둑질이나 해대고. 장차 커서 뭐가 되려고 저런다지? 예끼 이 못된 놈들!"

청년의 못생긴 얼굴만큼이나 말투도 험악합니다.

"저희가 이걸 훔친 거라고 의심하세요?"

기파랑은 펄쩍 뛰었습니다.

"저희는 자랑스러운 낭도예요. 그런 짓을 할 리가 없잖아요."

"그럼 주웠니? 어디 길가에서? 아니지, 너희 집 마당에 떨어져 있었나?"

청년은 계속 비꼽니다.

"아니에요. 저흰 독수리 꼬리 깃털을 팔아서 정당하게 벌었어요. 정 의심나시면 본당에 있는 깃발가게에 가서 물어보세요."

소년 화랑 신라 수호기

기파랑은 불같이 화를 냈지만 청년은 전혀 개의치 않습니다. 오히려 동해미르의 멱살을 잡고 흔들어댑니다. 기분 좋게 능금을 사려던 게 많이 틀어졌습니다.

"요런 거짓말쟁이 도둑놈들은 관가에 넘겨서 혼쭐을 내야 해. 너희 같은 애송이들이 어디서 독수리 꼬리 깃털을 구한다는 말이냐? 거지같이 다 떨어진 행색을 하고서는."

"무슨 일이야? 아이를 붙잡고?"

"도둑이래, 도둑."

청년이 큰 소리를 내는 바람에 사람들이 웅성거리며 모여듭니다.

"아저씨, 이러지 마세요."

동해미르가 부탁해 보아도 인상이 험악한 청년은 아랑곳하지 않습니다. 오히려 구경하는 사람들이 늘자 더 기세가 등등합니다. 기파랑은 난감했습니다. 풍백님께 배운 무술로 이 청년을 쓰러뜨리는 것은 간단한 일이지만 아무래도 아이가 어른을 때리는 모습은 보기 좋을 것 같지가 않습니다. 게다가 낭도가 일반 백성을 때려서는 안 될 일이기도 합니다.

"어이, 그만두지 못해?"

이러지도, 저러지도 못하는 상황에서 동해미르를 구해주려고 나선 것은 능금장수 아저씨였습니다. 아저씨는 청년을 호되게 밀쳐내고서 멱살잡이를 당하는 바람에 다 흐트러진 동해미르의 옷매무새를 바로잡아 주었습니다.

"괜찮니?"

동해미르는 멋쩍은 얼굴로 고개를 끄덕입니다. 가슴팍을 밀린

정대 형과 우정을 나누다

청년은 넘어질 듯 비틀대다가 곧 정신을 차리고 곧 아저씨에게 대들었습니다.

"아니, 이놈이 어디서 도둑놈 편을 들어? 오호라. 고놈들의 코 묻은 돈이라도 좀 알겨내겠다, 이거냐? 사람 잘못 봤어. 감히 나에게 덤벼? 이놈 오늘 혼 좀 나봐라."

청년은 욕을 퍼붓더니 주먹을 휘두르며 다짜고짜 달려듭니다. 그러나 아저씨는 슬쩍 피하고서 오히려 청년의 팔을 잡아 비틀었습니다.

"아야야. 이거 놓지 못해?"

팔이 뒤로 꺾인 청년은 아픔을 참지 못하고 엄살을 떨어댑니다. 그러나 능금장수 아저씨는 놓아주지 않습니다.

"잘 들어. 네가 배운 것이 없고 멍청해서 그 나이가 되도록 나라를 위한 일이라곤 한 번도 해본 적이 없다고 해도, 고구려와 백제, 수나라가 호시탐탐 신라의 옥토를 넘보는 지금 이렇게 평화롭게 안민사 구경이나 다니는 게 누구의 덕분인지는 알 수 있을 거다. 바로 이 나라의 군사와 화랑, 그리고 낭도들 덕분이지. 이 아이들 같은 낭도 말이야. 명예를 지키고 항상 자기를 수련하는 낭도를 함부로 모욕하지 마라!"

"아야, 네가 뭐라고 도둑놈들 편을 들고 그러는 거야? 어차피 너도 낭도 같은 건 아니잖아!"

청년은 인상을 있는 대로 찡그리며 고래고래 소리를 지릅니다. 아저씨는 팔을 더 세게 꺾습니다.

"적어도 나는 아무런 증거도 없이 무고한 사람을 도둑으로 몰지는 않는다. 낭도의 복장을 갖추고 있는 사람을 의심한다는 것은 모든 낭도들의 정직성을 믿지 못한다는 것과 같은 이야기야. 비록 상대가 나이 어린 아이라고 해도 말이지."

"그래. 으악! 너 잘났다. 너희랑 그 빌어먹을 으악! 꼬마 도둑놈들이랑 으악! 잘해봐라."

청년은 더 크게 소리칩니다. 꺾인 팔이 어지간히 아픈지 말 사이에 간간이 비명이 섞여 나옵니다.

"이 녀석이 그래도 제 잘못을 뉘우칠 줄 모르네. 어디 팔이 부러져야 반성을 할 테냐?"

아파서 죽을 지경이지만 청년은 오기로 버티고 있었습니다. 눈물이 찔끔찔끔 나옵니다. 그 모양을 보고 있으려니 측은한 마음이 들었습니다.

"아저씨. 이제 그만 용서해 주시죠. 그러다가 팔이 부러지겠어요."

"그럴까? 당사자인 네가 용서해 주라면 그래야지 뭐."

동해미르가 나서서 말리자 능금장수 아저씨는 두말 않고 청년의 팔을 놓아주었습니다. 곤욕을 치른 청년은 저만큼 도망을 가서 욕을 한바탕 하고 사람들 틈으로 달아나 버렸습니다. 사람들은 그 청년의 유치함을 비웃었습니다.

"아저씨. 감사합니다. 덕분에 곤경에서 벗어났어요."

동해미르는 능금장수 아저씨에게 허리 숙여 공손히 감사인사를 했습니다.

"그리고 저희를 믿어주셔서 감사합니다. 아저씨 말씀대로 낭도들은 결코 그런 짓을 하지 않아요."

기파랑도 이 아저씨가 마음에 들었습니다. 아저씨는 쑥스러워하며, 허리 숙여 인사를 하려는 기파랑을 만류합니다.

"됐어. 그렇게 낯간지럽게 예의 갖추지 않아도 돼. 그보다 멱살 잡혔던 낭도친구는 목 아프지 않니? 저렇게 아무에게나 함부로 대하는 녀석들은 어디를 가도 꼭 하나둘쯤 있더라고. 더 혼을 냈어야 하는데… 넌 굉장히 착하더라."

아저씨는 동해미르를 칭찬합니다.

"자기를 괴롭히던 사람을 용서한다는 건 사실 어지간히 마음이 넓은 사람이 아니면 하기 힘든 건데. 마음에 든다. 통성명이나 할까? 난 정대라고 해."

정대 아저씨는 꿀에 절인 능금꽂이를 하나씩 건네며 자신을 소개했습니다. 기파랑과 동해미르도 능금을 공손히 두 손으로 받은 후 자기소개를 했습니다.

"잘 먹겠습니다. 전 기파랑이라고 해요. 널리 기운을 떨치는 남자라는 뜻의 이름이에요. 열세 살이고요. 품일 화랑님을 따르는 낭도입니다."

"저는 동해미르예요. 저도 정대 아저씨가 아주 마음에 들어요. 전 기파랑이랑 같은 낭도고요. 나이도 동갑이에요. 기파랑과 저는 제일 친한 친구예요. 그리고 이 능금 정말 맛있네요."

동해미르는 입 주변이 온통 꿀로 범벅이 돼서 급하게 능금을 베어 먹으며 웃습니다. 정대 아저씨도 이를 드러내며 씨익 웃었습니다.

"그래? 맛있다고 해주니 기분이 좋구나. 천천히 많이 먹으렴. 동해미르야. 다음에도 이 능금꽂이가 생각나면 들르렴. 이제 서로 통성명까지 한 친구 사인데 그런 능금 한두 개쯤이야 언제든 줄게."

그렇게 말하고 정대 아저씨는 허리춤에서 작은 대나무 물통을 꺼내 뚜껑을 열고 물을 부어가며 손을 씻었습니다.

"먹을 걸 다루는 사람이니까 늘 이렇게 깔끔을 떨어야 한단다. 아까 그 녀석의 때가 묻은 채 능금을 주무를 수야 없는 일이지."

손을 다 씻은 정대 아저씨는 삼베 수건에 물기를 닦고 다시 능금을 꿰서 꿀에 담그기 시작했습니다. 익숙한 솜씨가 보통이 아닙니다.

"거기 서서 천천히 먹고 더 먹으렴. 너희들과 이야기 나누는 게 재미있긴 하지만 장사하던 걸 내버려 둘 수가 없으니…."

그러는 동안에도 쉼 없이 손님이 와서 능금꽂이를 사 갑니다. 워낙 맛있다고 소문이 난 간식거리였으니까요. 정대 아저씨의 허락을 받은 동해미르는 눈 깜짝할 사이에 한 개를 먹어치우고, 두 번째 능금도 게 눈 감추듯 먹어버렸습니다. 세 개째 능금꽂이를 집어 들려고 하는 동해미르를 기파랑이 작은 목소리로 말렸습니다.

"동해미르야. 아무리 능금이 맛있고 아저씨께서 인심이 좋아도 그렇지. 파는 물건을 그렇게 마구 먹어버리면 어떡해. 이제 그만 먹어. 이따가 다시 와서 돈을 내고 사 먹자."

동해미르도 그제야 제정신을 차리고, 집었던 능금꽂이를 슬그머니 내려놓았습니다.

"그러게. 나도 참, 너무 맛있어서 그만 염치를 잊어버렸네."

두 아이는 작은 목소리로 이야기했지만 정대 아저씨는 귀가 굉장히 밝은 사람이었는지 용케 그걸 알아듣고 신경 쓰지 말고 더

정대 형과 우정을 나누다

먹어도 된다고 합니다.

"아닙니다. 아저씨 덕분에 멱살잡이도 모면했고, 맛있는 능금도 대접받아서 정말 감사드려요. 하지만 더 폐를 끼칠 수는 없어요. 이제부터는 저희가 돈을 내고 사 먹어야 마음이 편할 것 같아요."

기파랑은 정중하게 아저씨의 호의를 거절했습니다.

"기파랑아. 그렇게 하지 않아도 돼. 너희를 보고 있으니까, 고향에 있는 동생 생각도 나고 해서 내 딴에는 아끼는 것 없이 주고 싶단다. 비록 별거 아닌 능금꽂이지만 말이야. 그리고 그 아저씨란 말 대신에 형이라고 불러주면 안 될까? 어차피 열 살 차이도 안 나는데."

친구처럼, 형, 아우 하며 허물없이 지내자는 정대 아저씨의 말에 가장 반색을 한 건 동해미르였습니다.

"좋아요. 정대 형, 친하게 지내요. 그건 그렇고요. 아까 말씀드렸던 거요. 화랑님과 다른 낭도들에게 나누어주고 싶어서 그러는데, 금 한 냥으로 이거 이백 개쯤 살 수 있나요?"

정대는 동해미르의 질문을 듣고는 어이없다는 듯 웃습니다.

"너희들 아직 물건값을 잘 모르는구나. 어디 가서 속기 딱 좋다. 이까짓 능금꽂이라야 은 한 푼도 안 하는 건데 황금 한 냥은 너무 많지."

"진짜예요? 우리가 친구 하기로 했다고 해서 막 깎아주고 손해 보려는 거 아니에요?"

"하하, 그렇게 생각한다면 옆 가게 아저씨에게 물어보렴. 능금꽂이 값이 얼마인가."

사실인가 봅니다. 동해미르는 손을 꼽아가며 계산을 해보았습니다.

"은 열 푼이 한 돈이고, 그게 열 개 있어야 은 한 냥이니까. 에, 또, 그리고 은 열 냥이 금 한 돈과 같고. 능금은 한 개에 은 한 푼이라고 했고."

복잡합니다. 소리 내어 계산을 한참 해보던 동해미르는 결국 포기해 버렸습니다.

"에구 모르겠네요. 좌우지간 충분히 살 수 있다니까 기분 좋네요."

"복잡할 것 없어. 능금꽃이 이백 개면, 은 두 냥이 조금 안 되는 거야. 그러니까 너희가 가진 황금으로 지불한다면 내가 너희에게 황금 아흔여덟 푼을 거슬러 줘야 하는 거지."

"우와, 정대 형은 머리도 좋은가 봐요. 계산이 금방 척척 나오네."

기분이 좋은 동해미르가 정대의 허리를 툭 치며 감탄합니다. 기파랑도 능금을 필요한 만큼 살 수 있게 되어 기쁘기는 한가지였습니다.

"그런데 지금 나한테는 그만큼 거슬러 줄 돈이 없거든. 그래서 말인데 이러면 어떨까? 지금 당장은 너희가 능금을 먹거나 사 갈 때에 돈을 받지 않을게. 대신에 다 기록을 해두었다가 나중에 그 개수가 많아져서 금 한 돈만큼 차면 그때 지불하는 걸로 하자. 그때쯤 되면 나도 거스름돈을 줄 수 있을 만큼 돈을 모을 테니까. 이 방법 괜찮지 않니?"

우와, 황금 한 냥은 꽤 큰돈인가 봅니다. 매일 이렇게 장사가 잘되는 정대 형에게도 그만한 돈이 없다는 걸 보면요.

"그렇지만 만약 그사이에 저희가 이 황금을 다 써버리면 어쩌시려고요?"

혹시라도 능금을 외상으로 먹었다가 나중에 그 값을 제대로 못 치를까 봐 기파랑은 걱정이 됐습니다.

"하하하, 너희가? 그런 염려는 말아라. 이래 봬도 사람 보는 눈 하나는 자신 있거든. 너희들은 믿을만한 고객이니까, 아무 걱정 없이 외상을 준다고 하는 거야."

정대가 기파랑의 머리를 쓰다듬으면서 유쾌하게 웃습니다. 그 웃음을 보자 기파랑도 자신이 걱정했던 게 바보같이 느껴졌습니다. 동해미르는 이래도 좋았고, 저래도 좋았습니다. 아무튼 능금꽃이를 실컷 먹을 수 있게 된 게 확실하니까요.

"그럼 내 말대로 하는 거다? 우선 이번에 살 물량은 이백 개라고 했지?"

"네. 낭도가 그보다 몇 명 적거든요. 아마 화랑님까지 합쳐서 백 구십 명인가 할 건데, 여유 있게 사가려고요."

정대는 능금 통을 슬쩍 살펴봤습니다. 이백 개 정도는 충분할 것 같아 보입니다.

"너희들 덕에 오늘은 장사가 일찍 끝날 것 같다. 그런데 어디까지 가져가야 하냐?"

"요즘 우리가 수련하는 곳은 토함산 중턱인데요. 아마 지금쯤 다들 거기에 모여 있을 거예요."

"토함산까지? 그건 너무 멀지 않아? 걸어서 가면 어른의 걸음으로도 두어 시간은 족히 걸릴 텐데. 게다가 나누어서 진다고 해도 한 사람이 능금꽃이 백 개씩을 들고 가야 하는데. 힘들어서 못 갈걸? 지금 유월 말 아니냐? 볕이 이렇게 따가운데."

정대는 정색을 하고 도리질을 쳤습니다. 그러나 기파랑과 동해미르는 여유만만입니다.

"괜찮아요. 말에 싣고 갈 거니까요. 좋은 말들이라서 토함산까지 금방이에요."

"에? 정말? 아직 어린 데 벌써 자기 말도 가지고 있어? 나는 스무 살이 넘었지만 아직 나귀밖에 탈 줄 모르는데. 너희들 정말 대단한걸!"

정대가 감탄하자 동해미르는 우쭐해졌습니다.

"헤헷, 정대 형, 너무 부러워하지 말아요. 나중에 우리가 말 타는 법을 가르쳐드릴게요. 처음엔 조금 두렵기도 하지만 금세 익숙해져요."

"정말이지? 서툴다고 놀리기 없기다?"

"이 동해미르 스승님의 말만 잘 들으면 돼요. 킥킥."

기파랑은 그만 까불라는 의미에서 잘난척하는 동해미르의 엉덩이를 살짝 꼬집고 정대 형이 작은 통에 능금꽃이 담는 것을 도왔습니다. 이백 개는 정말 엄청나게 많은 양이었습니다. 정대 형은 차곡차곡 능금꽃이 오십 개씩을 네 개의 작은 나무통에 나눠 담아 줬습니다.

"말이 어디 있니? 내가 말 세워둔 곳까지 들어다 줄게."

기파랑과 동해미르가 각각 한 통씩을 들고, 정대는 양손에 한 통씩 두 통을 들고 흰 바람과 천둥을 세워둔 곳까지 걸어 왔습니다. 말에 짐을 실으면서 정대는 계속 흰 바람과 천둥을 칭찬했습니다.

"야. 정말 대단히 좋은 말들인걸! 너희들이 자랑하고 싶어질 만도 해. 이 털에 윤기 흐르는 것 좀 봐. 게다가 점잖기도 하지. 제 주인이 곁에 있으니까. 짐을 싣는 데 조금도 몸을 채지 않고 얌전히 서 있네."

"빠르기는 또 얼마나 빠르다고요. 장군님들이 타고 다니시는 말들보다도 나을 걸요."

동해미르는 기고만장해져서 뻐깁니다.

"동해미르야. 허풍은 그만 떨고 빨리 가자. 이러다가 해가 지겠다."

"그래, 어서 가봐라. 낭도들이 굉장히 좋아할 거다. 나도 이제 가게로 돌아가 봐야지."

정대는 손바닥을 툭툭 털고 나서 두 아이에게 손을 흔듭니다.

"정대 형, 정말 이렇게 외상을 주셔도 되겠어요? 저희가 어디 사는지도 모르시잖아요."

말에 올라탄 기파랑이 다시 한번 걱정을 시작하려고 하자 정대는 두 손을 벌리고서 고개를 흔듭니다.

"동해미르야. 네 친구 도대체 왜 저러냐? 기파랑은 쓸데없는 걱정이 너무 많아서 큰일이다. 너희를 믿는다니까? 너희의 명예가 능금 몇 궤짝과 맞바꿀 만한 싸구려는 아니잖니?"

"우헤헤, 맞아요. 기파랑은 걱정하는 재주가 있나 봐요."

동해미르가 허리를 움켜쥐고 웃으며 좋아합니다. 기파랑은 일면

식도 없었던 자신들을 믿어주는 정대 형이 새삼 대단하다고 느꼈습니다.

"알겠습니다. 그럼 내일 봐요. 정대 형!"

"그래. 조심해서 가져가고 맛있게 먹으렴."

"정대 형, 안녕히 계세요!"

정대는 말을 타고 달려가는 기파랑과 동해미르에게 손을 흔들어줍니다. 두 아이는 웬만한 군사들보다도 훨씬 빨리 익숙하게 말을 몰아 멀어져 갔습니다.

"헤에, 말을 잘 탄다고 자랑하더니 정말 보통 솜씨가 아니네. 자, 나도 맡은 바에 충실해야지?"

말발굽이 일으킨 흙먼지가 자욱합니다. 머리에 둘렀던 두건으로 몸에 묻은 먼지를 털어낸 정대는 다시 안민사 쪽으로 걸어가기 시작했습니다.

능금꽂이는 대인기였습니다. 마침 많은 낭도들이 검술 연습을 끝내고 출출했던 터라 기파랑과 동해미르가 가져온 능금꽂이를 보고 기뻐하며 환호성을 질렀습니다. 기파랑은 화랑님께 독수리 꼬리 깃털을 구해서 황금과 바꾼 사정을 말씀드리고 제일 먼저 능금꽂이를 드렸습니다.

"독수리를 다치지 않고 꼬리 깃털만 떨어지게 했다고? 니희들의 새주는 참으로 일취월장이로구나. 어린 나이에 그만한 실력이라니."

품일 화랑님은 능금꽂이보다도 기파랑과 동해미르의 무예가 뛰어남을 더욱 기뻐했습니다. 화랑님도 아직 열여덟의 나이 어린 소년이었지만 늘 많은 낭도를 거느리기 때문에 항상 점잖고 어른스

정대 형과 우정을 나누다

럽게 행동하십니다. 모두가 품일 화랑님이 나중에 훌륭한 장군이 되실 거라고 믿고 있었습니다. 낭도들은 기파랑과 동해미르의 등을 한 번씩 쓰다듬으며 능금꽂이를 받아갔습니다.

"잘 먹을게. 고마워."

"이거 정말 먹고 싶었었는데."

"음, 맛있어서 좋긴 하지만 동생들에게 얻어먹어도 되나 모르겠다."

기파랑과 동해미르는 모든 낭도들이 맛있게 먹는 모습을 보면서 뿌듯한 보람을 느꼈습니다. 며칠씩이나 독수리를 찾아 산과 들을 헤맨 게 조금도 후회스럽지 않습니다. 산 너머로 해가 저물면서 하늘을 붉게 물들이고 있었습니다.

"그럼 형은 열네 살 때부터 장사를 하기 시작했네요? 우와, 우리보다 한 살밖에 안 많을 나이잖아. 고생스럽지 않았어요?"

"그럼 어쩌겠니? 원래 가난한 집안이라서 먹고살기 힘든데 거기다 흉년까지 든 바람에 당장 끼니를 잇기조차 어려운 시절이었는걸. 설상가상으로 아버지가 다리를 다치셔서 누워 계셔야 했고. 아이고, 지금도 그때 생각하면 한숨밖에 안 나온다. 하여튼 내가 다른 재주는 없어도 장사와는 인연이 있었나 봐. 이렇게 지금까지 그럭저럭 식구들 건사하고 사는 걸 보면."

동해미르와 정대가 한창 이야기꽃을 피우고 있습니다. 기파랑도 정대의 이야기를 재미나게 듣습니다. 낭도들에게 능금을 준 다음 날에 연습을 끝내고 다시 안민사를 찾은 기파랑과 동해미르는 제일 먼저 정대의 능금가게에 들렀고, 정대는 두 손을 흔들며 환하게 웃는 낯으로 둘을 반겨주었습니다.

"어서 와라. 아까부터 기다리고 있었어. 자 여기 앉아서 능금도 먹고 말동무 좀 해줘."

그러면서 어제까지는 보이지 않던 긴 나무의자를 냅니다. 반갑다는 말이 그저 인사치레가 아닌가 봅니다. 의자는 때 하나 묻지 않은 새것입니다.

"너희들 오면 앉으라고 어제 하나 만들었다. 어때? 솜씨가 괜찮지?"

"예. 목수 하셔도 되겠어요."

동해미르는 자기 집에 온 양, 편하게 턱 걸터앉습니다.

"오, 아주 편한데요?"

"당연하지. 한때는 산에서 나무를 해다가 가구로 만들어서 팔았던 적도 있거든."

그러면서 정대가 술술 이야기보따리를 풀어놓았고, 기파랑과 동해미르는 능금꽃이를 먹으면서 정대의 어린 시절 이야기에 빠져들었습니다. 손님이 오거나 하면 장사를 하느라 가끔 말이 끊기기는 했지만 문제가 될 정도는 아니었습니다.

"그럼 형이 맨 처음 했던 장사는 이 능금꽃이가 아니었네요? 이건 언제 시작하게 된 거예요?"

"그게, 한 1년 조금 넘었을 거다. 우연히 이 능금꽃이 만드는 법을 배우게 됐고 시험 삼아 만들어보니 잘 팔리기에 계속하고 있는 거지."

정대 형과 우정을 나누다

"그렇군요. 형, 이거 배우기 잘한 것 같아요. 이전에는 한 번도 먹어본 적 없는 음식이거든요."

"저도 그렇게 생각해요. 계속 안민사 앞에 계시면서 장사를 하시면 돈도 많이 버실 수 있을 거예요. 저희가 응원할게요."

기파랑과 동해미르는 진심으로 정대의 장사가 잘되기를 바라며 이렇게 말했습니다. 어서 돈을 모아 고향으로 돌아가 부모님께 효도도 하고 동생에게 맛있는 것도 사주고 싶다고 정대가 말했을 때는 가슴이 아파서 코끝이 찡했습니다.

"그래, 고맙다. 너희들이 빌어주는 덕에라도 잘 되겠지."

"그런 의미에서 많이 팔아드려야지. 형 나 능금꽂이 하나 더 추가요."

동해미르는 정대의 손톱으로 수레 한쪽에 금을 하나 더 찍 긋고서 벌써 다섯 개째인 능금을 입에 가져갑니다. 참 먹성도 좋습니다.

"얘들아. 내 얘기는 이만하면 많이 들었고 너희들 이야기 좀 들어보자. 동해미르. 넌 왜 화랑이 되려고 하지?"

"그건 기파랑과 어렸을 적에 했던 맹세와 관련이 있어요. 이야기하자면 긴데?"

"하하. 천천히 이야기하렴. 시간은 많이 있으니까. 그래, 그 맹세라는 게 무엇인지부터 말해봐."

"에이 그건 남 앞에서 말하기 되게 쑥스러운 거예요. 좌우간 우리는 꼭 화랑이 돼서 신라를 강한 나라로 만들 거예요."

동해미르가 정대 앞에서 미주알고주알 두 사람의 맹세를 털어놓을까 봐 기파랑이 서둘러 말했습니다. 정대는 그런 기파랑의 부끄러움을 아는지 더 캐묻지 않고 웃습니다.

"그래, 그래, 좌우간 열심히 연습해서 꼭 훌륭한 화랑이 되렴."

"네. 저희가 나중에 출세를 하면 휘하의 군사들을 전부 끌고 가서 형의 능금을 사드릴게요."

동해미르가 동그란 눈을 순박하게 굴리면서 행복한 상상을 합니다. 아마 장군이 된 자신의 모습이 떠오르나 봅니다.

"이야. 그거 정말 수지맞겠는걸. 군사를 얼마나 데려올 건데? 동해미르 장군님."

정대는 빙글빙글 웃으며 동해미르의 상상에 맞장구를 쳐줍니다.

"아마 3만 명쯤요? 음 만약 대장군이 된다면 그보다 더 많을 수도 있고요."

"우와, 한꺼번에 삼만 명이 먹을 능금꽂이를 만들어내야 하는 거야? 이거 너무 벅차겠는데? 동해미르 장군님, 부디 오기 며칠 전에 미리 예약을 해주면 안 될까?"

"그럴게요. 사흘이면 충분하겠죠?"

"하하하. 이왕이면 나흘 정도였으면 좋겠는데."

이렇게 셋은 실없는 농담을 하며 재미있어서 깔깔대며 웃기도 하고, 안타까운 이야기를 할 때엔 같이 한숨을 쉬기도 하며 많은 이야기를 나눴습니다. 함께 대화를 하면 해볼수록 정대는 참 바르고 좋은 사람이라는 생각이 들었습니다.

정대 형과 우정을 나누다

"그건 그렇고, 드디어 내일모레 안민사의 낙성연이 있을 거래.
임금님께서도 행차하실 거고, 알고 있었니?"

정대가 낙성연 이야기로 주제를 바꿨습니다. 낙성연이란 어떤 건
물을 완성한 것을 축하하기 위한 잔치를 말합니다. 오랜 안민사 건
축공사가 드디어 끝난다는 말이지요. 기파랑과 동해미르는 까맣게
모르고 있던 일이었습니다.

"전혀 몰랐어요. 다른 낭도들도 모르고 있는 것 같던데요. 형은
그런 이야기 어디서 들었어요?"

"여기서 장사를 하고 있으면 일부러 알려고 애쓰지 않아도 사람

들이 지나가면서 한 마디씩 던지는 이야기를 들을 수 있지. 그게 노점상의 매력이라고도 할 수 있을 거야. 낙성식 이야기는 진골 댁 도련님들이 능금꽃이 사러 와서, 하인과 수군거리는 걸 들었다. 뭐라더라? 아, 낙성식 날 있을 어전 활쏘기 시합에서 입을 비단옷을 맞춰둬야 한다고 했지 아마. 웃기는 이야기 아니니? 활쏘기 시합에 나가려거든 연습을 열심히 할 것이지. 새 비단옷이 무엇에 필요하겠어? 잘난척하고 여러 사람 앞에서 멋이나 부리려는 쭉정이 같은 무리들이지. 그렇지 않아?"

정대는 능금을 꿰면서 무심히 한 말이지만 기파랑과 동해미르는 눈을 반짝반짝 빛내며 귀를 쫑긋 세웠습니다.

"임금님이 보시는 가운데 활쏘기 시합을 한다고요?"

"그렇다더라. 왜? 기파랑과 동해미르도 한번 나가보게?"

"저야 실력이 부족하지만 기파랑이라면 한번 자웅을 겨뤄볼 만하죠. 날마다 얼마나 열심히 연습을 하고 있다고요. 형도 알잖아요. 날고 있는 독수리의 꼬리 깃털만 맞춰서 떼어낼 수 있는 실력을."

동해미르가 기파랑의 어깨를 짚으며 자랑스럽다는 듯 말했습니다.

"호오, 그래? 그럼 참가해 보렴. 전국각지에서 모여든 실력자들과 겨뤄보는 것도 아주 좋은 경험이 될 거다. 그런데 아무에게나 참가할 수 있는 기회를 주는 건가? 음… 잠깐만 가게 좀 봐줄래? 내가 문지기에게 가서 어떻게 해야 하는지 물어보고 올게."

그렇게 말한 정대는 기파랑이 채 만류하기도 전에 안민사 정문 쪽으로 뛰어가 버렸습니다. 정말 행동이 빠르고 시원시원한 사람

정대 형과 우정을 나누다

입니다. 동해미르는 벌써 기파랑이 활쏘기 시합에서 우승하기라도 한 것처럼 들떠서 이런저런 상상을 하고 있습니다.

"임금님 앞에서 벌어지는 시합이니까 우승자에겐 임금님이 직접 상을 내리시겠지? 뭘 상으로 주실까? 엄청나게 큰 황금? 아냐 그건 아닐 거야. 임금님에게 받은 거라면 가보로 대대손손 물려줄 보물인데 황금은 써버리면 없어지는 거잖아? 그런 걸 주실 리가 없지. 옥과 보석으로 장식된 허리띠? 음 그럴 수도 있겠다. 천사에게 선물 받았다는 지금 임금님이 두르고 계신 천사옥대? 에이, 설마 그렇게 귀한 보물을 주시지는 않겠지. 고구려의 왕도 부러워한다는 신기한 허리띠인데. 그럼 뭐지? 무엇이든 자를 수 있을만한 보검? 아니면 임금님이 쓰시던 활? 기파랑 넌 뭘 받고 싶니?"

눈을 빛내며 열심히 상상의 나래를 펴고 있는 동해미르를 보고 있던 기파랑은 어처구니가 없었습니다.

"동해미르야. 활쏘기 시합은 아직 시작하지도 않았는데 넌 벌써 내가 우승을 따놓은 것처럼 말하는구나. 서라벌뿐 아니고 온 나라 안의 내로라하는 궁수들은 다 모일 텐데, 그중 일등을 한다는 게 그렇게 쉬운 일이겠니? 게다가 아직 참가가 가능한지도 모르잖아."

동해미르는 아무 문제 없다는 표정입니다. 태평하기로는 서라벌 제일입니다.

"참가하기만 하면 보나 마나 일등이지 뭐야. 스승님께서도 말씀하셨잖아. 기파랑의 활 쏘는 재주는 지금 세상엔 아마 겨룰 이가 없을 거라고."

그건 사실입니다. 기파랑은 활에 소질이 있을뿐더러 노력도 게을리하지 않아서 풍백님도 가르치시면서 칭찬을 아끼지 않았었습니다. 이런 말씀도 하셨습니다.

"아주 오래전 고구려를 세운 주몽이라는 사람이 아직 어린아이였을 때, 잠시 친하게 지내며 그 애가 무술연습 하는 것을 지켜본 일이 있었지. 모든 면에서 훌륭한 자질을 가진 아이였지만 그중에서도 궁술이 가장 돋보였었다. 주몽 이래로 기파랑만큼 활을 잘쏘는 사람은 처음 본 것 같구나."

스승님께 그런 칭찬을 들어도 기파랑은 자만하지 않고 늘 연습을 게을리하지 않았습니다. 풍백님이 자리를 비우신 지난 열 달동안에도 매일 밤나무 숲을 찾아 몇 시간씩 활을 쏘았습니다. 서서도 쏘고, 말을 타고 달리면서도 쐈습니다. 그 노력과 끈기는 늘곁에서 지켜본 동해미르가 가장 잘 압니다.

"우승을 할 수 있을지 어떨지는 모르겠지만, 꼭 참가해서 내 실력이 어느 정도인지 알아보고 싶기는 해. 재미있을 것 같기도 하고."

"그래. 바로 그거야. 넌 참가해서 재미있게 시합을 해. 그러면 결국 우승이니까. 어전 활쏘기 시합 장원은 경주의 기파랑!"

신이 난 동해미르는 활쏘기 시합의 심사관 흉내를 내면서 기파랑을 번쩍 들어 올렸습니다. 동해미르의 흥을 깬 건, 정문에서 돌아온 정대였습니다.

"아, 이거 어쩌지? 어전 활쏘기 시합은 따로 참가신청을 받지 않는다는데. 성골, 진골 댁 자제들에게만 따로 알려서 그들끼리만 겨루게 한대. 나 원 참, 품계가 낮으면 그런 것도 못하는 건가?"

성골, 진골이라고 하면 최고 계급의 귀족들을 말합니다. 옛날에는 신분제도라는 것이 있어서 날 때부터 자신의 계급이 정해져 있었습니다. 성골로 태어나 아무런 노력도 않고 왕이 되는 복 많은 사람도 있는가 하면, 종으로 태어난 사람은 평생 일만 해야 했지요. 기파랑과 동해미르는 다행히 귀족으로 태어나서 낭도건 장수건, 실력만 있으면 자기가 원하는 것이 될 수 있었지만 성골이나 진골 같은 높은 계급은 아니었습니다.

"이런, 그러면 기파랑의 우승이 물 건너 가버렸잖아."

잔뜩 기대로 부풀어 있던 동해미르는 맥이 탁 풀려버렸습니다. 내색을 하지는 않았지만 기파랑도 매우 낙심했습니다. 그동안 갈고 닦은 솜씨를 시험해 보려고 했었는데 아예 출전조차 못 한다니, 기분이 좋을 리가 없습니다.

"괜찮아. 어차피 내가 우승할 만한 대회가 아니었을 거야. 괜히 실력도 없으면서 그런 데에 나가서 망신당하지 말라는 하늘의 뜻이 아닐까? 안 그래요, 형?"

기파랑은 애써 웃고 밝게 이야기했습니다.

"도와주고 싶어도 나 같은 힘없는 장사꾼이 할 수 있는 일은 아무것도 없구나. 어쩌겠니. 다음에 다른 대회가 열릴 때까지 열심히 연습해 두렴. 기회는 언젠가 반드시 또 오는 법이란다."

정대도 아깝다는 듯 혀를 끌끌 찼지만, 별수가 없었습니다. 동해미르는 심술이 나서 입을 삐죽 내밀고 있습니다. 기파랑이 결심한 듯 기운차게 말합니다.

"정대 형의 말이 옳아요. 이번 대회가 마지막도 아니고 다음에라도 기회가 올 거예요. 그때까지 준비를 많이 해서 꼭 우승하면 되는 거죠. 동해미르야, 너도 기운 내."

"알았어. 하지만 화가 난다 뭐. 자기들끼리만 겨뤄서 승자를 뽑으면 뭘 해. 진짜 활의 고수는 여기 있는 내 친구 기파랑인데."

동해미르는 투덜대면서도 여섯 개째의 능금꽂이를 집어 먹습니다. 정대가 손뼉을 치면서 분위기를 바꿉니다.

"자, 이제 대회 이야기는 그만하고, 나를 좀 도와주면 좋겠다. 난 물을 좀 길어 와야 하겠으니까, 그동안 너희가 이 능금들 좀 대 꼬챙이에 꿰어줄래? 아침에 길어 온 물이 벌써 다 떨어졌네. 어떻게 꿰는 건 줄 알지?"

해보지 않은 일을 시키자 동해미르는 금방 우울해했던 걸 잊고, 정신을 빼앗겨 버렸습니다. 동해미르는 어설프게 능금을 꿰어 봅니다.

"이렇게 하면 되는 건가요?"

"크크, 인석아, 그렇게 여러 번 찔러서 구멍이 숭숭 난 게 팔리겠어? 한 번에 힘 있게 해야지. 그건 그냥 네가 먹고 다시 해봐. 옳지 그래. 그렇게 하면 되는 거야. 그럼 난 물 길으러 갔다 온다. 기파랑아. 부탁할게."

"예, 걱정하지 말고 다녀오세요."

기파랑은 웃으며 손을 흔들어 주었습니다. 정대가 가버린 후, 기파랑과 동해미르는 나란히 서서 묵묵히 능금꽂이를 만들었습니다. 스무 개째의 능금을 꿀에 담갔을 때 동해미르가 짧게 한숨을 쉬었습니다.

"아쉽지."

"응."

동해미르가 엷게 미소 지으며 기파랑의 손을 툭 칩니다. 기파랑도 웃어 줍니다. 둘은 또다시 조용히 능금을 꿰기 시작했습니다.

그 날 저녁이 되자 모레 안민사의 낙성식이 있을 거라는 소식이 사람들 사이에 퍼져나갔습니다. 이제 임금님이 오신다는 것도 더 이상 새로운 정보가 아니었습니다. 사람들은 삼삼오오 모여서 낙성식에 뭘 입고 가야 할는지를 고민했고, 활쏘기 시합에서 누가 우승할까를 점쳤습니다. 아직 결혼을 하지 않은 젊은이들은 낙성식 날 밤에 있을 연등제와 탑돌이 때에 혹시 인연을 만날 수 있지 않을까 하며 두근거려 했습니다. 그러나 무엇보다도 사람들의 관심을 집중시킨 것은 임금님의 셋째 딸인 선화 공주님이 오신다는 것이었습니다. 임금님께서는 아들이 없고 딸만 셋을 두셨는데, 그중 후일에 선덕 여왕이 되신 덕만 공주님은 지혜로운 것으로 이름이 높았고, 선화 공주님은 미인으로 유명했습니다. 이제 열여섯 살이 되신 선화 공주님의 아름다움은 신라뿐 아니라 고구려와 백제에까지 널리 알려질 만큼 대단한 것이라고 합니다.

"월궁에 사시는 항아님처럼 곱다는구먼."

"눈이 하도 아름답고 그윽해서 감히 그 고운 얼굴을 똑바로 마주 보지조차 못한다는 겨."

칭찬이 이쯤 되면 신화인지 사실인지조차 모를 정도입니다. 기파랑과 동해미르도 꼭 그 아름답다는 공주님을 한번 뵙고 싶었습니다. 정대도 마찬가지입니다.

"그런데, 공주님 얼굴을 뵌다는 게 쉬운 일이 아닐 거야. 물론 여기 오시기는 하니까 먼발치에서야 구경할 수 있겠지. 그렇지만 미인인지 아닌지 자세히 보려면 아무리 멀게 잡아도 30보 내에서는 봐야 하잖아. 우리 같은 보통 사람이 감히 그렇게 가깝게 다가갈 수가 있겠냐고. 임금님의 자리 주변에는 호위군이 있을 거고 그 다음에는 성골, 진골들이 앉을 테니 말이야. 아, 이런 기회가 언제 또 올지 모르는데."

정대는 공주님을 가까이서 보고 싶어서 안달이 난 사람 같습니다.

"사람 얼굴이 다 거기서 거기지, 공주님이라고 뭐 얼마나 다르겠어요? 워낙에 소문이라는 건 부풀려지기 마련이잖아요. 보게 되면 좋지만 못 뵈어도 실망할 건 없어요."

오히려 동해미르가 의외로, 철 든 아이처럼 무덤덤합니다. 기파랑과 정대는 그게 하도 뜻밖이라 마주 보고 기막히다는 표정을 지었습니다.

"야, 다른 사람이라면 모를까. 네가 그렇게 의젓한 소리를 하니까 굉장히 어색하다."

정대가 동해미르를 간질이며 장난을 겁니다. 해가 저서 주위는 컴컴해졌고 곳곳에 세워둔 횃대가 하나둘 밝혀집니다. 밤이 되었어도 안민사 주변은 많은 횃불로 환하게 밝혀져 있고 여전히 낮만큼이나 많은 사람들이 북적이고 있습니다. 기파랑과 동해미르는 정대와 헤어져 말을 타고 집으로 가는 중입니다.

"아직 절은 문도 열지 않았는데 저 정도면, 낙성식 이후에는 더 많은 사람이 이곳에 모여 낮이고 밤이고 번화한 거리를 만들겠지?"

동해미르는 아직도 능금꽃이를 입에 물고 허리춤에는 능금 한 보따리를 차고 있습니다. 기파랑과 동해미르의 부모님께 드릴 겁니다.

"그러게. 이제 절에 연등까지 걸리면 밤에도 바다 저쪽까지 환하게 비추겠어. 장관이겠지?"

"정말 그럴 것 같아. 이제 왜구들은 더 이상 이곳에 얼씬거리지도 못하겠다. 그놈들 수법이라야 어둠을 틈타서 몰래 숨어드는 건데."

일본에서 배를 타고 침입하는 도적 떼들을 왜구라고 했습니다. 그리 대규모의 병력은 아니었지만 몰래 숨어들어 양민을 해치는 골칫거리였지요.

"기파랑, 우리 오늘 오랜만에 되게 재미있었지? 많이 웃었고. 이야기도 많이 했고."

한동안 아무 말도 않고 말 등에 앉아 있던 동해미르가 갑자기 진지하게 묻습니다.

"그래, 오늘은 저녁때 밤나무 숲에도 들르지 않았어. 아마 열 달만에 처음일 거야."

기파랑도 동해미르의 말이 무슨 뜻인지 압니다. 계속 풍백님을 기다리느라고 지쳐서 외롭고 여유를 잃었던 마음이 정대 형과 친해지면서 얼마간 달래진 듯한 기분입니다.

"참 재미있고 좋은 형이야. 오래 여기에 있으면 좋겠다."

혼잣말인지 기파랑의 대답을 기다리는 건지 모르게 동해미르가 다시 한번 나지막하게 되뇝니다.

"참 좋은 형이야."

6.
활쏘기 시합

안민사의 문이 활짝 열린 날, 이제까지의 인파는 정말 아무것도 아니었다고 생각될 만큼 많은 사람들이 구름처럼 안민사로 모여들었습니다. 기파랑과 동해미르의 부모님들께서도 가장 좋은 옷을 갖춰 입으시고 아침 일찍부터 안민사를 찾으셨습니다. 임금님의 어가행렬을 구경하기에 좋은 자리를 차지하시려고 그런 거죠. 그렇지만 기파랑과 동해미르는 오늘도 둘만의 아침 수련을 하고 난 뒤에야 안민사로 갔습니다. 무술연마를 하루쯤 쉰다고 해서 큰일이 나는 것은 아닐 테지만, 괜히 들떠서 해야 할 일을 거르기가 싫어서였습니다.

"이크, 너무 늦었나 보다. 이래서야 어가행렬을 구경하기는 틀린 것 같은데."

빠르게 말을 달려 안민사에 도착했지만 사람들에 가려서 도무지 앞이 보이지 않습니다. 안민사의 정문인 일주문으로 들어가는 대로를 중심으로 해서 길의 양편에는 사람들이 몇 겹으로 자리를 잡고 서 있었습니다. 구경하기에 최고 명당인 아름드리 은행나무들 위에는 어젯밤부터 자리를 맡아둔 젊은이들이 서너 명씩 짝을 지어 기대앉아 있습니다.

"이거 어쩐다. 우리 부모님이 어디 계신지도 모르겠네."

이쪽저쪽으로 깡충깡충 뛰어 봐도 별다를 바 없습니다. 기파랑과 동해미르는 어쩔 수 없이 어가행렬 구경은 포기해야겠다고 마음먹은 참이었습니다.

"기파랑, 동해미르 여기야! 여기."

머리 위에서 정대 형의 목소리가 들립니다. 고개를 들어 위를 보니 높은 나무 위에 정대 형이 자리를 독차지하고서 둘에게 올라오라고 손짓을 합니다. 기파랑과 동해미르는 웬 떡인가 싶어 다람쥐처럼 잽싸게 나무를 타고 올라갔습니다.

"형, 어떻게 여기를 혼자서 차지하고 있어요? 사람들이 빈자리를 용케 그냥 두었네요?"

동해미르는 신기하고 반가워서 흥분된 목소리입니다.

"애 좀 먹었지. 어제저녁 일찍부터 줄곧 여기 있었어. 계속 다른 사람들 올라오지 못하게 일행이 뒷간에 갔다고 둘러대면서 말이야. 근데 정작 나는 이 자리 지키느라 꼬박 하루를 볼 일도 못 보고 꾹 참았다."

"그럼 빨리 내려가서 뒷간에 다녀오세요. 이제는 우리가 형 자리를 지킬게요."

"아니야. 참을래. 조금 있으면 행렬이 나타날 것 같아. 사내대장부가 하루쯤 똥 마려운 걸 못 참는대서야 부끄러운 일이지."

정대가 지저분한 이야기를 진지한 얼굴을 하고 말하는 통에 기파랑과 동해미르는 웃음이 터졌습니다.

"하하. 역시 정대 형은 멋져. 고마워요. 이렇게 좋은 자리를 맡아줘서."

"뭘 이까짓 걸 가지고. 그런데 옷 좀 예쁘게 차려입고 오지 그랬어. 남들은 전부 비단옷에 보석을 주렁주렁 달았는데, 너희들은 이게 뭐야. 먼지투성이잖아."

"크크크, 그러는 정대 형은 세수도 하지 않아서 눈곱이 대롱거리네요. 이거 누가 더 초라한 건지 모르겠네."

셋이서 재미나게 웃고 까불고 있는데, 저쪽에서 누군가가 외치는 소리가 들립니다.

"오신다! 어가행렬이 오신다!"

기파랑과 동해미르 그리고 정대는 고개를 길게 빼고 큰길을 쳐다봤습니다. 정말 저 멀리서 어가행렬이 오고 있습니다. 임금님의 출현을 알리는 여러 개의 피리소리가 삘릴리 삘릴리 요란하게 울립니다. 행렬의 맨 앞에는 피리를 부는 악대를 태운 수레가 있습니다. 그 뒤를 이어 아름다운 여인들이 꽃을 뿌리며 임금님의 앞길을 축복합니다. 다음으로 왕의 출현을 알리는 커다란 깃발이 지나가고, 사자대라고 하는 늠름한 기마부대가 임금님의 수레 바로 앞에서 호위를 맡고 있습니다. 용춘 대장군과 그 휘하의 부장들도 보입니다. 임금님의 수레는 자단과 침향이라고 하는 귀한 나무로 만들어진 커다란 것입니다. 금과 은, 옥으로 장식을 하였고, 지붕에는 커다란 바다거북이의 등껍질이 걸려 있습니다. 바다거북의 등껍질은 그 수레에 임금님이 타고 계심을 의미하는 것입니다. 수레를 끄는 것은 금과 가죽, 옥으로 치장을 한 눈같이 흰 백마 열두 마리입니다. 그 아름다운 모습과 행렬의 웅장함에 사람들은 탄성을 지릅니다. 수레의 뒤편으로는 많은 성골 진골 댁 수레와 가마가 긴 줄을 이루며 따라옵니다.

"백정 대왕 만세! 만세!"

임금님의 만수무강을 비는 환호성이 여기저기서 터져 나옵니다.

"대단하네요. 진짜 화려한 수레들이다."

동해미르가 입을 떡 벌리고 감탄합니다.

"그러게, 신라의 높으신 귀족이 다 모였나 봐."

기파랑과 정대도 얼이 빠져서 고개를 끄덕였습니다. 수레의 행렬은 길고도 길어서 지금 시간으로 30분, 그러니까 신라 시간으로는 두 식경을 넘게 계속 꼬리를 물고 이어졌습니다. 하도 오래 걸린 행진이어서 맨 마지막에 선 호위무사의 말이 안민사의 일주문을 통과했을 때에는 많은 사람들이 구경을 하다가 지칠 정도였습니다. 임금님의 수레가 들어간 후 한 참이 지나서야 절 안쪽에서 청아하고도 울림이 큰 종소리가 들려왔고 문을 지키고 있던 군사들이 일반 백성들의 출입을 허가한다는 발표를 했습니다.

안민사는 어쩌면 이렇게 넓은 절인가 싶어 안으로 들어선 사람들은 탄성을 질러댔습니다. 구름에 닿을 듯 높이 솟은 9층탑은 신라인의 높은 기상과 빼어난 재능을 잘 보여주고 있었으며, 3층 높이의 대웅전은 웅장하고도 아름다워서 보는 이마다 저절로 옷깃을 여미고 마음을 정갈하게 만들었습니다. 한꺼번에 천 명의 사람이 들어가서 불공을 드릴 수 있다는 대웅전 내부는 이편 끝에 서면 저편 끝이 가물거릴 정도로 길고도 넓었습니다. 대웅전 본존불은 동해 바다와 남해 바다를 한눈에 굽어볼 수 있는 위치에 자리잡고 있었고, 하늘을 가득 메운 것처럼 대웅전 앞뜰 가득 걸린 수많은 연등들은 하나같이 귀한 소재로 정성껏 만들어진 것이어서 그 아름다움을 더했습니다. 무엇보다도 놀라운 것은 대웅전 앞마당의 크기였습니다. 구경나온 수천, 수만의 사람들이 모두 자리를 잡고 앉았어도 앞마당의 반도 채우지 못했으니까 그 넓이를 짐작할 수 있겠지요. 법회에서는 원광법사가 부처님의 높은 뜻을 설법하였지만 마당 건너편에 앉아 있는 백성들에게는 너무 멀어 잘 들리지 않았습니다. 사람들의 관심은 법회보다는 임금님의 곁에 앉은 꽃처럼 고운 선화 공주님과 그 바로 아랫단에서서 임금님을 호위하고 있는 용춘 대장군 휘하의 젊은 화랑 유신에게 더 집중되었습니다.

"저기다. 저기. 공주님의 자색 옷과 금관이 보이나? 허, 앉아 계신 모습이 곱기도 하다."

"선녀님이 저보다 더 아름답겠는가? 그야말로 신라의 자랑일세."

이건 선화 공주님을 찬양하는 말들이고,

"저기 대장군 곁에 선 젊은 화랑이 김유신이라는 진골도령이야. 이제 겨우 열일곱이라는데, 나가는 전투마다 대단한 공을 세운다

더군."

"오늘 있을 활쏘기 시합 우승도 따놓은 것과 다름없지. 가히 신라 제일의 호걸일세."

이건 김유신을 칭찬하는 이야기입니다.

발 빠르게 맨 앞줄 자리를 차지하고 앉은 기파랑과 동해미르, 정대도 뚫어지게 대웅전 쪽을 보고 있습니다. 먼발치에서 보는 것이라 또렷하진 않아도 공주님이 예쁜 것은 알 수 있습니다.

"건넛마을 사는 곱단이 누나보다도 더 예쁜 것 같다. 그렇지 기파랑?"

동해미르는 자기가 알고 있던 최고의 미녀와 비교도 합니다. 기파랑이 보기에도 공주님은 참 예쁘십니다. 그렇지만 곱단이 누나와 비교를 해버리면 왠지 그 누나를 배신하는 것 같아서 입을 꾹 다물었습니다.

이윽고 사람들이 고대하던 활쏘기 시합이 열렸습니다.

"대왕님의 만수무강과 신라의 안녕을 기원하는 의미에서 오늘, 신라 제일의 궁수를 가리는 활쏘기 시합을 시작합니다!"

목청 좋은 광대 하나가 대웅전 계단 아래에서 큰 소리로 외칩니다.

몇몇 군사들이 대웅전 한 편 구석에 큼직한 과녁을 들고 와 세워두었습니다. 그리고 시합에 참가할 성골, 진골 댁 도령들이 과녁에서 30보 떨어진 반대편에서 활을 쏠 준비를 합니다. 화살은 한사람 앞에 세 개씩, 이 중 가장 많이 명중시킨 사람이 우승하는 방식입니다. 그런데 이 도령들은 대부분 애초부터 활 쏘는 것보다는 선화 공주님 앞에서 자신의 잘난 얼굴과 화려한 옷을 보여줄 욕심이 더 큰 사람들이었습니다. 활 쏘는 데에 방해만 되는 치렁치렁한 비단옷에 시야를 가리는 요란한 장식의 모자를 쓰고 무거운 허리띠를 찬 채로 날리는 화살이 과녁에 명중할 리가 없습니다. 잔뜩 멋을 부리면서 느릿느릿 활을 쏘지만 대부분 과녁 근처에도 미치지 못합니다. 어떤 도령이 쏜 활은 자기 발밑에 툭 떨어지기도 합니다. 이 같은 어처구니없는 실수에 처음 한두 번은 재미있어하며 웃어주던 사람들도 슬슬 짜증이 나서 수군대며 불평을 하거나 야유를 하기 시작했습니다. 사람들이 기대하고 있던 것은 명궁들의 흥미진진한 승부였지. 어릿광대의 장난이 아니었기 때문입니다.

"쳇, 부끄러움도 없나? 아니 저런 실력으로 여기가 어디라고 나와? 나오길."

"원 나는 여태까지 성골, 진골은 뭔가 대단한 사람들이라고만 생각했었는데 이제 보니 영 형편없구먼그려!"

"이제 아홉 살 먹은 내 아들 돌쇠도 저거보단 낫겠네. 에그 망신스러워라. 다른 나라에서 알까 두렵네."

과녁 옆에 서서 심판 노릇을 하는 광대도 짜증이 났습니다. 화살이 과녁의 가운데를 맞히면 깃발을 흔들고 춤을 추며 '명중이오!'를 외쳐야 하는데, 지금껏 십여 명의 참가자들 중 아무도 명중을 시킨 사람이 없어서 그저 멍하니 서 있기만 했기 때문입니다.

드디어 마지막 참가자인 김유신이 활을 쏩니다. 임금님과 공주님께 인사를 드리고 화살을 꺼내 시위에 겁니다. 별로 힘들이지 않고 가볍게 당겼다가 발사한 화살은 횡 하고 날아가 과녁의 한가운데를 정확히 꿰뚫습니다.

"명중이요!"

광대가 처음으로 제 할 일을 하면서 크게 외칩니다.

"제이 발!"

김유신의 두 번째 화살도 명중입니다. 김유신은 세 발을 쉬지 않고 쏘아 모두 과녁 한가운데를 맞혔습니다.

"신라 제일 명궁은 대당 부장군 화랑 김유신!"

맨 처음 대회 시작을 알렸던 목청 좋은 광대가 신이 나서 김유신의 우승을 선포합니다. '대당'이란 경주에 머무는 부대, 즉 대장군의 군대를 뜻합니다. 그런데 구경꾼들의 반응이 영 싸늘합니다. 마땅히 환호성으로 신라에서 제일 활을 잘 쏘는 사람으로 뽑힌 김유신을 축하해 주어야 하는데, 오히려 야유만 터져 나옵니다.

"예끼, 겨우 30보 떨어진 곳의 가만히 멈춘 과녁을 맞춰놓고 그게 뭐가 명궁이냐?"

"겨룰 만한 사람들과 겨뤄야지. 아까 먼저 쏜 도령들이 무슨 경쟁이 된단 말인가?"

"이럴 것을 무엇 하러 대회를 열었소!"

활깨나 쏜다는 사람들은 더 목소리가 큽니다.

"내가 저것과 똑같이 쏠 테니 내게도 상을 다오. 성골, 진골끼리만 모여서 겨루는 것은 무슨 경우냐?"

"나는 50보에서 맞출 테니 나를 명궁으로 뽑아라!"

야유는 점점 더 심해져서 나중에는 아무것도 모르는 꼬마들까지도 빽빽 소리를 질러댔습니다. 당황한 광대는 어쩔 줄 몰라 하며 성질을 냈습니다.

"고얀 것들, 감히 뉘 안전이라고 함부로 불평을 늘어놓는 게냐? 내가 화내는 것을 봐야 입을 다물 테냐?"

그래도 야유는 그치지 않습니다. 누가 광대를 무서워하겠습니까? 보다 못한 대장군 용춘이 앞으로 나섰습니다.

"자랑스러운 신라의 백성들이여. 진정하시오! 어전임을 잊지 마시오!"

과연 많은 전쟁을 치러낸 대장군의 위엄은 다릅니다. 굵고 힘 있는 목소리가 드넓은 경내에 쩌렁쩌렁 울립니다. 야유를 퍼붓던 사람들도 기가 죽어 모두 조용해졌습니다. 하지만 불만이 깨끗이 사라진 건 아닙니다. 구경꾼들은 아직도 멋진 승부를 통해 진정한 명궁이 가려지는 모습을 보고 싶었습니다. 이런 사람들의 마음을 읽은 것처럼 용춘 장군이 한 가지 제안을 했습니다.

"비록 이번 대회가 허술하게 치러졌다고는 하나, 저기에 서 있는 나의 부장 유신이 최고 명궁의 자리에 오를 자격이 있는 것은 분명하오. 이것을 잘 지켜보시오."

그러더니 김유신에게 다가가 뭐라고 지시를 내립니다. 김유신은 명령을 다 듣고 나서 고개를 끄덕였습니다. 사람들은 어떤 신기한 재주를 보여줄지를 기대하며 소리를 삼키고 조용히 기다립니다. 김유신은 과녁에서 먼 쪽으로 크게 걸음을 떼며 걷기 시작합니다. 45걸음, 46걸음 사람들은 소리를 맞추어 그 걸음 수를 따라 셉니다. 마침내 50걸음째에 김유신이 멈춰 섰습니다. 처음의 30보를 더

해 이제 과녁으로부터의 거리는 80보나 됩니다. 김유신은 과녁을 향해 화살을 날립니다. 딱! 화살은 힘 있게 과녁에 박혔습니다.

"명중이오!"

심판관이 큰 소리로 명중을 알립니다. 김유신은 곧바로 두 번째 화살을 날립니다. 화살은 빠르게 날아가, 이미 박혀 있던 첫 번째 화살을 쪼개며 과녁에 꽂힙니다.

"우와!"

사람들이 비로소 진심 어린 탄성을 지릅니다. 연이어 김유신이 한 발 더 쏩니다. 이번 화살도 두 번째 화살을 쪼개며 과녁을 뚫습니다. 명중된 화살은 셋인데 계속 같은 자리를 맞히는 바람에, 과녁에 박혀 있는 것은 하나뿐입니다.

"잘한다!"

어린 무사의 뛰어난 솜씨를 칭찬하는 진심 어린 박수가 터져 나옵니다. 구경꾼들뿐 아니라 임금님과 공주님도 만족해하시는 눈치입니다. 그러나 정작 김유신은 별로 좋아하지도 않고 그저 가만히 서 있을 뿐이었습니다.

"여러분!"

용춘 장군이 두 팔을 들어 모두를 조용히 시킵니다.

"만약 이로도 부족하여 불만을 가졌거나 이에 필적할 만한 재주를 가진 이가 있다면, 지금 이 자리에서 유신 부장과 최고 명궁의 자리를 놓고 겨루어본대도 좋소! 누구든 자신이 있다면 앞으로 나서시오."

사람들이 조용해졌습니다. 80보 떨어진 곳에서 새끼손톱만큼 작은 화살 끝을 연달아 두 번이나 맞혀야 합니다. 많은 사람들이 김유신 외에 그런 재주를 가진 이는 또 없을 것이라고 생각했습니다. 딱 두 명만 빼고요. 기파랑과 동해미르는 지금, 과연 앞으로 나서서 그 정도는 쉬운 일이라는 것을 보이는 것이 옳은 일인가 아닌가 하는 것에 관하여 말씨름을 하고 있었습니다. 동해미르는 기파랑에게 무조건 나가서 솜씨를 자랑해야 한다고 주장하는 중입니다.

"빨리 나가서 네 실력을 보여. 안 그러면 다른 사람들은 김유신 화랑의 재주가 이 나라 제일인 줄 알 것 아냐? 분하지도 않아?"

기파랑은 지금 자기가 나서서 이겨버리면 김유신이 망신스러울까 봐 선뜻 나서지 못하고 있습니다.

"김유신 화랑은 이 나라의 훌륭한 군인이야. 괜히 내게는 아무 소득도 없을 일을 하느라고 그의 명예를 다치게 하고 싶지 않아."

둘의 의견은 팽팽히 맞서서 쉽게 결론이 나질 않습니다. 그때 용춘 장군이 마지막으로 한 번 더 도전자를 찾았습니다.

"김유신의 재주를 따라 할 수 있는 이가 없소? 다섯을 셀 때까지 나서는 이가 없으면, 이제 김유신에게 나의 대장군 검과 최고 명궁의 호칭을 상으로 주겠소. 하나!"

용춘 장군이 천천히 숫자를 세기 시작합니다. 대장군 검? 기파랑의 귀가 번쩍 뜨입니다. 그토록 오랫동안 좋은 칼을 원해왔는데, 오늘 활쏘기대회의 부상으로 대장군 검이 걸려 있는 것입니다. 이름난 대장장이가 만들었다는 명검, 도저히 그냥 김유신에게 양보할 수 없는 상이었습니다.

"둘!"

기파랑은 허리띠를 질끈 묶고 일어섰습니다.

"동해미르야. 나 나가볼게."

동해미르는 활짝 웃으며 손뼉을 칩니다.

"바로 그거야! 어서 나가서 네 재주를 보여줘!"

정대는 기파랑이 못 이길 거라고 생각했지만 굳이 만류하지는 않았습니다.

"잘해봐! 너무 긴장하지 말고."

"셋!"

기파랑이 일어났는데도 장군은 계속 수를 세고 있습니다. 아마 기파랑이 너무 작아서 눈에 띄질 않나 봅니다. 할 수 없이 기파랑은 큰 소리를 지르면서 대장군 쪽으로 걸어 나갔습니다.

"제가 한번 시도해 보겠습니다!"

사람들은 난데없는 도전자의 출현에 반가워하며 소리 나는 곳을 쳐다보았다가 걸어 나오는 것이 아직 어린 소년인 것을 알고는 큰 소리로 웃어대기 시작했습니다.

"아이고, 배야. 저 꼬마가 간도 크다. 여기가 아이들 놀이터인 줄 아나?"

"아가야! 젖이나 더 먹고 오지 그러니?"

사람들이 놀리거나 말거나 기파랑은 눈을 크게 뜨고 똑바로 대장군을 응시합니다. 용춘 대장군은 고개를 끄덕여 활을 쏘아도 좋다는 신호를 보냈습니다. 장군이 보기에 제대로 활을 쏠만한 나이는 아니었지만, 조금 전 장군 자신의 입으로 누구나 도전해 볼 수 있다고 했으니 말릴만한 근거가 없습니다. 기파랑은 천천히 걸어서 김유신이 활을 쏘았던 자리에 가서 섰습니다. 군사 하나가 활과 화살 통을 건네줍니다.

"후우-!"

깊이 숨을 내쉰 기파랑은 활을 들어 과녁을 겨누었습니다. 과녁에는 아까 김유신이 쏜 화살이 아직도 그대로 박혀 있습니다.

피잉!

기파랑의 첫 번째 화살이 빠르게 날아가서 김유신의 화살 왼편으로 세 치정도 떨어진 곳에 꽂힙니다. 사람들은 저렇게 어린아이가 먼 거리에서 과녁에 명중을 시켰다는 사실에는 놀라면서도, 김유신처럼 정확히 가운데를 맞히지 못했다는 것에 대해 그럼 그렇지 하는 반응을 보였습니다. 기파랑은 두 번째 화살을 날렸습니다. 이번에는 김유신의 화살 오른편에 꽂힙니다. 혹시 하고 바라보던 사람들이 실망하는 소리가 들립니다.

"꼬마야. 넌 이미 졌다. 넌 김유신 부장의 재주 근처에도 못 미쳤어. 네가 쏜 화살을 맞혀서 쪼개야 하는 거라고!"

심판관 광대가 다가와서 까불대며 기파랑의 활을 빼앗으려고 했습니다. 그러나 기파랑은 광대를 한쪽 구석으로 밀어두고 다시 화살을 잽니다.

"승부는 활을 세 번 쏴 결정하는 것이오. 아직 한 번이 남았소!"

기파랑의 의연한 모습에 기가 죽은 광대는 입을 다물어버렸습니다. 하지만 구경꾼들은 이미 김유신의 승리가 확정된 것이라고 생각하고 있었습니다.

"어쩌려는 거야? 저 꼬마는? 이미 승부가 난 것으로 보이는구먼, 김유신이 쏜 화살 근처에도 못 미치잖아."

"그러게 말이야. 자기가 쐈던 자리에 그대로 날아가, 먼저 박혀 있던 화살을 꿰뚫고 과녁에 꽂혀야 하는데 저 아이의 화살은 좌우로 여섯 치 이상 떨어져 있군. 김유신의 실력에 비할 바가 못 돼."

그때 한 구경꾼이 뭔가 이상한 점을 발견했습니다.

"여보게들, 저것 좀 보게. 지금 저 아이, 화살 두 개를 한꺼번에 쏘려고 하는 것 아닌가?"

그렇습니다. 기파랑은 두 개의 화살을 시위에 올려놓고 당기고 있습니다.

"저 녀석 너무 긴장하여 화살이 몇 개인지도 모르겠나 본데."

"하하하. 꼬마야! 화살이 두 개다, 두 개야. 한 개씩이나 제대로 쏘려무나."

몇몇 짓궂은 사람들이 박장대소하며 놀려댔지만 기파랑은 아랑곳하지 않고 활시위를 있는 힘껏 뒤로 당겼다가 놓았습니다.

씨잉-!

두 개의 화살이 바람을 가르며 날아갑니다. 그리고 놀라운 일이 벌어졌습니다.

기파랑이 세 번째로 쏜 두 개의 화살은 좌우로 거리를 두고 날아가서 각각 첫 번째와 두 번째에 쏴 두었던 화살을 쪼개고는 과녁에 박혀버렸습니다. 한 번에 두 개의 화살을 쏘아 한 치의 오차도 없이 두 개의 목표를 맞힌 것입니다.

"우… 우와아!"

너무 신기한 광경에 잠시 할 말을 잊고 조용해져 있던 구경꾼들 사이에서 한꺼번에 커다란 함성이 터져 나왔습니다. 사람들은 기파랑이 보여준 놀라운 재주에 진심으로 감탄했습니다.

"봤나? 한 번에 두 개를 맞혀버리네? 대단한 아이일세."

"신궁이다. 신궁! 저런 솜씨는 본 적도 들은 적도 없어!"

신이 난 사람들이 손뼉을 치며 환호성을 지릅니다. 이로써 대회의 우승자가 가려진 것처럼 보였습니다. 사회를 맡고 있는 광대는 용춘 대장군, 구경꾼들, 그리고 김유신의 표정을 번갈아 살피면서 기파랑의 우승 선언을 할까 말까를 재고 있었습니다. 장군과 김유신은, 아직 어린 기파랑의 놀랄만한 솜씨에 감탄하여 흐뭇하게 웃으며 고개를 끄덕이고 있었고, 구경꾼들은 소년 명궁의 탄생을 기뻐하며 잔뜩 들떠 있었습니다. 이만하면 대회를 끝내도 될 것 같아 보였습니다. 그런데 그때, 한 성골 도령이 나서며 불만 어린 목소리로 이의를 제기했습니다.

"우연이다. 우연이야! 아무 생각 없이 화살 두 개를 쏜 게 운이 좋아 저리된 것이 분명해! 애초에 화살을 두 개씩 쏜다는 이야기는 들어본 적도 없다. 저 꼬마에게 지금 다시 쏴보라고 하면 절대 못 할걸?"

듣고 보니 우연일 수도 있다는 생각이 듭니다. 판결을 내려야 하는 광대는 어쩔 줄을 몰라서 우왕좌왕하며 사람들의 눈치를 봤습니다. 구경꾼들도 둘로 갈려서 논쟁을 벌입니다.

"아 이 사람들아. 이렇게 공교로운 우연이 어디 있단 말이야. 이건 분명히 저 아이의 실력일세. 어린 소년의 재주를 칭찬하지는 못

할망정 무슨 질투를 이렇게 하나?"

이렇게 기파랑의 편이 있는가 하면,

"저 꼬마 조그마한 것 좀 보게. 아니, 저런 애가 어찌 그런 실력이 있겠는가? 명궁을 운으로 딴대서야 안 될 말이지. 그런 의미에서 세 번을 연속으로 같은 위치에 명중시킨 김유신 화랑이 더 낫다고 생각하네."

하면서 기파랑의 실력을 인정하지 않는 사람들도 있었습니다. 기파랑은 조금 어이가 없었습니다. 자신이 멋진 재주를 눈앞에서 보여주었는데도 성골 도령의 억지 한 번에 구경꾼들이 편을 나누어 말다툼을 하고 있기 때문입니다. 많은 사람들 앞에 서 있으려니 영 쑥스러워서 빨리 대장군 검을 받고 동해미르의 곁으로 돌아가려고 했던 기파랑은 어서 결론이 났으면 하고 바랐지만, 구경꾼들의 논쟁은 점점 더 심해져만 갈 뿐입니다. 원래 말싸움이란 것이 하면 할수록 커지는 법이니까요. 혼란스런 중에 용춘 대장군이 기파랑에게 다가와서 어깨에 손을 얹습니다.

"이름이 무엇이냐?"

"예, 대장군님. 왕경에서 길사 벼슬을 하는 5두품 지염의 둘째 아들 기파랑이라고 하옵니다."

기파랑은 공손히 예를 갖추어 인사를 드리며 또박또박 대답했습니다. 왕경은 임금이 사시는 서라벌, 즉 지금의 경주를 높여 부르는 말이고, 5두품이란 귀족 품계의 하나입니다.

"음, 지염에게 이렇게 훌륭한 자제가 있는 줄을 미처 몰랐구나. 지금 나이가 몇이냐?"

장군은 수염을 쓰다듬으며 인자한 눈으로 대견하다는 듯 기파랑을 바라보았습니다.

"열셋이옵니다."

"허, 겨우 열셋인데 이만한 재주를 가지고 있다는 말이냐? 지금 나의 부장인 김유신이 15세에 '용화향랑'이라고 추앙을 받으며 세상의 주목을 받았지만, 네가 그 나이가 된다면 더욱 돋보이는 사람이 될 것 같구나. 부디 그대로 바르게 자라서 신라의 기둥이 되어라."

"과찬의 말씀에 몸 둘 바를 모르겠습니다. 모두 대왕님의 은덕인 줄 압니다."

기파랑은 겸손하게 자신을 낮추고 공을 임금님에게 돌립니다.

"과찬이 아니다. 참으로 대단한 아이로구나. 실력만 있는 것이 아니고 겸손함까지 갖추고 있으니…. 그나저나 저렇게 의견이 분분한 백성들의 마음을 어떻게 달랠 것이냐? 모름지기 훌륭한 장수라면 군중의 마음을 달랠 줄 알아야 하는 법. 이쯤 해서 한 번 더 너의 활솜씨를 보여 저 많은 신라 백성들의 마음을 사로잡아야 할 것 같아 보인다만."

그러더니 기파랑에게 무언가를 건넵니다. 그것은 아까 상으로 내걸었던 대장군 검입니다. 흑단으로 만들어진 칼의 손잡이에는 용맹스런 호랑이의 포효하는 얼굴이 새겨져 있고 자줏빛 가죽칼집에는 금으로 용과 봉황이 장식되어 있습니다.

소년 화랑 신라 수호기

"받아라. 이제 네 것이다. 아끼던 칼이다만 네게 주는
것이 조금도 아깝지 않구나. 기파랑 네가 그 칼을 휘
두르며 신라를 지킬 생각을 하니 흐뭇할 따름
이다."

기파랑은 황송해하며 두 손을 내밀어 꿈
에도 그리던 보검을 받아 줍니다. 장군이 쥐
고 있던 손을 놓자 기파랑의 두 팔이 휘청할
정도로 무거운 칼입니다.

"헛헛, 무거운가 보구나. 육십 근이나 하는 무
쇠 칼이니 그럴 만도 하지. 그러나 너처럼 튼튼한
아이라면 금방 익숙해질 게야. 꼭 나라를 위해서만 써야 한다."

이렇게 말하고 용춘 대장군은 돌아서서 임금님이 계신 대웅전
쪽으로 뚜벅뚜벅 걸어가 버렸습니다. 기파랑은 보검을 주신 용춘
대장군의 뒷모습에 고개 숙여 감사한 마음을 표현하고 구경꾼들
쪽으로 돌아섰습니다.

"여러분!"

기파랑은 대장군 검을 높이 들어 사람들의 시선을 모았습니다.
한창 말다툼을 하던 사람들이 잠시 조용해졌습니다.

"저의 보잘것없는 재주이지만 다시 한번 기회를 주신다면 힘껏
최선을 다해 보이겠습니다."

사람들은 기파랑이 다시 한번 활을 쏘겠다는 말에 환호를 보내
며 떠들썩해졌습니다.

"화살을 가져다주시오!"

기파랑의 요청에 군사 하나가 화살 통을 가지고 가서 그 곁에 섭니다.

기파랑은 상으로 받은 보검을 허리에 차고 화살 통에서 천천히 화살 두 개를 꺼냈습니다. 옆에서 지켜보고 있던 광대는 화살이 두 개라는 의미로 시간 차를 두고 양손을 들어 보입니다. 기대감이 좌중에 가득히 퍼집니다.

"오! 또 두 개다. 아까 그걸 다시 보여주려나 봐."

"이젠 힘들걸. 아깐 운이 좋았던 거라고."

사람들이 수군대는 동안 기파랑은 화살을 하나 더 꺼냅니다.

"세 개? 세 개를 한꺼번에?"

광대가 화살 세 개를 표현하려고 왼쪽 다리까지 들어가며 안간힘을 쓰는 동안 기파랑은 화살 세 개를 먹인 활시위를 힘 있게 잡아당겨 망설임 없이 쏘았습니다.

쌔앵! 하는 날카로운 소리와 함께 날아간 화살들은 기파랑이 앞서 명중시켰던 두 개의 화살과 더불어 김유신의 화살마저 꿰뚫으며 과녁에 박혔습니다.

우와아아! 가장 큰 함성이 터져 나오고 신이 난 몇몇 어른들은 자리에서 덩실덩실 춤까지 춥니다. 용춘 대장군은 호탕하게 웃으시고, 앞서 대단한 활솜씨를 보여주었던 김유신 역시 조금도 시기하는 기색 없이 밝게 미소 지으며 아낌없는 박수를 보냅니다. 가장 놀란 사람은 기파랑의 부모님들이셨습니다. 늘 나이 어린 둘째 아들이 밤늦게까지 동해미르와 어울려 무술연습을 하고 다니는 줄은 알았지만 이렇게 놀랄만한 솜씨를 숨기고 있는 줄은 꿈에도 몰랐던 것입니다.

"여보, 저기 서 있는 소년 궁수가 정말 내 아들 기파랑이 맞는 거요?"

아버지는 직접 눈으로 보시고도 도통 믿기지가 않는 모양입니다.

"아니 어째서 저 애가 당신 아들이유? 우리 아들이지. 당신 혼자 낳아 길렀답니까?"

어머니는 아버지의 말실수를 타박하면서도 입이 귀에 걸릴 정도로 웃고 있습니다. 두 분은 너무 뿌듯하고 자랑스러워 눈물이 날 지경입니다.

"신라 제일 명궁은 기파랑!"

광대도 신난 목소리로 안민사가 떠나가라 우렁차게 외칩니다. 이번에는 이의를 제기하는 사람도, 실력이 아니라 우연이라고 우기는 사람도 없습니다. 그저 하나같이 손뼉을 치며 환호할 뿐입니다. 동해미르는 이 많은 사람들 중 가장 열정적으로 기뻐하는 사람이었습니다.

7.
신라 제일 명궁

"어때요, 정대 형. 기파랑 정말 대단하지요?"

"그래. 정말 신이 내린 재주구나. 내가 살면서 저런 활솜씨는 처음 본다."

정대도 놀라워하며 열심히 환호성을 질러댑니다.

기파랑은 이 모든 것이 부담스러워서 쭈뼛거리고 서서 머리를 긁적였습니다. 이제 대장군 검도 받았으니 마음 같아선 어서 동해 미르의 곁으로 가서 보검 자랑을 하고 이 소란스러운 자리를 빠져나가고 싶습니다. 그런데 그렇게 할 수 없는 이유는 아직 물러가도 좋다는 임금님의 허락이 내려지지 않았기 때문입니다. 기파랑은 임금님을 향해 공손히 절을 올리고 엎드린 채 임금님의 명령을 기다렸습니다.

"그 소년 궁수의 고개를 들라 하라."

마침내 임금님이 입을 여셨습니다. 임금님 곁에 선 신하 중 하나가 그 말을 큰 소리로 전합니다.

"소년 궁수는 고개를 들라 하신다."

기파랑은 왕이 시키시는 대로 고개를 들었습니다.

"이리 가까이 오게 하라."

호위군들이 다가와 기파랑의 칼과 활을 잠시 맡은 다음 임금님이 앉아 계신 대웅전 마루 밑으로 기파랑을 데려갔습니다. 이처럼 일반 백성이 임금님의 근처에까지 가보는 것은 대단히 영광스러운 일입니다. 기파랑은 잔뜩 긴장하여 혹시 실수라도 하지 않을까 걱정하면서 조심조심 걸음을 옮겼습니다. 제아무리 배짱이 좋고 무술실력이 뛰어난 기파랑이라도 이렇게 높은 분과 마주하는 것은 떨릴 수밖에 없는 일이었습니다. 계단을 다 올라간 기파랑은 마침내 임금님과 계단 하나만을 사이에 두고 있습니다.

"이름이 무엇이냐?"

임금님의 위엄 있는 목소리에 기파랑은 황급히 무릎을 꿇고 고개를 숙인 채 대답합니다.

"예, 대왕님. 소졸은 왕경에서 길사 벼슬을 하는 5두품 지염의 둘째 아들 기파랑이옵니다."

기파랑은 자신을 소졸이라고 부르며 소개했습니다. 이것은 계급이 낮은 군인이 자신을 낮출 때에 쓰는 말입니다. 아직 열셋에 불과한 기파랑이 자신을 군인이라고 칭하는 것이 재미있으셨던지 임금님은 크게 웃으시며 탁자를 탁 치셨습니다.

"하하하. 마음은 이미 신라의 군인이란 말이지. 마음에 드는구

나. 기상이 좋아. 애, 기파랑아, 고개를 들어도 좋다."

기파랑은 시키시는 대로 고개를 들었습니다. 신라의 26대 왕이신 백정 대왕님은 키가 11자나 되시는 분입니다. 지금의 단위로 보면 3미터가량 되는 거인인 것이죠. 앉아 계셔도 다른 사람이 서 있는 것보다 그리 작지 않습니다. 기파랑은 태어나서 이렇게 큰 사람은 처음 보았습니다. 정말 깜짝 놀랄 만큼 큰 분입니다. 그리고 큰 키만큼이나 목소리도 우렁찹니다. 임금님은 기분이 좋으신지 싱글벙글 웃으시며 기파랑의 얼굴을 살펴보십니다.

"이렇게 가까이서 보니 정말 어리구나. 이제 겨우 열셋이라 들었는데, 어린 나이에 참으로 대단하다."

"황송하옵니다."

임금님은 몸을 앞으로 기울이셔서 기파랑에게 가까이 다가섭니다.

"나에게 이렇게 즐거운 여흥을 주었으니 네게 뭔가 상을 내리고 싶다. 원하는 것을 말해보아라."

"소졸의 보잘것없는 재주를 너그러이 봐주신 것만으로도 갚을 길 없는 성은이옵니다."

기파랑은 임금님의 칭찬에 몸 둘 바를 몰라 하며 깊이 고개를 숙였습니다.

"하하하. 점입가경이라더니 갈수록 사람을 놀랍게 만드는 아이로구나. 그런 예의와 겸양은 어디서 배웠단 말이냐."

임금님은 기파랑의 나이에 걸맞지 않은 점잖은 말투가 재미있으셨는지 호탕하게 웃으셨습니다.

"허나 한 나라의 임금이 한번 주겠다고 했던 상을 물릴 수도 없는 일. 자 어서 네가 받고 싶은 것을 말해보아라. 더 이상의 사양은 불충으로 여길 것이야."

기파랑은 잠시 생각에 잠겼습니다. 이미 대장군에게서 보검도 받았는데 자신이 원하는 것이 또 있는지를 따져 보았습니다. 주머니에는 깃털을 팔아 번 황금 한 냥이 아직 고스란히 남아 있고 부모님들도 건강하시고 아버지도 관직에서 나라의 녹을 받고 있습니다. 몇 번을 생각해 봐도 기파랑은 더 이상 따로 갖고 싶은 게 없었습니다. 제일 친한 친구인 동해미르를 가까이 불러서 임금님의 용안을 직접 뵐 수 있는 영광을 달랄까 하는 생각도 해보았지만 그러자니 부모님, 형제, 다른 낭도들, 친구들, 정대 형까지 부르고 싶어질 것 같아 관두었습니다. 어차피 나중에 기파랑과 동해미르가 군인이 되어 나라에 큰 공을 세우면 임금님에게서 직접 칭찬을 듣게 될 것이니 언젠가 직접 뵈올 일도 있을 것이고요. 그렇지만 한 번 더 바라는 게 없다고 했다가는 임금을 기만한 불충의 처벌을 받을 수도 있는 일이니 사실대로 말할 수도 없습니다.

"어허, 어서 아뢰지 못하고 뭘 하는 게냐? 대왕님을 언제까지 기다리시도록 할 셈이냐?"

기파랑이 생각에 잠겨 아무 말도 않고 있는 모습이 못마땅한지 자줏빛 도포를 입은 성골 귀족 한 사람이 언성을 높였습니다. 하는 수 없이 기파랑은 사실대로 말씀드렸습니다.

"아뢰옵기 황송하오나, 상고의 요, 순 임금 시대 사람처럼 모든 것이 풍족하고 마음은 넉넉하여 여기에 더 필요한 것을 찾지 못하겠습니다. 임금님에게 여쭐 만한 소원이 지금 당장은 없습니다."

요 임금과 순 임금은 옛날 중국을 다스렸던 최고로 훌륭한 왕들입니다. 사람들은 이 왕들이 나라를 다스리던 때를 '요순시대'라고 하여 가장 살기 좋았던 시절로 평합니다. 기파랑의 말을 들은 임금님은 호탕하게 웃으셨습니다.

"허허허. 말재주 또한 보통이 넘는 아이로구나. 나를 요순과 같은 성군으로 평가해 주는 것이냐? 쑥스럽긴 해도 듣기 싫지는 않구나. 그래, 너는 지금 당장은 소원하는 바가 없다고 했다, 그렇다면 나중에는 필요한 것이 있을지도 모른다는 말이냐?"

역시 소문처럼 지혜로우신 임금님이셨습니다. 기파랑이 돌려 말하는 뜻을 놓치지 않으십니다.

"예, 앞으로 20년이 지난 후라면 감히 대왕마마께 여쭐 소원이 생길 것이라 생각합니다. 부디 그때에 소졸의 청하는 바를 들어주소서."

임금님은 놀라십니다.

"허, 지금 나의 나이가 이미 60에 가깝다. 앞으로 20년이 지난 후라면 그때에는 80이 되는데, 약속을 기억하는 것은 고사하고 그때까지 살 수나 있겠느냐? 내 후대에 그 약속을 이행하도록 일러두마."

이 시절에는 의학이 발달하지 않고 전쟁이 잦아서 60세를 넘겨 산다는 게 매우 힘든 일이었습니다. 게다가 임금님은 늘 나라의 발전과 안녕을 위해 고민해야 했으므로 오히려 일반 백성들보다도 수명이 짧았습니다. 80세를 넘겨 까지 사는 왕은 매우 찾아보기 어려웠죠.

"저는 대왕마마께 소원을 빌었습니다. 후대 왕께는 그런 부탁을 감히 드릴 수가 없습니다. 20년 후에 대왕마마께옵서 직접 들어주시옵소서."

기파랑은 예의 바르지만 단호한 어조로 아뢰었습니다.

"아바마마, 오늘 이렇게 소년 궁수에게 약조해 놓으신 소원이 있으시니 아바마마께서는 20년 후에도 이 일을 기억하시어 소원을 들어주셔야 할 것 같습니다."

아름다우신 선화 공주님이 모처럼 입을 엽니다. 기파랑은 고개를 숙인 채로 눈으로만 힐끗 공주님을 훔쳐보았습니다. 기가 막히게 예쁘십니다. 눈이 부십니다. 기파랑은 웬일인지 자꾸만 가슴이 두근거려 숨을 조금 더 크게 쉬어야 했습니다. 임금님은 매우 기분이 좋아지셔서 껄껄 웃으십니다.

"약속 때문에라도 오래 살아야 한다, 이런 말이냐? 너의 소원은 나의 만수무강이란 말이더냐. 허허, 홍안의 소년에게서 이런 고마운 말을 들을 줄은 미처 몰랐구나. 열세 살짜리 아이의 소원이라면 으레 먹고 입는 것에 그치는 줄만 알았었는데. 그래 알겠다. 내가 앞으로도 오래 살아서 너와의 약속을 지키도록 하마."

"성은이 망극합니다."

기파랑은 한 번 더 깊이 고개를 숙입니다. 임금님은 매우 기분이 좋아지셔서 곁의 신하에게 다음과 같은 지시를 내리셨습니다.

"아찬, 이 아이의 부모에게는 따로 황금 이십 근과 비단 이십 필을 내리도록 하라. 또한 그 품계가 비록 5두품이라 하더라도 겉옷으로 비단을 쓰는 것을 허용한다. 아들을 훌륭하게 키운 것에 대한 상이다. 그리고 기파랑아, 너도 나와의 약속을 늘 기억하고 있다가 20년이 지난 후에 반드시 궁궐에 찾아와야 한다. 임금과 한 약조를 지키지 않는 것은 매우 큰 죄임을 잊지 마라."

"성은이 망극합니다, 대왕마마. 마마와의 약속, 머릿속에 깊이 새겨 잊는 일이 없도록 하겠습니다."

기파랑은 이마가 바닥에 닿도록 절을 했습니다.

"착한 아이로구나. 그래 이만 물러가도 좋다."

기파랑은 천천히 일어나서 부축을 받으며 뒷걸음을 쳐서 계단을 내려왔습니다. 임금님의 앞에서는 뒷모습을 보이면 안 되는 법이거든요. 내려오는 길에 기파랑은 또 한 번 선화 공주님을 훔쳐보았습니다. 지금 아니면 언제 이렇게 가까운 자리에서 공주님의 아름다운 얼굴을 볼 수가 있겠습니까? 그런데 이번에는 선화 공주님이 기파랑의 눈길을 눈치채시고 활짝 웃으시며 가볍게 손까지 흔들어주셨습니다. 기파랑은 매우 부끄러웠지만 기분이 좋기도 해서 웃으며 고개를 숙였습니다.

기파랑이 어전에서 물러난 후에 본격적인 놀이와 여흥이 시작되었습니다. 광대들이 앞에 나와 땅재주를 부리거나 춤을 추며 흥을 돋우었고, 아까 어가행렬 때에 꽃을 뿌렸던 아름다운 궁녀들이 노래를 하면서 사람들과 함께 즐겁게 어울렸습니다. 안민사를 가득 채운 축제 분위기가 모든 이를 신명 나게 하였습니다.

"기파랑, 보검 좀 보여줘. 나도 구경 좀 하자!"

주위에 사람이 없는 것을 확인하고 동해미르가 작은 목소리로 부탁합니다. 기파랑이 상으로 받은 대장군 검을 살펴보고 싶어 안달이 난 겁니다. 기파랑과 동해미르는 소란스러운 사람들 틈에서 빠져나와 안민사 뒤뜰의 한적한 숲속에 와 있습니다. 무슨 신기한 동물이나 구경하는 것처럼 극성스럽게 기파랑에게 관심을 보이는 구경꾼들에게서 피해 온 겁니다. 손 좀 만져 보자는 사람, 귀엽다며 한번 안아보자는 아주머니, 자기 아들에게 활쏘기를 가르쳐달라는 아저씨, 자기 딸과 혼인약조를 맺자는 사람들…. 기파랑과 동해미르는 도저히 못 견디겠다 싶어서 이곳으로 숨어버렸습니다. 정대는 궁녀들의 미모에 홀랑 빠져서 도무지 그 곁을 떠나려 하지 않았기에 내버려 두고 왔습니다.

"알았어. 조심해서 다뤄야 해. 굉장히 무겁고 날카로우니까."

기파랑은 거듭 당부를 하고 칼을 건네줍니다. 동해미르는 알았다고 고개를 끄덕였습니다.

"우와, 꽤 무겁다. 오, 이 호랑이 얼굴무늬는 꼭 살아 있는 것처럼 실감 난다. 게다가 손잡이의 감촉 하며, 정말 기가 막히게 좋은 칼이로구나. 어디 칼날 좀 볼까?"

동해미르가 조심스럽게 칼집에서 칼을 뽑습니다. 스르릉 소리를 내며 칼이 빠져나오자 잘 손질된 보검이 햇빛을 받아 번쩍입니다. 칼의 몸체에는 두 마리의 용이 서로 교차하며 승천하는 모습과 '신라국 대장군 용춘의 검'이라는 글자가 정성스레 새겨져 있습니다. 바위를 잘라도 날이 무디어지지 않고, 칼날 위에 나뭇잎이 떨어지면 두 동강이 난다는 명검입니다. 동해미르는 잠시 칼을 들고 멋진 자세를 취해보고 나서 다시 칼집에 넣어 기파랑에게 돌려주었습니다.

"축하해. 기파랑! 그렇게도 좋은 칼을 가지고 싶어 하더니 그 꿈을 이루었구나. 그 대장군 검에 부끄럽지 않은 멋진 장군이 되어야 해."

"고마워, 동해미르. 우리 꼭 힘을 합쳐서 신라가 천하에서 가장 강대한 나라가 되게 만들자."

그리고 나서 두 아이는 서로 손을 마주 잡고 빙글빙글 돌며 기뻐했습니다. 오늘은 그야말로 기파랑 생애 최고의 날이었습니다.

그 후, 기파랑은 여기저기서 축하를 받느라고 하루가 어떻게 갔는지 모를 정도였습니다. 우선 품일 화랑님과 낭도들이 숨어있는 기파랑과 동해미르를 찾아내고 하늘 높이 헹가래를 쳐 주었습니다.

"이 녀석, 늘 열심히 한다 싶더니 오늘 이렇게 빛을 발하는구나. 너는 우리들의 자랑이다."

기파랑을 하늘 높이 던졌다가 받으면서 품일 화랑님과 낭도들은 칭찬을 아끼지 않았습니다. 그다음엔 기파랑과 동해미르의 부모님들이 두 아이를 업고 덩실덩실 춤을 추셨습니다. 활쏘기 시합에서 우승하여 임금님께 직접 칭찬을 듣고 가문의 명예를 빛냈으니 부모님들의 기쁨이야 이루 말할 수 없는 것이었지요. 동해미르의 부모님들도 아들 친구의 경사를 자기 일처럼 기뻐해 주셨습니다. 동해미르는 덕택에 오랜만에 아버지 등에 업혀보았고요. 그다음엔 정대와 궁녀들의 차례였습니다.

"아까 활쏘기 시합에서 우승한 기파랑이 제 친한 친구라니까요! 직접 만나보시고 싶으면 절 따라오세요."

정대는 이 말로 어여쁜 궁녀들을 꾀어 기파랑이 있는 곳으로 데려왔습니다.

"어머나! 정말이었네. 아유, 귀엽기도 하지. 요 볼의 살 보들보들한 것 좀 봐. 넌 어쩌면 그렇게 재주가 좋으니?"

반신반의하며 뒤뜰까지 따라왔던 궁녀들은 기파랑을 발견하자 좋아서 어쩔 줄을 모릅니다. 꺅! 꺅! 소리를 질러대며 한 사람씩 안아도 보고 뺨을 부비기도 하는 통에 기파랑은 얼이 나갈 지경이었습니다. 정대와 동해미르는 궁녀들을 말리며 한 사람씩 순서를 지켜야만 기파랑을 가까이서 볼 수 있다고 제법 근엄하게 호위병 노릇을 하려고 했지만, 얌전해 보이던 궁녀들은 의외로 극성스러워서 두 사람을 밀어 치고 기파랑에게 달려가 볼을 꼬집어대며 좋아했습니다.

그 밖에도 너무 많은 사람들이 기파랑에게 축하한다는 말을 해주었습니다. 친척들, 동네 어른들, 깃발 만드는 아저씨, 동네 친구들…, 하여튼 이루 다 헤아릴 수 없을 만큼 많은 사람들과 악수를 하고 칭찬을 받았습니다.

"어휴, 이제 다 된 건가? 정신이 하나도 없다."

땅거미가 깔릴 때쯤에야 겨우 한가해진 기파랑은 정신을 차리느라고 후우 하고 한숨을 내쉬었습니다.

"두 번 우승했다간 몸이 남아나질 않겠다. 사람들과 인사를 하는 게 이렇게 힘든 것인 줄 몰랐어."

기파랑은 땅바닥에 앉아서 악수를 하느라 피곤해진 어깨를 주무릅니다. 동해미르와 정대도 지치기는 마찬가지여서 그 곁에 쭈그리고 앉아 있습니다.

"그러게. 우리는 옆에서 지켜보기만 했는데도 이렇게 기운이 없으니 너는 오죽하겠니. 그런데 정대 형 어디 아파요? 아까부터 찡그리고 있네."

"말도 마라. 아까 궁녀들이 밀어 치는 바람에 땅에 호되게 부딪혀서 무릎이랑 팔꿈치가 다 까졌다. 아니, 힘으로 궁녀를 뽑는 건지 어찌 된 게 장정인 나보다도 더 기운이 세!"

"크크크, 그러게 왜 그 누나들을 몰고 와서 그 고생을 해요. 예쁜 여자만 보면 매번 홀랑 반해가지고 정신을 못 차리더니 이제 그 버릇 고치겠네요."

정대는 이제 여자는 무서워서 싫다며 손사래를 칩니다. 정대와 동해미르가 장난치는 이야기를 들으면서 기파랑도 웃었습니다.

"음! 슬슬 배가 아픈 게 아무래도 이거, 난 하루 동안 못 보고 꾹 참았던 볼일이나 보러 갈란다. 너희들은 뒷간 안 갈래?"

갑자기 똥이 마려웠는지 정대가 배를 어루만지며 절의 뒷간이 있는 쪽으로 뛰어갑니다.

"난 뒷간 갈 힘도 없어요. 형이 내 몫까지 다 눠줘요."

기파랑은 농담 반, 진담 반으로 이렇게 말하며 힘없이 손을 저었습니다.

"기파랑 공, 많이 피곤한가 보구려. 축하주를 한 잔 나누고 싶은데 괜찮겠는지?"

낭랑하고도 맑은 목소리가 등 뒤에서 울립니다. 기파랑이 돌아보자 아까 자신보다 먼저 활을 쏘았던 김유신 화랑이 술병을 들고

서 있습니다. 기파랑과 동해미르는 황급히 일어나서 예를 갖추었습니다.

"유신 공…"

기파랑은 죄송스러워 할 말이 없어서 뒤를 잇지 못했습니다. 아까는 대장군 검에 욕심이 나서 앞뒤를 재지 않았지만, 기파랑은 김유신에게 창피를 준 것이라고 할 수도 있습니다. 지금껏 신라 제일의 화랑이라는 평가를 받다가 오늘 여러 사람이 보는 앞에서 어린아이에게 패한 것은 분명 김유신에게는 아픈 기억일 것입니다. 기파랑은 김유신의 자존심이 상처받았을까 봐서 미안한 마음을 금할 길이 없었습니다.

"허허, 승자의 얼굴이 이리 침울해서야 되겠나?"

그런데 김유신은 아무렇지도 않게 웃으며 술병을 기파랑에게 건넵니다.

"감주요, 쭉 들이켜고 내게도 권해주구려. 마음 같아선 우리 집에 전해오는 향기 좋은 술을 귀공과 나누고 싶지만 그대의 나이가 이제 겨우 열셋이라 하니 아직 이른 듯해서 이렇게 감주로 대신하는 것이오."

기파랑은 병을 받아 마십니다. 달콤하고 맛 좋은 감주가 목을 타고 뱃속으로 흐릅니다.

"그대의 안색을 보아하니 나의 마음이 혹 상처받았을까 그것을 걱정해주는 듯하구려. 하지만 나는 오히려 기쁘다오. 귀 공의 귀신 같은 활솜씨, 어차피 신라를 위해 쓰일 것인데 그것이 누구의 재주라 한들 무엇이 다르겠소. 귀 공의 실력에 다시 한번 경의를 표하는 바요. 자 이제 웃으며 내게 감주를 권해주겠소?"

김유신은 기파랑에게 미안해할 것 없다고 말합니다. 꼭 기파랑의 가슴 한구석의 무거운 기분을 미리 알고 달래주려고 온 것 같습니다. 과연 큰 인물이라고 기파랑은 감탄했습니다. 나이가 네 살이나 어린 자신에게 꼬박꼬박 공이란 칭호를 쓰며 존대를 해주는 것도 그렇고, 승자에게 진심으로 축하를 보내는 마음 씀씀이도 훌륭합니다. 역시 신라를 빛낼 인물이라는 소문이 헛된 것이 아니었습니다. 기파랑에게서 감주병을 건네받은 김유신은 벌컥벌컥 시원하게 감주를 들이켭니다.

"커어, 달다. 옆에 계신 분은 뉘신지. 기파랑 공의 친구시오?"

기파랑이 건넨 감주를 마신 김유신은 동해미르에게 시선을 돌립니다. 마음속의 짐을 벗은 기파랑은 어린이답게 금세 밝아져서 동해미르를 소개했습니다.

"예, 이 친구는 동해미르라 하고, 저와는 형제처럼 가까운 사이입니다."

동해미르는 고개를 꾸벅 숙여서 인사를 했습니다.

"오, 동해미르 공. 옛말에 친구를 보면 그 사람을 안다고 했는데, 내 동해미르 공도 뛰어난 낭도임을 잘 알겠소."

김유신은 동해미르의 두 손을 잡으며 만난 것을 기뻐합니다. 동해미르도 김유신의 멋진 모습에 완전히 반했습니다. 그야말로 남자 중의 남자라는 말이 어울리는 사람이라고 여겨질 만큼 호탕하면서도 부드러운 호걸입니다. 마주 잡은 손은 근육과 굳은살로 울퉁불퉁하지만 따스하고, 크고 다부진 몸집과 달리 미소년인 얼굴은 친근감을 더합니다.

나중에 시간이 되면 꼭 자신이 속한 부대에 놀러 와서 궁술을 지도해 달라고 당부를 거듭하고서 김유신은 자신의 처소로 돌아갔습니다.

"야, 정말 대단한 화랑이시다."

"그러게. 그야말로 신라 최고의 영웅이 될 그릇이야."

기파랑과 동해미르는 감탄하며 훌륭한 사람과 알게 된 것을 기뻐했습니다.

"무슨 일 있었니?"

정대가 허리띠를 매며 다가왔습니다.

"에이, 형 조금만 일찍 오지. 김유신 공이랑 인사를 나눴는데."

동해미르가 안타까워하지만 정대는 오히려 무덤덤합니다.

"에이 됐어, 어차피 진골 앞에서 나 같은 평민은 허락 없이 일어서 있지도 못하는걸. 법도가 그래."

이렇게 말하는 정대의 얼굴은 쓸쓸해 보이기까지 합니다. 기파랑은 어쩌면 정대가 김유신이 다가오는 것을 미리 알고서 불편하여 그 자리를 피한 것일지도 모르겠다는 생각이 들었습니다.

부웃! 부웃-!

저녁 늦은 시간에 커다란 고동소리가 대웅전 쪽에서 들립니다. 아마 임금님의 환궁을 알리는 모양입니다. 기파랑과 동해미르, 정대도 사람들을 따라 대웅전 쪽으로 달려갔습니다. 많은 사람들이 수레 좌우로 갈라서서 임금님을 배웅하려고 기다리고 있습니다. 이미 임금님과 그 일행이 타고 가실 수레들의 정렬이 끝나 있고 출발하기 직전입니다. 아침에 안민사에 들어오실 때와 다른 것은 수레 앞뒤로 많은 수의 병사들이 무장을 갖추고 늠름하게 호위를 하고 있다는 점입니다.

"우와, 웬 군사가 저리 많이 모였지?"

기파랑은 의아하게 생각하며 어디에서 온 부대인지 궁금해서 군사들의 '금'을 살펴봅니다. '금'이란 군사들이 겉옷 위에 덧입는 여러 색깔과 무늬의 반달 모양 조끼 같은 것으로, 금의 색깔과 수놓아진 새의 종류를 보면 그 군인이 어느 부대 소속인지를 쉽게 파악할 수 있습니다. 수레 곁에 선 군사들은 봉황이 수놓아진 자백색의 금을 두르고 있습니다. 이것은 6정으로 나누어진 신라의 여섯 개 부대 중, 서라벌을 지키는 대당군의 복장입니다.

"대당군이 다 모여서 임금님을 호위하네. 전쟁터도 아니고 경주 내에서 저럴 필요가 있나?"

동해미르가 고개를 갸웃거립니다.

"그 이유는 내가 좀 알지. 정문의 초병에게서 들었는데, 오늘부터 임금님이 친히 6정과 9서당을 두루 순례하시고 병사들과 백성들의 사는 모습을 둘러보시기로 하셨다는 거야. 그래서 6정 중, 경주의 안민사를 가장 먼저 들르신 거고 추수하기 전까지 달포동안 상주정, 한산정, 우수정, 하서정, 아산정 그리고 그 사이의 9서당을 차례로 들르실 거라더라."

정대가 조금 거들먹거리며 알려줍니다. 6정은 신라를 6개의 구역으로 나누어 군사를 배치해 둔 행정, 군사구역입니다. 9서당은 새로 점령한 신라의 국경 주변 도시들로, 이곳의 군사들은 예전에는 백제, 고구려, 말갈, 보덕성의 국민이었지만 지금은 신라를 지키고 있습니다. 임금님이 이 6정과 9서당을 순례하시는 이유는 백성들의 충성심을 높이고 혹시나 있을지 모르는 지방의 고충을 달래주기 위한 것입니다.

"우와 어가행렬을 한 달 보름 동안이나 계속한다니, 임금님도 힘드시겠지만 호위하는 병사들도 이만저만 조심스러운 게 아니겠는데! 게다가 9서당은 국경에 인접한 곳이니까 더욱 철저히 대비를 해야 할 테지? 그건 그렇고 하여튼 정대 형은 모르는 게 없다니까."

동해미르는 군인들의 행렬을 보고는 괜히 들떠서 신이 났습니다.

"그나저나 이렇게 많은 수의 군사가 임금님의 행차를 호위하러 가버린다면 서라벌은 텅 비어버리겠는걸. 치안에는 문제가 없는 걸까?"

기파랑은 너무 많은 병사들이 신라를 떠나 있는 것이 조금 걱정스러운 모양입니다. 정대가 그런 기파랑을 간질이며 웃습니다.

"텅 비긴 뭐가 텅 비어, 이 걱정꾸러기야. 네 뒤에 저 많은 사람들을 봐라."

정대가 가리킨 쪽에는 엄청난 수의 구경꾼들이 와글와글 몰려 있습니다.

"사람들이 이렇게 많이 모여들어 밤낮으로 번화한데 감히 누가 흉계를 꾸밀 수 있겠어. 원래 나쁜 짓이란 건 어두컴컴하고 사람의 왕래가 드문 곳에서나 일어나는 거라고."

하긴 정대의 말이 맞습니다. 기파랑은 괜한 걱정을 했나보다 하고 피식 웃어버렸습니다. 불과 사흘 뒤에 귀신이 떼를 지어 나타나 안민사와 경주 전체를 공포로 몰아넣을 줄 미리 알았더라면 이때, 군사들의 바짓가랑이라도 붙잡고 못 가게 말렸을 테지만요. 하긴 세상에 어떤 열세 살짜리가 앞일을 미리 알 수 있겠습니까?

8.
안민사 귀신 소동

귀신을 맨 처음으로 본 사람은 안민사에서 스님과 손님들의 음식 준비를 도와주는 한산 댁 아주머니였습니다. 기파랑이 활쏘기 시합에서 우승하고 나서 이틀이 지난날 밤의 일이었습니다. 그러니까 그게 어찌 된 일인가 하면….

안민사의 낙성을 축하하는 의미로 나라에서 준비한 연회는 첫째 날 밤으로 끝났지만 사람들의 방문은 계속 이어졌고 그 축제 분위기는 다음 날, 그리고 셋째 날까지도 끝나지 않았습니다. 아니, 며칠이고 계속될 것 같았습니다. 임금님이 앞으로 반년 동안 안민사를 찾는 모든 사람에게 무료로 식사 대접을 하도록 하셨고 절이 큰 만큼 잠을 잘 수 있는 곳도 많아서 이곳에서는 먹고 자는 데에, 따로 돈이 들지 않는 것도 이렇게 많은 사람이 안민사를 찾는 이유 중 하나였을 것입니다. 실제로 첫째 날 밤, 집에 돌아갔던 사람들은 관청에서 일을 봐야 할 관리들이나 논밭에 나가봐야 하는 농부들처럼 꼭 필요한 볼일이 있는 경우뿐이었습니다. 대부분의 사람들은 아이에서부터 나이 든 노인까지 매일 안민사 경내를 거닐며 낮에는 법회에 참석하여 고승들에게서 부처님의 말씀과 올바르게 사는 법을 배우고 밤에는 화려한 연등에 불이 켜진 환상적인 모습을 감상하고 근처의 가게에서 요리를 먹거나 술 한잔을 즐긴 후, 사람들과 어울려 노닐었습니다. 경내의 탑은 젊은이들이 모여서 맘에 드는 이성과 만나 재미있게 노는 곳이었습니다. 큰 탑 주변을 손에 손을 잡고 노래를 불러가며 빙글빙글 돌고 재미있게 웃다 보면 비록 처음 보는 사이라고 해도 금방 가까워지는 것이었습니다. 특히 밤에는 더욱 많은 사람이 안민사를 찾았는데, 낮에는 바쁜 일이 있어서 구경 오지 못한 이들도 저녁이 되어 한가해지면 놀러 오기 때문에 그랬습니다. 그래서 안민사 주변은 5리 밖까지 환하게 밝고 시장처럼 북적였었지요. 셋째 날 밤 귀신이 나타나 모든 것을 바꿨지만요.

문제의 밤, 잠이 들었다가 깬 한산 댁은 목이 말라서 밖으로 나왔습니다. 약수터에서 시원한 약수 한 바가지를 들이켤 요량이었지만, 워낙 물을 마시려고 줄을 선 사람이 많아서 포기하고 부엌 쪽으로 발길을 돌렸습니다. 부엌에는 늘 요리 준비를 위해 길어놓은 물이 있었거든요.

"아이구 졸려. 어서 물 마시고 들어가서 자야지, 내일 아침에 일찍 일어나야 하니까."

한산 댁은 하품을 하며 부엌문을 열고 들어가 물독에서 물을 폈습니다. 바가지에 뜬 물을 시원하게 쭈욱 마시려는 순간!

"히히히히히."

등 뒤에서 들리는 음산한 웃음소리에 한산 댁은 온몸에 소름이 끼쳤습니다. 그리고 곧 화가 치밀었습니다. 갑작스런 이상한 소리에 놀라기는 했지만 처음에는 설마 귀신이라고는 생각하지 않았던 것이죠. 술에 취한 사람이 길을 잘못 찾아서 부엌에 들어와 있다가 장난을 치는 것이라고만 믿었던 겁니다.

"아, 이 사람아! 누구 경기 드는 걸 보려고 그런 못된 장난이야?"

한산 댁은 몸을 홱 돌리며 바가지에 든 물을 소리 나는 쪽으로 확 부어버렸습니다. 누구인지는 모르지만 찬물 세례에 정신을 좀 차리라는 의미였지요. 그런데 그곳에는 아무것도 없었습니다. 애꿎은 가마솥만 물을 뒤집어쓰고 말았죠.

"이상하다. 내가 잘못 들은 건가?"

한산 댁은 머쓱해하며 바가지를 넣어두려고 다시 물독 쪽으로 몸을 돌렸습니다.

"히히히히히."

갑자기 천장에서 긴 머리를 늘어뜨린 흉측한 귀신이 머리부터 쑥- 떨어져 내려왔습니다. 새파란 얼굴이 바로 한산 댁의 코에 닿을듯합니다.

"히히히히, 여긴 내 집이야."

귀신의 입에서 갈라진 목소리가 흘러나옵니다.

"어, 어, 어."

한산 댁은 귀신에게 잡아먹히지 않으려면 도망쳐야 한다고 생각했지만 발이 땅에 착 달라붙은 것처럼 꼼짝도 않고, 소리쳐서 도움을 청하려고 해도 입에서는 신음소리만 자그맣게 흘러나옵니다. 한산 댁이 벌벌 떨면서 아무것도 못 하는 동안 귀신은 허공에 거꾸로 매달린 채로 서서히 손을 뻗어 한산 댁의 목을 스르르 조여옵니다. 손톱이 길고 날카로운 귀신의 손은 얼음처럼 차고, 귀신의 입가에는 피 묻은 송곳니가 삐죽 솟아 있습니다.

"으아악!"

귀신이 뻘건 입을 쩍 벌린 순간, 한산 댁은 더 이상 버티지 못하고 기절해 버렸습니다.

다음 날 아침, 부엌 바닥에 거품을 물고 쓰러져 있는 한산 댁을 깨운 것은 절의 여러 가지 잡일을 하는 젊은 머슴 먹쇠와 장삼이었습니다. 두 사람은 아침식사 준비에 필요한 장작과 땔나무들을 들여놓으려고 부엌문을 열고 들어왔다가 기절해 있는 한산 댁을 발견하고서 얼굴에 물을 끼얹고 뺨을 두드려서 깨웠습니다.

"으응, 여기가?"

한산 댁은 잠시 후 서서히 정신을 차렸습니다.

"아주머니 이제 정신이 좀 드세요? 우리예요. 먹쇠하고 장삼이. 아, 어쩐 일로 이런 곳에서 기절을 해 계셨대요? 더위라도 드신 거예요?"

"으아아, 귀신! 귀신!"

겨우 눈을 떴던 한산 댁은 또다시 소리를 지르며 눈을 홉뜨고 발버둥을 칩니다. 두 머슴은 한산 댁의 팔다리를 주물러 피가 돌게 하는 한편, 계속 말을 걸어 안정을 시켜주었습니다.

"아주머니, 정신 차려요. 귀신이 아니라 우리예요. 간밤에 뭔 일이 있었는지는 몰라도 이젠 괜찮아요. 눈 좀 제대로 떠봐요!"

그 뒤로 의원이 불려 와 침을 놓고, 스님들이 염불을 외워주고, 한 시진 이상이나 난리를 친 후에야 한산 댁은 제정신을 찾고 어젯밤의 일을 기억해 낼 수 있었습니다.

"그러니까 귀신이 여기가 자기 집이라고 했다, 이런 말입니까?"

한산 댁 아주머니에게서 자초지종을 들은 스님은 어처구니가 없어 하십니다.

"다른 곳이라면 몰라도 여기는 부처님을 모시는 도량이 아닙니까? 아주머니의 말씀대로라면 그 귀신은 잡귀가 분명한데, 그런 하찮은 귀신이 어찌 일주문을 통과하고 거기에 있는 인왕상을 지나칠 수 있겠습니까? 귀신들이 그 모습만 보아도 벌벌 떨고 달아난다는 것이 인왕상입니다. 또 행여 그곳을 지났다고 해도 부처님의 광영이 곳곳에 미친 이 경내에 귀신이 나다닌다니요. 아주머니가 더위에 지쳐 헛것을 보신 게 분명합니다."

그러나 한산 댁은 필사적으로 고개를 젓습니다.

"아닙니다. 아니에요, 스님. 제 두 눈으로 똑똑히 봤구먼요. 그건 정녕 틀림없는 귀신이었어요. 그 핏기 없는 얼굴이 지금도 눈에 선한데…"

그러면서 몸서리를 칩니다. 생각하는 것만으로도 무서워 어쩔 줄을 모르겠나 봅니다. 스님은 답답한 마음에 가볍게 한숨을 쉬셨지만, 한산 댁이 이토록 두려워하니 우선은 달래야겠다고 생각하셨습니다.

"그럼, 이렇게 하지요. 지금 이 절에는 임금님으로부터 대덕의 칭호를 받으신 고승, 지명 스님이 와 계십니다. 제가 그분께 아주머니의 사정을 설명하고 귀신을 쫓는 부적을 하나 그려달라 하여 받아 오겠습니다. 그것을 지니고 계시면 잡귀는 물론이고, 모든 사악한 기운이 감히 깃들지 못할 것입니다. 그러면 안심하시겠습니까?"

"예, 예, 부디 그리 해주십시오. 지금 이대로는 도저히 무서워서 견딜 수가 없습니다."

한산 댁은 몇 번씩 절을 하며 부적을 부탁했습니다. 측은히 여긴 스님은 곧장 약속을 지켰습니다.

"한 가지, 이 사실을 함부로 발설해서는 안 될 일입니다. 절에 잡귀가 산다니 고금에 없는 부끄러운 이야기입니다. 행여 이런 소리가 사람들의 귀에 들어가지 않도록 각별히 조심하세요."

스님이 혹시 하는 마음에 두 머슴과 한산 댁에게 단단히 입단속을 시켜두었지만, 귀신이 나타났다는 소문은 빠르게 번져서 사람들 사이에서 화제가 되었습니다. 누군가 입이 근질거려 참을 수가 없었던 모양입니다.

"그래서 그 퍼렁 귀신이 입을 쩍 벌리니까 닷 발이나 되는 새빨간 혀가 한산 댁을 칭칭 휘감았다는군."

"내가 들은 이야기는 조금 다른데? 퍼렁 귀신까지는 맞는데, 그다음에 귀신의 긴 머리카락이 마치 수천 개의 바늘처럼 돼서 한산 댁을 찔렀다고 하더라고. 그래서 그 아주머니가 죽었다지, 아마?"

"죽기는 누가 죽어. 조금 전에 부엌에서 나물을 무치고 있는 걸 봤는데."

이런 식으로 소문은 점점 살까지 붙어 과장되게 번졌습니다. 그래도 이때 사람들은 별로 두려워하면서 그런 이야기를 했던 건 아닙니다. 그저 호기심과 장난기였죠. 부처님을 모시는 절에, 게다가 이렇게 많은 사람들이 모여 불야성을 이루는 안민사에 그렇게 흉측한 귀신이 있다고 진심으로 믿지는 않았습니다.

다음 날 밤, 두 번째로 귀신을 만난 두 명의 사냥꾼들도 그런 사람들 중 하나였죠.

"여보게. 이렇게 컴컴한 데에 누워 있다가 그 귀신을 만나면 어쩌지?"

검은 옷을 입은 사냥꾼이 장난기 가득한 얼굴로 묻습니다. 두 사람은 절친한 친구인데 벌써 며칠째 안민사에서 기거하며 숙식을 해결하고 있었습니다. 오늘 저녁에는 절 밖에서 술을 한 잔씩 걸치는 바람에 열이 나서 안민사 뒤뜰 수풀 사이에 누워 시원한 바닷바람을 쐬고 있는 중입니다.

"까짓거 한 방에 때려 잡아버리지. 아 곰이나 호랑이도 잡는데 그깟 잡귀 한둘쯤이 무서울까?”

턱수염이 무성한 쪽이 호기롭게 큰 소리를 칩니다. 검은 옷은 껄껄대며 웃다가 어느새 잠이 들었는지 코까지 드르렁대며 곱니다.

“아니 이 사람 피곤했나 보네. 잠도 참 빨리 든다.”

그렇게 말은 해놓고서 턱수염도 눈이 슬슬 감깁니다. 시원하게 부는 바닷바람이 술 때문에 달아오른 얼굴을 식혀주는 덕에 기분 좋게 잠을 청할 수 있을 것 같습니다.

“응?”

깜빡 잠이 들었던 턱수염은 누가 자꾸 흔드는 바람에 눈이 떠졌습니다. 아마 옆에 누워 있던 친구이겠거니 하고 고개를 돌립니다.

“왜 달게 자는 걸 깨우나? 뭐 좋은 일이라도 있는 게야?”

목덜미를 긁적이며 친구가 누워있던 쪽을 돌아보는데 갑자기 뒤에서 차갑고 큰 손이 확 뻗쳐와 턱수염의 가슴과 배를 할퀴었습니다. 손이 한두 개가 아닙니다. 양손을 꼼짝 못 하게 누르고 있는 손, 두 발을 잡고 있는 손, 몸을 할퀴는 여러 개의 손, 입과 코를 막은 손, 이루 다 셀 수도 없을 정도입니다. 게다가 가장 무서운 건 자신을 빤히 보고 있는 거꾸로 누워 웃고 있는 귀신의 그 섬뜩한 얼굴입니다.

“으아악! 사람 살려!”

있는 힘껏 소리를 질러보지만 귀신의 손바닥에 막혀 모기소리만큼 작아집니다. 발버둥을 쳐도 귀신의 많은 손에 붙들려 있는 몸이라 움쭉달싹할 수가 없는 형편입니다. 몸을 할퀴어대던 귀신의 손은 간을 빼먹으려고 하는 건지 배꼽 부분을 아프게 누르면

142

소년 화랑 신라 수호기

서 안으로 파고들어 가려고 합니다.

"히히히히히!"

징그러운 귀신의 웃음소리가 귀를 가득 메웁니다.

'살려줘. 친구 나 좀 살려 달라고.'

턱수염은 눈물을 흘려가며 어서 곁에 누운 친구가 잠이 깨서 자기를 구해주기만 바랬지만, 검은 옷의 사냥꾼은 잠이 깊이 들었는지 미동도 하지 않았습니다. 턱수염은 공포와 절망으로 미칠 지경입니다. 이럴 때 잠만 자고 있는 친구가 야속하기만 합니다. 턱수염은 정신을 잃을 때까지도 그런 줄로만 알고 있었습니다. 그러나 사실은 이미 검은 옷을 입은 사냥꾼은 죽어 있었던 겁니다. 극도의 공포 때문에 심장이 멈춘 게 죽음의 이유였습니다.

다음 날 아침 사람들은 두 친구와 그 곁에 놓여 있는 편지를 발견했습니다. 피로 쓰인 듯 보이는 그 편지에는 "이 절은 내 것이다." 라고 적혀 있었습니다. 겨우 목숨을 부지해 정신이 든 턱수염은 무서워서 소리를 치며 부들부들 떨다가, 죽어버린 친구의 시체를 부둥켜안고 통곡을 하느라고 도무지 진정을 못 했습니다.

"아니, 이게 무슨 일이래, 흉하기도 하지."

여러 명이 주위를 둘러싸고 웅성거립니다. 죽은 사람도 처참하지만, 살아남은 사람의 몰골도 말이 아닙니다. 온몸이 할퀴어진 상처 투성이고 얼은 반쯤 빠져서 미치지 않은 것이 신기할 정도입니다.

"귀신이 나타났었어요. 귀신이 내 간을 빼먹으려고…, 으흑흑."

사냥꾼은 차마 말을 잇지 못하고 몸서리를 칩니다. 살인사건인 만큼, 관가에서 조사관들이 나와 살펴보았지만, 죽은 사람의 몸에서 치명상을 찾아내지 못했기 때문에 고개를 갸웃거리면서 돌아가 버렸습니다. 수사관들은 애초에는 함께 있던 친구를 의심하고 왔던 모양이지만 턱수염의 처참한 몰골을 보고는 동정심이 생기는지, 돌아가면서 몸조리 잘하라는 당부를 거듭했습니다.

"정말 귀신이 있는가 봐. 그렇지 않고서야 어떻게 사람을 상처도 없이 죽이느냔 말이야."

안민사는 발칵 뒤집어졌습니다. 고하를 막론하고 모든 스님들이 달려 나와 시체를 살펴보고, 턱수염의 맥을 짚고, 편지를 꼼꼼히 뜯어보았자, 이렇다 할 단서를 알아내지는 못했습니다. 한산 댁에게 부적을 그려주었던 지명 스님은 이해할 수가 없다는 표정으로 이렇게 말씀하셨습니다.

"알 수 없는 노릇이로다. 이곳에서는 조금도 요기가 느껴지지 않는데 어째서 저 시주께서는 귀신을 만났다고 하시는 걸까?"

그 말을 듣고 주변에 모여 있던 많은 사람들 중, 몇몇이 입을 삐쭉거리며 투덜대기 시작했습니다.

"나는 고명한 스님이라기에 신통력이라도 좀 있는 줄 알았는데 이제 보니 순 헛소문이었나 보구먼."

"그러게. 법력이 변변치 않은 모양이야. 아니, 여기 이렇게 사람이 죽어 넘어져 있는데 무슨 요기가 느껴지지 않는다는 둥, 알 수 없다는 둥 혼잣말만 하고 있느냐고. 아, 척 보면 모르나? 귀신의 소행인지. 문제는 어떻게 그 귀신을 퇴치하느냐 하는 거지."

한두 개의 불평이 수십, 수백 명을 동요시킵니다. 사람들은 이제 지명 스님도 못 믿고, 부처님의 가호도 못 믿겠다는 자세입니다.

맨 처음 귀신을 보았던 한산 댁은 벌써 자기 방에 들어가 짐을 꾸리고 고향으로 돌아갈 준비를 마쳤습니다.

"귀신이 있는지 없는지도 모르는 스님이 써준 부적만 믿고 이런 귀신 소굴에서 어이 사누."

한산 댁이 보따리를 인 채 뒤도 돌아보지 않고 안민사를 빠져나가며 남긴 말이었습니다. 다른 사람들도 불안하기는 마찬가지여서 제각기 스님들을 붙들고 귀신을 쫓는 제를 치러 달라, 보다 더 공력 있는 스님을 모셔오라, 요구가 많았습니다. 여러 사람에게 붙들려 이리저리 끌려다니느라 곤욕을 치르는 스님도 있었습니다.

"이게 도대체 무슨 짓이요? 신성한 경내에서 스님들을 괴롭히는 경거망동을 하다니, 국법을 어지럽히고 민심을 흐리는 자는 용서하지 않겠소!"

소란을 진정시킨 것은 안민사의 입구를 지키고 있는 경비대의 대장이었습니다. 경비대장은 부하들을 이끌고 나타나, 큰 소리로 불평을 토로하던 사람들을 조용히 시키고 모여서 웅성이던 무리들을 해산시켰습니다. 그러나 사람들도 얌전히 물러서지는 않습니다.

"아니, 민심을 어지럽히는 게 우리들이란 말이요? 살인을 저지르는 귀신이 있는데도 우리 같은 무고한 백성의 입만 막으면 된다는 거냐 이 말이오!"

그러자 경비대장이 허리춤에서 칼을 뽑으면서 호언장담을 합니다.

"그거라면 걱정하지 마시오. 어제는 헛소문 같아 한 귀로 흘려보냈었지만 이렇게 죽은 사람까지 나온 이상, 그 내막을 철저히 밝혀 귀신이 됐건 사람이 됐건 간에 반드시 죗값을 치르게 만들고야

말겠소!"

군사들이 나서준다는 말에 사람들은 그제야 안심이 되는 듯했습니다. 오늘따라 경비대의 길고 날카로운 창과 두툼한 갑옷이 유난히 믿음직해 보입니다.

"그럼, 오늘 밤에 그 귀신을 잡으실 계획이오?"

노인 한 분이 벌벌 떨며 묻습니다. 환한 대낮인데도 귀신이 두려운 모양입니다.

"그렇소."

경비대장은 자신만만합니다.

"스님들께서는 우리 경비대원 모두가 한 장씩 가질 수 있도록 부적을 여러 장 그려주십시오. 행여라도 다치는 사람이 나오지 않게 하기 위함입니다. 그리고 안민사에 거하는 신라의 백성들께서는 오늘 밤 하루만, 연등이 환히 밝혀진 곳에 여럿이 함께 모여 계시오. 내일 아침에는 반드시 귀신을 잡아 보여 모두를 안심시켜 드리겠소이다."

이 말을 들은 사람들은 벌써 귀신을 잡은 것처럼 기뻐하며 한결 마음을 놓았습니다. 희망이 생긴 사람들은 기운을 차려서 살아남은 사냥꾼을 쉴 곳으로 부축해 갔고, 스님들은 죽은 사람의 시체를 장사 지내기 위해 모셔갔습니다.

9.
용기 있는 지원자

　기파랑과 동해미르가 안민사에 도착한 것은 점심 먹을 시간이 훨씬 지나서였습니다. 다른 낭도들과 어울려 훈련을 한 후에도 밤나무 숲을 찾아 둘이서만 따로 더 연습을 하는 바람에 늦어진 것이죠. 기파랑과 동해미르는 정대의 가게에서 도시락으로 싸 간 음식과 능금꽃이를 정대와 나누어 먹었습니다. 정대도 둘을 기다리느라 배가 고팠는지 아주 맛나게 아이들이 가져온 도시락을 먹습니다.

　"야, 동해미르네 어머니 음식 솜씨는 정말 기가 막히는구나. 이렇게 맛있는 떡은 정말 아무 데에서도 못 먹어보는 거야."

　정대의 칭찬에 우쭐해진 동해미르가 자랑을 합니다.

　"우리 엄마가 이것보다 더 잘하시는 게, 갈비찜이에요. 다음에 꼭 한번 가지고 와볼게요."

"에이 설마 이보다 더 맛있는 요리가 있다는 말을 믿으라는 건 아니지?"

정대는 장난기가 가득한 얼굴을 동해미르에게 바짝 갖다 댑니다.

"진짜예요. 입에 넣으면 살살 녹는 그 맛이 얼마나 기막힌데요. 자꾸 의심하면 가지고 와서 약만 올리고 안 주는 수가 있어요."

"그럼 안 되지. 그게 화랑이 친구를 대하는 태도냐?"

두 사람이 티격태격 장난치는 모습을 보며 음식을 씹고 있던 기파랑의 귀에 지나가는 사람들의 대화가 얼핏 들렸습니다.

"이제 그 귀신 놈도 완전히 끝장이지. 경비대장 서슬이 보통 푸른 게 아니던데."

"그러게 어쩌자고 무고한 사람을 해치나, 에고 그 사람도 어지간히 안 됐지. 절에 놀러 와 잡귀의 손에 죽을 줄 누가 상상이나 했겠는가?"

기파랑은 깜짝 놀라 정대에게 저게 무슨 소리인가 묻습니다.

"그제 어떤 아주머니가 보았다고 소문났던 귀신 있잖아. 그 귀신이 어제는 사람을 하나 죽였다는 거야. 그 곁에 함께 있던 친구는 넋이 나가서 제정신이 아니고. 하여튼 아침에 아주 난리가 났었어. 이번에는 안민사가 제집이라는 내용의 피로 쓴 편지까지 남겼나 보더라."

"그런데 경비대가 그걸 잡겠다고 나선 모양이지요?"

"응, 오늘 밤에 일부러 어두컴컴한 절 뒤편으로 순찰을 돌 거란다. 경비대가 총 출동할 거래."

"안민사 경비대 전부라고 해도 채 열 명이 안 되잖아요."

동해미르는 걱정스럽다는 말투입니다.

"그렇지. 게다가 최소한 두 명은 교대로 일주문의 경비를 맡아야 하니까 실제로 한꺼번에 움직일 수 있는 건 대장을 합쳐서 여섯 명 정도일 거야."

정대는 안민사에 관한 것이라면 도대체 모르는 게 없습니다.

"그걸로 부족하지 않을까요? 아무리 경비대들이 엄격한 훈련을 받은 늠름한 군사들이라 해도 말이에요. 상대가 귀신이니만큼 이쪽의 숫자가 더 많으면 좋을 텐데."

"그러게 말이다. 경비대장도 큰소리는 쳐놓았지만 은근히 걱정이 되는지, 아까 젊은이들을 모아놓고는 오늘 함께 귀신을 퇴치하러 갈 지원자가 없나 찾더라고."

"그래서 많이들 지원했나요?"

흥미진진해진 두 아이는 눈을 초롱초롱 빛내며 대답을 기다립니다.

"웬걸, 사람이 죽은 걸 봐서인지 그렇게 많은 젊은이들 중에 딱 한 사람만 빼놓고는 모두 슬슬 피하던데? 하긴 상대가 귀신이니 겁을 내는 것도 이상한 게 아니지."

"오! 그 한 사람의 지원자는 어떤 사람이기에 그렇게 용감하대요?"

"그리 용감한 것 같지는 않던데, 그냥 보통 젊은이야."

정대가 별 관심이 없다는 듯 건성으로 대답합니다. 그렇지만 아이들의 궁금증은 쉽게 가라앉지 않습니다.

"에이 그래도 어디서 뭐 하는 사람인지 정도는 좀 알아두지. 우리가 궁금해할 걸 뻔히 알았으면서.”

동해미르가 슬쩍 눈을 흘깁니다. 정대는 그런 동해미르마저 귀여운지 껄껄대며 웃습니다.

“그게 그렇게 알고 싶어? 알려주면 은 한 푼 낼 거야?”

“에잇 이 치사한 장사꾼! 빨리요.”

뭐야, 알고 있으면서 괜히 모른척했던 거였잖아, 하는 표정으로 기파랑과 동해미르가 정대의 입술만 쳐다보고 있습니다.

“안민사 앞에서 꿀 바른 능금꽃이 파는 사람이라더라.”

“뭐야, 바로 정대 형이었구나.”

동해미르가 그럼 그렇지, 하는 표정으로 정대의 허리를 끌어안습니다. 기파랑도 뿌듯한 표정을 지으며 팔짱을 낍니다.

“인석아, 더운데 왜 이리 달라붙어? 그까짓 게 뭐가 대단한 일이라고.”

“아니죠. 다들 두려워서 벌벌 떨 때에, 올바른 일을 하려고 나서는 것이야말로 진정한 용기라고요. 역시 정대 형은 멋져!”

“맞아요. 정대 형은 의리도 배짱도 있는 진짜 사나이예요.”

기파랑과 동해미르가 갑자기 존경 어린 눈으로 자신을 바라보자, 부담을 느낀 정대는 뭔가 다른 화젯거리를 찾으려고 애를 써봅니다.

“기파랑, 너 그 보검 잘 다루고 있냐? 아직은 쓰기에 너무 무겁지? 동해미르야, 만약 능금 대신에 자두를 써보면 맛이 어떻겠어?”

이 정도에 말려들 동해미르가 아닙니다.

“에이, 왜 말을 딴 데로 돌리려고 그래요? 그런 것보다 오늘 몇

시에 모여서 뒤뜰에 가기로 했는지 그거나 알려줘요. 혹시 도움이 필요해요? 기파랑이랑 내가 따라가서 도와줄까요?"

동해미르의 마지막 말에 정대가 펄쩍 뛰며 정색을 합니다.

"가긴 어딜 따라간다는 거야? 아무리 너희가 무술이 뛰어나도 어린아이라는 사실에는 변함이 없어. 다른 일도 아니고 어른들도 벌벌 떠는 귀신인지 요괴인지를 잡으러 가는 길인데 거길 따라오겠다니…. 농담으로라도 그런 소리 하지 마라. 애들 꼬여서 위험한 곳에 데려가려 한다고 내가 너희 부모님께 매질 당하는 꼴 보고 싶으냐?"

정대가 전에 없이 질색을 하자, 당황한 동해미르가 손을 내저으며 농담이었다고 정대를 진정시킵니다.

"정말 약속한 거다. 해가 지면 이쪽으로 얼씬도 하지 않는 거야. 알겠지?"

정대의 기세에 눌린 기파랑과 동해미르는 어쩔 수 없이 그러겠다고 했습니다.

"그래야지. 아까 경비대장이 해가 지고 나면 부르겠다고 했으니까, 조금 있으면 경비대에서 데리러 올 거야. 너희들도 어두워지기 전에 집으로 돌아가는 게 좋겠다. 너희가 경주 울성 안에 들어가 있는 게 확실해야 나도 걱정이 덜 되지. 오늘은 내 가게정리 하는 것만 도와주고 집으로 돌아가라."

"하지만 아직 훤한 대낮인데…?"

동해미르가 억울해합니다. 아직 귀신에 관해 묻고 싶은 것도 많고, 어젯밤에 있었던 사건에 대해서도 보다 자세히 알고 싶은데,

정대가 갑자기 자신들을 어린애 취급하며 자꾸 떼어놓으려 해서입니다.

"여름 해라 길어서 그렇지, 이제 반 시진도 안 돼서 사방이 어둑어둑해질 거다. 하루만 이 형 말 좀 들어라. 오늘 밤 귀신을 잡은 다음에는 너희가 궁금해하는 건, 밤을 새면서라도 다 말해 줄 테니까. 알겠지 동해미르?"

이렇게까지 말하는데 어쩔 도리가 없습니다. 기파랑과 동해미르는 두 손을 들고 깨끗이 승복했습니다.

"형, 다시 한번 말씀드리는데 조심하세요. 형 정도의 힘과 배짱이라면 걱정 없을 테지만, 그래도 혹시나 해서 이러는 거예요."

말을 타고 안민사를 떠나면서 기파랑은 걱정이 되는지 배웅 나온 정대에게 거듭 조심하라는 당부를 남깁니다.

"그래, 알았다. 내가 다칠 일이 뭐가 있겠니? 군사 여럿이랑 함께 가는데, 아 그리고 경비대장이 아까 이걸 주더라고, 만약의 상황에서 이게 날 지켜줄 거라나?"

정대가 품속에서 꺼내 흔들어 보인 것은 지명 스님이 그려준 부적이었습니다.

"그러니까 안심해도 돼. 창칼에 부적으로 무장하고 가는 거니까. 그리고 그래도 정 안 되겠다 싶으면 그대로 달아나 버리지, 뭐. 내가 원래 뜀박질이 빠른 편이거든."

그렇게 말하며 씩 웃어 주는 정대의 여유로운 얼굴을 보자 기파랑도 안심이 되는 것 같았습니다.

"출발하기 전에 뒷간부터 들렀다가 가요. 귀신이랑 마주쳤을 때

겁에 질려서 오줌 지리면 두고두고 망신이니까."

동해미르가 장난기 가득한 얼굴로 웃으며 당부합니다.

"요 녀석이, 내가 저인 줄 아나. 오줌싸개 노릇 그만둔 지는 오래 전이다."

정대가 동해미르의 통통한 양 볼을 꾹 누르며 웃습니다.

"자 이제 어서 출발해. 내일 오후에 놀러 오면 귀신 잡은 무용담을 자세히 들려주마."

정대가 천둥의 엉덩이를 가볍게 칩니다.

"내일은 무술연습도 않고 아침 일찍 올 거예요. 아침 같이 먹어요."

동해미르가 달리는 말 위에서 뒤를 돌아보며 소리칩니다. 기파랑도 뒤돌아 손을 흔들며 건투를 빌어 줍니다.

"그래, 알았다. 내일 아침에 보자!"

정대는 여유로운 표정입니다.

10.
귀신 수색 작전

"정대 형, 괜찮겠지?"

집 쪽으로 천천히 말을 몰면서 기파랑과 동해미르가 이야기를 나누고 있습니다. 기파랑은 역시 남 걱정하기 대장입니다. 자꾸 정대가 마음에 걸리는 모양입니다. 그와 반대로 동해미르는 별문제 될 게 없다는 표정입니다.

"그 형이 힘도 세고 다부진 사람이라는 건 기파랑 너도 전에 봐서 잘 알잖아. 모르긴 해도 웬만한 군사에게는 지지 않을걸. 다른 사람이 다 다친대도 정대 형은 멀쩡할 사람이야."

"하기야 그렇겠지? 그 형도 귀족으로 태어났다면 한 부대의 부장 정도는 쉽게 할 사람인데. 그깟 잡귀 하나쯤이야."

동해미르의 느긋함이 이제야 기파랑에게도 전해진 듯합니다. 두 아이는 더는 걱정하지 않기로 눈빛을 통해 약속했습니다.

"그런 것보다 내일 아침에 안민사에 가면 잡아놓은 귀신을 구경할 수 있겠지? 어떻게 생겼을까? 난 한 번도 귀신을 본 적이 없어서 너무 궁금해."

동해미르는 호기심으로 눈을 빛내며 기도하듯 두 손을 꼭 마주 잡습니다.

"너만 그러냐? 10여 년 전에 비형랑께서 길달이라는 귀신을 잡아 없애버린 뒤에는 서라벌 사람 대부분이 귀신 구경을 못 해봤지 뭐. 소문에 의하면 이 귀신은 새파란 광채가 나는 얼굴에 피칠을 하고, 길고 검은 머리카락을 늘어뜨리고서 아주 징그럽게 웃는데. '히히히히.' 이렇게 말이야. 게다가 날카로운 손톱이 이렇게나 길다지?"

평소에 점잖고 어른스런 기파랑이 어깨까지 들썩이면서 귀신 흉내를 내니까 남들이 그러는 것보다 몇 배는 우스꽝스럽습니다. 동해미르는 낄낄대며 정신없이 웃었습니다. 비형랑은 선대왕이신 진지왕의 혼을 아버지 삼아 태어났고 귀신을 부하로 삼아 마음대로 부린다고 알려진 매우 신비스런 인물입니다. 경주 서쪽의 신원사 부근 시내에는 임금님의 명을 받은 비형랑이 귀신들을 시켜서 하룻밤 만에 놓은 다리 '귀교'가 있습니다. 비형랑의 주선으로 벼슬살이를 한 귀신도 있다니, 그때에는 귀신들이 사람행색을 하고서 벌건 대낮에도 버젓이 잘 돌아다녔나 봅니다. 그러던 것이 기파랑의 말처럼 10여 년 전, 비형랑의 부하였던 길달이라는 귀신이 말썽을 피우다 벌을 받아 죽은 이후로 귀신들은 겁을 집어먹고 인간 세상에 나타나지 않고 있습니다. 가끔 원귀나 잡귀들이 드물게 나타났다가 우연히 행인과 마주친 적은 있어도 이번처럼 한 곳에서 머물고 사람을 해쳤다는 소리는 처음 들어보는 경우인 것입니다.

"그런데 참 이상하지? 스승님이 이르시기를 귀신은 이유 없이 사람을 해치지 않는다고 하셨는데, 어제 죽은 그 사람은 무슨 까닭으로 그런 일을 당한 걸까?"

동해미르는 또 새로운 궁금증을 찾아내고 고개를 갸웃거립니다. 무료할 틈이 없습니다.

"나도 그 부분이 이해가 가질 않지만… 어쨌든 내일 귀신을 잡고 나면 좀 더 잘 알 수 있겠지. 우리 이제 좀 더 속력을 내자. 부모님께서 걱정하시겠다. 이랴!"

기파랑이 먼저 말의 배를 툭 차서 빠르게 앞으로 달려 나갑니다.

"어엇, 기다려! 치사하게 혼자 앞서가기야?"

어둑어둑해진 들판에 혼자 뒤떨어진 동해미르는 갑자기 으스스해지는지 서둘러 기파랑을 쫓습니다.

정대가 귀신과 맞닥뜨리기까지 두 시진 남았습니다.

"거듭 이야기하지만, 오늘 밤 반드시 이 악독한 귀신을 잡아 백성들을 안심시켜야 한다! 대왕마마가 명을 내려 창건한 안민사가 잡귀 하나에 어지럽혀진대서야 말이 되겠는가? 우리 모두가 힘을 합치고 정신을 바짝 차려 아무도 다치는 일 없이 귀신을 없애자. 내 말 알아들었는가?"

"옛!"

경비대장의 근엄한 주문에 경비병들이 기운차게 대답합니다. 한

줄로 선 경비대 맨 끝에는 정대도 긴 창을 얻어 쥐고 서 있습니다. 모두들 저녁을 든든히 먹고 드디어 귀신을 잡기 위해 출발하는 길입니다. 귀신을 뒤뜰과 해변에 이어진 숲 쪽으로 유인하기 위해서 대웅전 앞뜰과 모든 건물 내부, 일주문 밖의 시장에는 평소보다도 훨씬 밝게 횃불과 등을 켜놓았고, 사람들은 걱정과 기대가 반반씩 섞인 마음으로 그곳에 모여 웅성거리며, 한시라도 빨리 경비대가 귀신을 잡아 우환을 없애기를 바라고 있었습니다. 대웅전 내에서는 경비대의 안녕을 빌며 스님들이 불공을 드리는 중입니다. 많은 사람의 응원을 받으며 경비대가 대웅전 뒤뜰을 지나 숲속으로 걸어 들어갑니다. 그곳은 일부러 불을 꺼두어서 먹칠을 해놓은 듯 컴컴합니다. 담이 작은 대원 하나는 출발하기도 전부터 남들 모르게 오들오들 떨어댔습니다.

"긴장을 늦추지 말고 자신의 좌우를 철저히 살펴라. 언제 귀신이 나타날지 모른다."

경비대장의 이 같은 명령이 없다 해도 누가 귀신이 출몰하는 숲속을 한밤중에 걸으며 긴장하지 않겠습니까. 경비대원들은 정신을 바짝 차리고 온몸의 신경을 곤두세운 채, 천천히 숲속을 수색합니다. 숲속에 들어온 후의 시간은 매우 더디게 갑니다. 첫 일각 동안 병사들이 느낀 불안감과 부담은 이루 말로 할 수 없는 것이었습니다. 모든 사람의 얼굴에 땀이 비 오듯 흐르고, 풀벌레 소리, 바람에 풀잎이 스치는 소리같이, 평소였다면 신경도 쓰지 않을 아주 작은 소리에도 흠칫흠칫 놀랍니다.

그렇게 한 시진이 흘렀습니다.

또 시간이 지납니다. 밤이 더욱 깊어져 이윽고 삼경이 되었습니다.

처음 반 시진 동안에는 몸 안의 물기란 물기는 모조리 땀이 되어 빠져나가 버리는 것 같았지만, 그 같은 긴장감도 점점 시간이 흐름에 따라 엷어져서 어느새 병사들은 잔뜩 웅크리고 걷던 자세에서 허리를 폈고, 창을 움켜쥔 손아귀도 약간 느슨해졌습니다.

"아이쿠, 따가워라. 웬 모기가 이렇게 많지? 이거 귀신은 만나지도 못하고 모기에게 밥만 주고 다니는 거 아냐?"

한 병사가 이렇게 너스레를 떨자 경비대 전체가 킥킥대며 웃습니다. 이에 발끈한 경비대장이 뒤돌아서서 호통을 칩니다.

"이 밤 내내 긴장을 풀지 말라고 내 그렇게 일렀거늘, 이제 겨우 두어 시진이 지났을 뿐인데 어찌 그렇게도 가벼이 군단 말이냐? 이후로 또다시 실없는 소리를 하는 자가 있으면 엄히 다스리겠다!"

그런데 혼이 나는 병사들의 얼굴 표정이 이상합니다. 전부들 하나같이 입을 떡 벌리고 눈이 동그래져서 대답을 못 하고 어, 어 하는 바보소리만 내고 있습니다.

"대장님, 저기, 저기 대장님의 뒤에…."

한 경비대원이 손가락을 들어 무언가를 가리킵니다. 경비대장은 그 손가락이 가리키는 방향으로 몸을 돌렸습니다.

나타났습니다. 드디어 귀신이 나타났습니다. 경비대장과 불과 열 발자국도 떨어지지 않은 나무 곁에 서 있습니다.

"히히히히히!"

귀신은 음산한 목소리로 경망스럽게 웃어댑니다. 정말 한산 댁이 묘사했던 것과 똑같이 징그럽게도 생겼습니다.

"대, 대장님 어쩌죠?"

병사들이 창을 고쳐 쥐며 묻습니다. 경비대장은 그리 두려워하지도 않고 의연하게 귀신에게 호통을 칩니다.

"네 이 요망한 것, 감히 부처님을 모시는 사찰 안에서 살인을 저지르다니! 그 죄는 백번 죽어도 다 못 갚을 것이다. 얌전히 나의 칼을 받아라!"

대장이 이렇게 늠름한 모습을 보이자 무서워서 벌벌 떨던 부하들도 용기를 얻어 와아! 하고 크게 소리를 지릅니다.

"우리는 일곱이고 저 귀신은 혼자다! 무엇을 두려워하겠는가? 공격!"

부대장이 이렇게 외치며 앞으로 달려 나가려 할 때 갑자기 사방에서 낄낄거리며 뭔가가 스윽 하고 일어납니다.

귀신들입니다!

동쪽에도 서쪽에도 귀신들이 떼를 지어 다가옵니다. 하나, 둘, 셋, 넷…, 어림잡아도 그 수가 스물이 훨씬 넘습니다.

"히에엑!"

겁을 잔뜩 집어먹은 병사들은 완전히 전의를 상실했습니다.

"겁낼 것 없다. 돌격하라!"

경비대장이 목이 터져라 명령을 내려도 소용이 없습니다. 귀신들의 포위망은 점점 좁혀지는데 병사들의 발은 땅에 딱 달라붙어 움직일 줄 모릅니다. 어떻게 해야 할지 갈피를 못 잡고 우왕좌왕하던 병사들 사이에서, 출발할 때부터 덜덜 떨던 겁 많은 병사가 창을 내던지고 달아났습니다. 그것이 신호인 것처럼 다른 경비병들도 앞다투어 안민사 쪽으로 도망을 치기 시작했습니다. 결국 자기 자리를 끝까지 지킨 것은 경비대장과 정대뿐입니다. 두 사람은 등을 붙이고 서서 점점 가까워지는 귀신들을 노려보고 있었습니다.

"오! 능금장수! 남아 있었나. 여기는 내가 어떻게 해 볼 테니 자네도 어서 달아나! 지금이라면 무사히 도망칠 수 있을 것이다."
경비대장은 그 와중에도 정대를 걱정하여 길을 터주려 합니다.
"그럴 수야 없죠. 쳇, 괜히 따라왔나?"
정대의 말이 채 끝나기도 전에 경비대장은 이얏! 하는 기합소리와 함께 가장 가까이에 있는 귀신에게 칼을 휘두르며 돌진했습니다. 그것이 경비대장이 목숨을 잃기 전, 마지막으로 낸 소리였습니다.

11.
아! 정대 형!

대웅전 앞뜰에 모인 사람들은 하늘 가득 걸린 연등마다 불을 환히 밝혀두고 이제나저제나 하고 경비대가 귀신을 잡아 돌아오기만을 기다리고 있었습니다. 두 시진이 훨씬 지나서까지 아무런 소식이 없자, 슬슬 지겨워지려 하던 차에 저 멀리서 병사 하나가 뭐라고 알아들을 수 없는 소리를 질러가며 달려오는 게 보였습니다. 처음엔 사람들은 그 병사가 귀신을 잡았다는 기쁜 소식을 알리려고 서둘러 뛰어오고 있다고 생각했습니다. 그런데 점점 가까이 다가올수록 그게 아니었습니다. 병사는 사람들이 서 있는 곳에 다와서야 앞으로 쓰러지며 울부짖었습니다.

"귀신이다. 도망쳐요! 20위도 훨씬 넘는 귀신 떼예요!"

그리고 그 뒤를 이어 모든 경비대들이 허겁지겁 도망쳐오고 있습니다. 그들이 외치는 소리도 별반 다르지 않습니다.

"히에엑! 귀신 떼다. 귀신 떼가 쫓아온다!"

그걸로 끝이었습니다. 서로 부딪히고 밀쳐가며 조금이라도 빨리 안민사 밖으로 달아나려는 사람들 때문에 경내는 아수라장이 되었습니다. 뒷사람에게 밀려 넘어지고 밟히는 바람에 다친 사람도 부지기수입니다. 정말 눈 깜짝할 사이에 파도가 휩쓸고 간 것처럼 안민사 내의 구경꾼들이 싹 달아나 자취를 감추고 말았습니다. 스님들도 당황스러웠습니다. 절에 사는 귀신 떼라니 있을 수가 없는 일입니다. 하지만 저렇게 많은 병사들이 모두 헛소리를 한다고 볼 수도 없었으므로 어떻게 해야 할지 몰라 제 자리에서 발만 굴렀습니다.

"이보시오. 당신들의 대장은 어디 있으며, 함께 데려간 젊은이는 어쩌고 이렇게 도망을 쳐 왔단 말이오."

스님 한 분이 달아나려는 병사를 붙잡고 두 사람의 행방을 물어보지만 두려움에 잔뜩 위축된 경비병은 뿌리치고 달아나 버립니다.

"내가 어찌 알아요. 지금까지 안 오는 걸 보면 죽었을 테죠!"

"허허, 이런 변고가 있나?"

지명 스님은 도주병이 남긴 말을 듣고는 손수 어두운 숲속으로 들어가 보려고 합니다.

"안 됩니다. 스님 어디를 가시려고 이러십니까?"

깜짝 놀란 다른 스님들이 모두 지명 스님을 붙들고 만류합니다.

"지금 저곳에 무슨 일이 있는지는 모르겠지만, 두 젊은이의 목숨이 위태로운 것 같은데 어찌 도우려는 노력을 않겠소?"

"그 숲에 들어가시면 안 됩니다. 용맹스런 군사들도 손 한 번 써보지 못하고 죽거나 도망을 치는데, 연로하신 스님이 가서서 무슨 도움이 된다는 말씀이십니까? 제발 이곳을 피하십시오. 아까 그 병사의 말처럼, 이미 죽고도 남았을 시각입니다. 내일 해가 뜬 뒤에 죽은 자의 시신을 수습하셔도 늦지 않습니다."

"썩 놓으시오! 빈도가 수양이 부족하여 이런 불상사를 맞았는지는 모르지만, 내 목숨을 아끼느라 중생을 구제하지 못한대서야 어찌 불도라고 할 수 있겠소?"

지명 스님의 추상같은 호령에 다른 스님들은 머쓱해져서 붙들고 만류하던 손을 놓을 수밖에 없었습니다. 지명 스님은 조금도 두려워하는 기색 없이 컴컴한 숲속으로 성큼성큼 걸어 들어갑니다. 모시는 노승이 저렇게 용감하니, 다른 스님들도 귀신이 무섭다고 무작정 달아날 수는 없습니다.

"스님, 혼자서 그리 앞서가지 마십시오. 저희도 힘을 합치겠습니다."

몇몇 젊은 스님들이 울며 겨자 먹기로 지명 스님의 뒤를 따릅니다. 숲속에서는 금방이라도 귀신의 손이 뻗쳐 나와 다리를 낚아챌 것만 같습니다.

다음 날 아침, 기파랑과 동해미르는 설레는 마음으로 새벽같이 일어나 음식을 한 보따리 싸가지고 서둘러 안민사로 말을 몰았습니다.

"정대 형 지금쯤 자고 있겠지?"

"그럴 거야. 어젯밤에 늦게까지 귀신 잡느라고 제대로 자질 못했을 테니.”

“아침도 못 먹었을 텐데 이걸 보면 아마 좋아서 까무러칠걸!”

동해미르가 안장에 실은 보따리를 자랑스럽게 툭 칩니다.

“그게 뭔데?”

“갈비찜이야. 어제 어머니께 해달라고 졸랐지. 정대 형 큰일 하느라고 기진맥진했을 테니까 이거 먹고 기운 좀 차리라고.”

“우와, 진짜? 정대 형이 너무 맛있다고 좋아할 거야!”

기파랑도 동해미르의 어머니가 해 주신 갈비찜의 기막힌 맛은 잘 압니다. 그렇지만 평소처럼 군침이 돌지는 않습니다. 아니, 오히려 입안이 바짝 말라 있습니다. 가슴 한구석에서 도통 지워지지가 않는 일말의 불안감 때문입니다.

“귀신… 잘 잡았겠지?”

기파랑은 애써 별것 아닌 이야기를 하듯 묻습니다.

“그럴 거야. 아니, 틀림없이 그래!”

동해미르도 불안하기는 마찬가지입니다. 두 아이 모두 어젯밤에 제대로 잠을 이루지 못할 만큼 걱정을 많이 했었습니다.

“빨리 가자! 정대 형이 기다리고 있을 거야!”

기파랑과 동해미르는 이미 바람처럼 빠르게 달리고 있는 말을 좀 더 재촉합니다.

“이게 도대체 어떻게 된 거야?”

안민사에 도착한 기파랑과 동해미르는 눈앞에 펼쳐진 광경을 믿을 수가 없었습니다. 불과 하루 사이에, 번화하게 늘어서 있던 수많은 노점들은 절반 이상이 사라져 버렸고 남아서 문을 연 몇 안 되는 가게들도 대부분 폭풍이라도 만났던 것처럼 천막이 찢어지고 나무로 만든 탁자들이 부서져 있는 상태였습니다. 비록 이른 시간이기는 해도 오가는 사람을 거의 찾아볼 수 없습니다. 안민사 밖 넓은 마당은 황량하기 그지없는 곳이 되어버렸습니다.

"이건 마치 전쟁이라도 치른 곳 같잖아?"

동해미르가 눈살을 찌푸립니다. 어디를 봐도 어제까지의 화려하고 활기찬 모습은 찾기 어려웠습니다. 두 사람은 정대의 가게가 있던 곳으로 달려가 보았습니다. 가게는 그대로 남아 있지만 능금 통은 바닥에 넘어져 뒹굴고, 깨진 꿀통에서 흘러내린 꿀이 바닥의 풀을 흥건히 적시고 있었습니다. 다른 상인들에게 정대의 소식을 물어보려고 해도, 주변에는 문을 연 가게가 전혀 없습니다.

"설마?"

동해미르의 얼굴에 절망의 빛이 스쳐 지나갑니다. 기파랑이 그런 동해미르를 다독이고 손을 잡아끕니다.

"일주문으로 가보자. 그곳의 문지기는 뭔가 아는 게 있을 거야."

그렇지만 일주문 역시 여기저기가 부서져 있고 그 앞에 늘 서 있던 경비대마저 사라져 버렸습니다. 불안감이 두 아이의 머릿속을 가득 채웁니다. 기파랑과 동해미르는 점점 다급해져서 큰 소리로 정대의 이름을 부르며 경내를 뛰어다녔습니다. 이제는 지나는 사람 아무라도 붙잡고 어젯밤 무슨 일이 일어났던 건지 묻고 싶지만, 이곳에서도 역시 사람을 만나기가 힘듭니다. 연등을 매달아 두었던 줄이 뭣 때문에 끊어졌는지, 바닥에 수많은 연등들이 떨어져서 찌그러진 채 이리저리 굴러다닙니다. 그 모습이 황량함을 더 해서 안민사는 마치 폐허 같습니다. 점점 절 내부로 들어가던 기파랑과 동해미르는 마침내 대웅전에 도착했습니다. 대웅전의 미닫이문은 굳게 잠긴 상태였습니다.

"아무도 안 계십니까? 스님, 안에 계시면 대답을 해주십시오. 여쭤볼 것이 있습니다."

기파랑은 조심스럽게 문을 두드리며 사람을 불렀습니다.

"무슨 일로 이리도 다급하게 사람을 부르나?"

방문이 열리며 스님 한 분이 나오십니다.

"여쭤보고 싶은 것이 있습니다. 어제 귀신을 잡으러 갔던 경비대에 관해 아시는 바가 있으신지요?"

순간 스님의 얼굴색이 어두워집니다.

"그래, 내가 아는 것을 일러주마. 귀신을 잡으러 갔던 경비대는 예기치 않게 여러 위의 귀신 떼를 만나 겁을 먹고 도망을 쳐버렸고, 남아서 귀신과 싸움을 벌이던 두 사람 중에, 한 명은 부상을 입었고, 또 한 명은 목숨을 잃었단다. 끔찍한 일이지."

죽은 사람이 있다는 말에 기파랑과 동해미르의 얼굴에서 핏기가 싹 가십니다.

"저, 그… 죽었다는 사람이 혹시 키가 6자쯤 되고 이목구비가 뚜렷한 20세 남짓의 청년은 아니지요? 그렇지요, 스님?"

"그래, 죽은 이는 경비대장이란다. 어찌나 용맹스럽게 싸우다가 죽었는지 시체 주변의 풀이 모두 베어져 있더구나. 땅도 움푹움푹 패어 있고… 등에 깊게 상처를 입고 돌아가셨단다. 그건 그렇고 너희들이 이야기하는 것은 부상을 입은 젊은이인 것 같구나. 지금 이곳에서 요양 중이란다. 한번 들어와서 그 사람이 맞는지 보겠니?"

기파랑과 동해미르는 고개를 끄덕이고 대웅전 안으로 들어섰습니다. 방의 중앙에 정대 형이 죽은 듯 누워 있습니다. 스님들이 그 주변에 빙 둘러앉아 계십니다. 정대 형의 이마에는 젖은 수건이 얹혀 있고, 몸 여기저기에는 긁힌듯한 상처가 나 있습니다. 경비대장에게는 안된 일이지만, 일단 정대 형이 살아있다는 걸 확인한 것만으로도 너무 안심이 된 기파랑과 동해미르는 다리에 맥이 풀려 그 자리에 주저앉고 말았습니다.

"정대 형! 정대 형!"

동해미르가 다가가 정대의 다리를 만지며 불러보지만 대답이 없습니다. 대신 가는 숨소리만 가끔 들립니다.

"뭐에 얼마나 시달렸는지 잘은 모르겠지만 어제 우리가 발견했을 때부터 줄곧 이 상태였단다. 닭이 울 때쯤 한 번 정신을 차리고서 물을 달라고 하기에 주었더니, 한 사발을 한 번에 다 들이켠 뒤에 다시 쓰러지더구나. 젊은 사람이 쯧쯧, 어서 정신을 차려야 할 텐데."

기파랑은 스님들에게 몇 번씩이나 정대 형을 구해주셔서 감사하다고 절을 했습니다. 동해미르는 정대의 머리맡에 앉아서 정대의 머리를 쓰다듬으며 불쌍한 표정을 짓고 있습니다.

"그래도 다행인 것은 이 젊은이는 치명적인 외상을 입지 않았다는 거다. 어제 맨 처음 발견했을 때에는 어찌나 놀랐던지… 글쎄

이 사람이 높은 나뭇가지 위에 거꾸로 매달려 있지 뭐냐. 어떻게 하면 사람을 그런 데다가 던져 올릴 수 있는지. 스님 여럿이서 끌어내리는 데도 애를 먹었다."

스님은 정말 기괴한 것을 보았다는 표정입니다.

정대가 정신을 차린 것은 점심때가 지나서였습니다. 눈을 뜬 정대는 벌떡 일어나며 맨 먼저 경비대장의 안부부터 물었습니다.

"어, 기파랑아. 동해미르야. 내가, 내가 살아 있었구나. 그런데 경비대장은? 그분은 어떻게 됐어?"

기파랑과 동해미르는 정대가 무사히 일어날 수 있는 것과 어젯밤의 공포 때문에 미치지 않은 것을 감사했습니다.

"그분은 돌아가셨대요. 형, 일어나지 말고 누워 있어요. 다른 사람 걱정은 기운을 차린 후에 해도 돼요."

기파랑은 정대를 부축해서 다시 눕힙니다. 정대는 몹시 분한지 몸을 부르르 떨며 이를 갑니다.

"그 졸병 놈들이 도망치지만 않았어도 경비대장이 그렇게 죽지는 않았을 텐데. 에잇, 더러운 겁쟁이들!"

"아, 답답해. 자꾸 바보같이 딴생각 말고, 형 몸조리나 하라고요! 정의로운 것도 정도껏 해야지!"

제 몸도 제대로 못 가누면서 그저 경비대장의 죽음을 분해하는 정대가 답답한지 동해미르가 소리를 지르고 야단을 칩니다.

"그 사람이 살고 형이 죽을 수도 있었어요! 형이 나라에서 녹을 받길 해요, 아니면 귀신을 잡아주면 형 신분이 올라가요? 도대체 다른 병사들이 다 도망을 치는데 어쩌자고 거기 남아 있냐고요?

우리들이나 고향에서 형 오기만 기다리는 가족들 생각을 해야지요. 자기가 무슨 대단한 용사라고 혼자서만 갑옷도 없이…"

동해미르는 말을 다 못 맺은 채 울먹입니다. 정대도 걱정시킨 게 미안했는지 아무 말도 못 하고 동해미르의 손을 잡고 토닥입니다.

"아무 생각 말고 쉬세요. 정대 형 다치게 한 거, 경비대장 죽인 거 동해미르랑 내가 모조리 원수를 갚아줄 테니까. 이 요망한 것들 가만두지 않겠어."

기파랑이 나지막하지만 강한 의지가 담긴 말투로 정대의 복수를 할 것을 맹세했습니다. 눈동자에서는 불꽃이 튈듯합니다. 그러자 정대는 겁에 질린 얼굴로 세차게 고개를 저으며 말립니다.

"안 돼! 기파랑아. 제발 그런 소리 하지 마. 그 귀신들이 얼마나 흉악하고 무서운지 네가 몰라서 하는 소리야. 난 다 봤어. 빙글빙글 돌며 경비대장을 홀리던 귀신이 뒤에서 손을 휘두르니까 마치 칼에 베이기라도 한 것처럼 피가…, 부적이고 갑옷이고 다 소용없었어. 그리고 나는 또 어떻고, 귀신들이 양쪽에서 내 발목을 잡고 깔깔대며 허공을 날아다니는데, 내가 얼마나 죽을 만큼 무서웠는지 아니? 제발 부탁이다. 그 귀신들 근처에도 얼씬거리지 마. 응? 기파랑아. 그러겠다고 약속해 줄 수 있지?"

너무도 애절한 정대의 말에 하는 수 없이 기파랑은 고개를 끄덕였습니다.

"알겠어요, 형. 이제 뭘 좀 드셔야죠."

"그래. 내 위장은 겁도 없는지 그렇게 무서운 꼴을 당했는데도 배가 고프기는 하구나."

정대는 부끄럽다는 듯 쓸쓸한 미소를 짓습니다.

"그거 듣던 중 반가운 소리네요. 모름지기 밥을 먹어야 무슨 병이든지 낫는 법이거든요."

동해미르는 눈물을 닦으며 허리춤에 매고 있던 도시락 보따리를 풀러 정대 앞에 내놓습니다.

"자, 많이 드시고 기운 내세요. 어제 내가 자랑했었죠? 이게 바로 우리 어머니가 만든 이 세상에서 가장 맛있는 갈비찜…."

동해미르는 여기까지 말해놓고 아차 싶어서 스님들의 눈치를 살폈습니다. 불교에서는 육식을 금하고 있기 때문에 절의 대웅전 안에까지 고기를 가지고 들어와 먹는다는 것은 대단한 불경입니다. 그러나 이틀 사이에 여러 가지 커다란 사건을 겪으신 스님들은 의외로 무덤덤하게

"괜찮다. 너희도 경황이 없어서 가지고 들어온 걸 테고, 죽을뻔한 사람이 기운을 차리기 위한 것인데 부처님도 한 번쯤 눈 감아주실 게다."

하실 뿐입니다. 고집을 피우는 건 오히려 정대입니다.

"스님의 말씀은 감사합니다만, 그래도 본존불이 보시는 데서 그럴 수야 없죠. 기파랑, 동해미르, 조금만 부축을 해다오. 일주문 밖에 나가보고 싶다. 여영차."

스님들의 말려보았지만, 정대는 끝내 고집을 꺾지 않고 두 아이의 부축을 받으며 절의 경내를 나와서 음식을 먹기 시작했습니다. 기파랑은 뛰어가서 표주박에 물을 떠 왔습니다.

"형, 좀 천천히 먹어요. 어때요? 기가 막히죠?"

정대가 걸신들린 사람처럼 갈비찜을 뜯습니다. 아무 말도 않고 한참을 먹더니 급한 시장기를 달랬는지 그제야 웃으며 한마디 합니다.

"후와, 죽지 않은 게 정말 다행이다. 이렇게 맛있는 것도 못 먹어보고 눈을 감았으면 너무 원통했을 거야."

별로 우습지도 않은 이야기였지만, 기파랑과 동해미르는 무슨 대단한 농담이라도 들은 것처럼 뒤로 넘어지기까지 하며 웃습니다. 두 아이는 정대가 살아남아 줘서 그게 너무 기뻤던 겁니다.

"형, 정말 여기서 자도 괜찮겠어요? 나랑 같이 우리 집에 가서 자자니까."

기파랑과 동해미르는 걱정이 돼서 도무지 말에 오를 수가 없습니다. 기운이 회복될 때까지 며칠만이라도 동해미르의 집에 가서 함께 지내자고 했지만 정대는 통 말을 듣지 않고 고집을 부립니다. 안민사에서 얼마 떨어지지 않은 허름한 집이 정대가 사는 곳입니다.

"내 장사 밑천이 다 여기에 있는데 이걸 놔두고 어디에 간단 말이야. 이걸 다 도둑맞으면 그땐 굶어 죽어야 할 판인데. 그리고 귀신이 나타났다고 안민사가 아예 폐쇄되는 것도 아니잖아. 며칠 내로 용하다는 음양가들이나 용맹한 장수들이 몰려와서 그 귀신들을 잡아 죽이고 나면 언제 귀신이 나타났었나 싶게, 금세 또 예전처럼 사람들이 몰려들 거야. 그때를 대비해서라도 가까이에 머물면서 제일 좋은 자리를 잡아둬야지."

"근동에 사람이 한 명도 없는데 누가 와서 이걸 훔치겠어요, 스

171

님들조차 나라에서 귀신을 퇴치할 때까지 잠시 황룡사로 피신해 계시겠다고 짐을 꾸리시던데. 하여튼 형 고집도 대단하네요. 어쨌거나 잘 쉬세요. 내일 또 들를게요."

"형, 무서워지면 저녁때에라도 우리 동네로 와요. 내가 갈비찜 또 대접해 줄게요."

아무리 꾀어도 소용이 없습니다. 정대는 자기 집을 떠날 마음이 눈곱만큼도 없어 보입니다. 기파랑과 동해미르는 어쩔 수 없이 정대를 남겨두고 돌아가야 했습니다.

"내 걱정은 하지 말고 너희들이나 몸조심해. 특히 기파랑 너, 나랑 약속한 것 잊지 마라. 겁도 없이 귀신을 잡겠다고 나서는 날엔 난 너랑 인연을 끊을 거야. 알겠지?"

"알았다니까요. 그건 염려하지 마세요."

"그래, 착하다. 이제 가봐. 오늘 정말 고마웠다."

정대는 두 아이의 손을 한 번씩 꼭 잡아주고 나서 말의 엉덩이를 찰싹 때려 출발시킵니다. 기파랑과 동해미르는 돌아보며 손을 흔들고서 능숙하게 말을 몰아 멀어져 갑니다.

"이런, 동해미르에게 갈비찜 정말 맛있게 먹었다는 감사 인사를 안 했네."

아이들이 안 보일 만큼 머리 갔을 때에 정대가 갑자기 생각났다는 듯 혼잣말을 하며 머리를 긁적입니다.

"쯧, 내일 하면 되지 뭐."

172

12.
기파랑과 동해미르,
드디어 출동

마을에 돌아오니 이미 흉흉한 소문이 쫙 퍼져 있었습니다. 워낙 소문이 다양하고 각 이야기마다 차이가 많아서, 어떤 사람은 어젯밤에 어떤 일이 일어났었는지 실제로 보고 들은 유일한 사람인 정대보다도 더 많이 알고 있는 듯 보였습니다.

부모들은 안민사 근처에 얼씬도 않을 것과 밤에 돌아다니지 말 것을 아이들에게 몇 번씩 반복하여 가르치고 또 가르쳤습니다. 일반 백성들뿐 아니라 낭도들도 비상이 걸렸습니다. 품일 화랑님은 모든 낭도들에게 당분간 외출을 삼가라고 명령을 전달했습니다. 훈련도 얼마간 중지입니다.

관청에서는 대책 마련을 하느라고 난리가 났습니다. 임금님이 경주 군사들을 모두 거느리고 먼 길을 떠나신 지금, 귀신을 물리칠 방도가 전혀 보이지 않아서 관리들은 땀만 뻘뻘 흘릴 뿐이었습니다. 그렇다고 경사로운 여행을 하고 계신 임금님을 겨우 잡귀 몇 위 때문에 돌아오시라고 할 수도 없는 일입니다. 귀신에게 목숨을 잃은 경비대장은 나름대로 어지간히 무술실력이 있었던 사람인지라 서라벌에 남아 있던 다른 하급무관들은 감히 나설 생각을 못 하고 자꾸 꽁무니를 뺐습니다. 집사 벼슬을 하고 있는 비형랑이 이 일을 처리할 가장 적합한 인물이라고 이야기가 모아졌지만, 그는 지금 한강 근처의 국경에 파견되어 있었습니다. 한강에 사람을 보내 비형랑을 데려오려면 아무리 빨라도 엿새 이상이 걸릴 것입니다. 게다가 그나마 회의가 길어지는 바람에 딱 부러지게 결론을 내지 못했습니다. 결국 서라벌의 모든 사람들은 며칠 동안 어둠이 내리는 것을 무서워하며 사는 수밖에 없을 것 같습니다.

겁을 잔뜩 먹은 사람들은 귀갓길을 서두릅니다. 농부들도 점심을 먹고 난 후에 다시 들에 나가려 하지 않습니다. 해가 저물자 거리에 점점 사람의 왕래가 드물어지더니 마침내 인적이 뚝 끊겨버렸습니다. 야경을 돌아야 할 군사들마저 오늘은 쉬는 모양입니다. 서라벌은 마치 유령의 도시처럼 나다니는 사람의 모습을 찾아볼 수 없게 되었습니다.

"엄마, 나 밖에 놀러 나갈래."

어느 집에선지 철모르는 어린아이가 보채는 소리, 엄마가 그 아이를 달래는 소리가 밖으로 새 나옵니다.

"안 돼, 귀신에게 잡혀간단 말이야. 그럼 엄마 얼굴도 못 보게 되는데 그래도 좋아?"

기파랑의 집도 예외는 아니었습니다. 기파랑의 부모님은 아이들에게 절대 해가 진 후에 밖에 나가지 말라고 신신당부를 하셨습니다.

"특히 난 누구보다도 기파랑, 네가 걱정이다. 명궁도 좋고 무예연마도 좋지만, 이번만큼은 제발 내 말 듣고 나다니지 말거라. 상대가 귀신이니만큼 네 그 활 실력도 통하지 않을 게야."

아버지의 근심어린 말씀에 기파랑은 천진한 표정으로 알겠다고 고개를 끄덕였습니다.

"예, 아버지 명심할게요. 걱정하지 않으셔도 돼요."

이윽고 밤이 깊어 삼경이 지났습니다. 사방은 쥐죽은 듯 고요하고 불빛 하나 없이 깜깜합니다.

스르륵-

기파랑의 방 창문이 열리고 검은 그림자가 소리 없이 기어 나옵니다. 기파랑입니다. 온통 검은 옷을 갖춰 입은 기파랑은 마치 그림자처럼 은밀하게 움직입니다. 훌쩍 뛰어 땅에 내려서지만 소리는 전혀 나지 않습니다. 기파랑은 손을 뻗어 다시 창문을 닫아둡니다.

"쉬잇! 소리 내면 안 돼. 몰래 빠져나가자."

마구간에 가서 흰 바람을 끌고 나오면서도 조용히 하라고 신호를 합니다. 영리한 흰 바람은 주인의 뜻을 읽고 발굽소리를 죽여가며 천천히 마을 밖으로 걸어 나옵니다.

"휴우!"

마을 입구에 다다른 기파랑은 아무에게도 들키지 않고 무사히 빠져나온 것에 대해 안도의 한숨을 내쉽니다.

"부모님의 뜻을 거스르는 것은 잘못된 일이지만, 스승님께 배운 무공을 이럴 때에 썩히는 것도 옳지 못한 일이다. 불의를 보고서 그냥 지나쳐서야 어찌 남아라고 할 수 있나. 내 반드시 오늘 귀신을 잡아 돌아가신 이들의 넋을 달랠 것이다."

아무도 듣고 있지 않지만 기파랑은 자신이 오늘 이렇게 안민사로 가는 이유를 혼잣말처럼 중얼거립니다. 기파랑은 말을 달리기 전에, 다시 한 번 자신의 집과 동해미르의 집을 돌아봅니다. 동해미르에게 비밀로 하고 몰래 나온 것은 미안한 일이지만, 친구를 위험에 빠뜨릴지도 몰라서 혼자 가는 것을 택했습니다. 어떤 이유에서든 간에 동해미르를 속인 건 이번이 처음입니다. 기파랑은 자기도 모르게 사과의 말을 합니다.

"동해미르야, 미안!"

"미안한 줄 알면 좀 빨리 나와라. 기다리는 동안 졸음이 와서 혼났잖아."

갑자기 들려오는 동해미르의 목소리에 깜짝 놀라 기파랑은 말에서 떨어질 뻔했습니다. 소리 나는 곳으로 고개를 돌려보니 마을 밖에 서 있는 커다란 느티나무 뒤에서 동해미르를 태운 천둥이 천천히 걸어 나옵니다.

"말 안하고 혼자 몰래 가면 내가 모를 줄 알았어? 너랑 몇 년 친구인데…. 이 정도는 네 눈만 봐도 알 수 있단 말이야. 근데 시간을 잘못 짚는 바람에 너무 일찍부터 나와서 기다리느라고 허기가 질 지경이다."

기파랑은 부끄러우면서도 기분이 좋아져서 가볍게 웃었습니다.

"하하. 그래. 우린 역시 함께 움직이는 편이 어울려. 자 가자, 동해미르. 귀신들이 다 숨어버리기 전에."

기파랑이 흰 바람을 전속력으로 몰아 안민사 쪽으로 내달립니다.

"질 줄 알고?"

동해미르의 천둥도 엄청나게 빠른 속도로 달립니다. 달빛에만 의존하는 어두운 밤길인데도 두 소년은 조금도 두렵지 않은지 거침없이 말을 몹니다.

안민사가 가까워 오자 제 아무리 담이 큰 두 친구라 해도 조금씩 커지는 긴장을 숨길 수가 없었습니다. 그도 그럴 것이 상대는 귀신인 겁니다. 게다가 20위가 넘는 대부대라고 하니 까딱 잘못했다가는 오히려 이편이 당할 수도 있습니다. 기파랑은 허리에 찬 대장군 검을 다시 한번 쓰다듬어 보았습니다. 손잡이에 아로새겨진 호랑이 무늬가 오늘따라 한결 더 믿음직하게 느껴집니다. 동해미르가 의지하고 있는 것은 스승님이 가르쳐주신 축지법입니다. 만약 오늘 귀신과의 승부에서 조금이라도 기파랑이 위험에 처한다면 무조건 들쳐 업고 땅에 주름을 잡아 빠르게 도망갈 계획입니다. 애초에 그러려고 이 무서운 밤길을 따라나선 것이니까요.

불이 꺼진 채 방치된 안민사는 커다란 귀신의 소굴처럼 보입니다. 하늘의 둥근 달님도 오늘 밤엔 왠지 스산해 보이고, 한때 자랑거리였던 높은 대웅전 건물과 하늘 높이 솟은 일주문은 그 크기 때문에 더욱 흉물스럽게 느껴졌습니다. 시장이 있던 광장에 도착한 기파랑과 동해미르는 말을 멈추고 땅에 내려섰습니다.

"이따가 부를 때까지 근처에 숨어 있어 줘."

기파랑과 동해미르, 드디어 출동

아이들은 말의 귀에 대고 작게 속삭인 다음 안민사 안으로 뛰어 들어갔습니다. 흰 바람과 천둥은 울음소리 한 번 내지 않고 왔던 길을 되돌아 달려갑니다. 캄캄한 어둠이 금세 두 마리 영리한 말의 모습을 감추어줍니다.

안민사 내부, 석탑 앞에 도착하자 기파랑이 따라오라는 손짓을 하며 석탑의 그림자 속에 숨었습니다. 동해미르는 그 뒤를 따릅니다. 두 아이는 탑에 등을 기대고 앉아서 좌우를 경계해 보았습니다. 움직이는 것은 아무것도 없습니다. 사방에 불빛이라고는 찾아볼 수 없이 어두워서, 하늘 위에 높이 뜬 달님이 없었다면 코앞의 것도 보이지 않을 지경입니다.

"뒤뜰로 들어가기 전에 다시 한번 확실하게 정해두자."

기파랑이 작은 목소리로 말했습니다.

"귀신을 무찌르려고 왔지만 제일 중요한 건 우리 둘 중, 아무도 다치지 않는 거야. 귀신은 내일이라도 또 잡으러 올 수 있다는 걸 잊지 말자."

"내 말이 바로 그거야."

동해미르는 무지하게 동의한다는 듯 밝은 표정을 지으며 고개를 몇 번이고 끄덕였습니다.

"만일을 대비해서 대장군 검을 가져오기는 했지만, 가능하다면 활과 표창만으로 귀신들을 제압하자. 포위당할 위험이 있으니까 접근전은 피하자고."

"좋아, 기억해 둘게. 그리고 만약 귀신 떼에 둘러싸일 것 같다고 판단되면 난 주저하지 않고 축지법을 쓸 거야. 내가 '방귀 뿡'이라고 외치면 무조건 내 팔을 잡아. 그게 축지법을 쓴다는 암호이니까."

기파랑은 어처구니없어서 웃었습니다.

"왜 하필이면 암호가 '방귀 뿡'이야?"

"원래 암호란 건 평상시에 잘 안 쓰는 말이어야 하는 거야. 그래야 서로 착각하는 일이 없지. 잊지 마, '방귀 뿡'이다."

동해미르가 워낙 당연하다는 얼굴을 하고 있어서 기파랑도 더이상 그 지저분한 암호를 문제 삼지 않았습니다.

"그래, 알았어. 그럼 이제 출발하는 거다. 정신 바짝 차려."

기파랑과 동해미르는 손을 맞잡고 결의를 다졌습니다. 거의 동시에 두 소년은 탑의 그림자에서 빠져나와 귀신이 나타난다는 컴컴한 숲을 향해 달리기 시작했습니다.

　숲속에 들어서자 수많은 나무그림자들 때문인지 주변은 이전보다 더욱 어두워졌습니다. 기파랑과 동해미르는 천천히 걸음을 옮기면서 어둠에 눈을 익혔습니다. 두 소년은 묵묵히, 신중하게 앞으로 나아갑니다.

　"이 근처 어딘가에서 싸움이 있었던 것 같아."

　기파랑이 주변을 살피며 조그마한 목소리로 속삭입니다. 동해미르도 경계를 늦추지 않으며 고개를 끄덕입니다.

　"그래, 바닥의 풀들이 마구 꺾여 있고, 나뭇가지들도 여기저기 잘려 나갔어. 경비대장이 귀신에게 당한 곳이야."

　기파랑이 가리킨 곳에는 패여 있는 땅과 짓이겨진 풀들이 격렬했던 전투의 흔적으로 남아 있었습니다.

　"그리고 이건…."

　기파랑은 이제는 굳어 검게 변해버린 커다란 핏자국을 발견했습니다. 분명 지난 밤 귀신들에 의해 죽임을 당한 경비대장이 흘린 피일 것입니다.

　꿀꺽-!

　동해미르와 기파랑은 얼굴을 마주 보며 마른침을 삼켰습니다. 핏자국을 직접 눈으로 보니 새삼스레 귀신의 무서움이 소름을 돋게 합니다. 긴장한 동해미르의 얼굴에 한 줄기 굵은 땀방울이 주르륵 흘러내립니다.

　"굉장히 격렬하게 저항을 했었나 봐, 그 돌아가신 분."

　주변을 둘러보던 동해미르가 이마에 고인 땀을 훔치며 나지막하게 속삭입니다.

"어째서?"

"이것 봐. 핏자국이 이렇게 사방에 거리를 두고 흩어져 있잖아. 이걸 보면 그분이 등에 상처를 입은 다음에도 이곳, 저곳을 뛰어다니며 마지막까지 귀신을 잡으려고 애썼다는 걸 알 수 있어."

가만히 살펴보니 정말 동해미르의 말 그대로 핏자국이 드문드문 눈에 띕니다. 잠시 생각하던 기파랑은 고개를 갸웃거렸습니다.

"뭔가 이상한데? 말이 안 되는 부분이 있어."

"뭐가?"

동해미르가 묻습니다.

"아까 경비대장의 시체를 살펴봤을 때 등에 입은 상처 외에는 깨끗했잖아?"

기억하기 싫은 일이지만 바로 몇 시간 전의 일인지라 동해미르의 머릿속에도 스님들이 염을 해주던 때에 본 경비대장의 모습은 생생히 남아 있습니다. 분명 상처는 등을 깊게 베인 것 하나뿐이었습니다.

"그래, 맞아. 그런데 그게 뭐가 이상해."

그래도 모르겠다는 표정의 동해미르를 위해 기파랑이 설명을 해줍니다.

"저기 큰 핏자국이 경비대장님이 돌아가셨을 때 흘린 걸 거야. 그런데 이것 봐. 그 주변에 넓게 원을 그린 것처럼 드문드문 피 흘린 흔적이 남아 있단 말이야."

"그게 뭐 이상해? 등에 상처를 입고 돌아서서 칼을 휘두르며 비

181
기파랑과 동해미르, 드디어 출동

틀대다가 힘이 다해 쓰러진 걸 테지.”

“그게 아니야.”

기파랑이 낮지만 확신에 찬 목소리로 말했습니다.

“만약 그런 상황이었다면 이 핏자국들은 모두 이어져 있어야만 해. 피를 흘리다가 멈추고, 그러다가 또 흘리는 사람이 어디 있어. 이건 마치 여러 사람이….”

한창 설명을 하던 기파랑이 갑자기 말을 끊고 귀를 쫑긋 세웁니다. 분명히 인기척이 들렸습니다. 귀신이 무서워서 인근의 모든 사람들이 초저녁부터 문을 꼭꼭 걸어 잠그고 바깥출입을 않는 마당인 만큼, 수상한 인기척이라고 할 수밖에 없습니다. 기파랑은 동해미르의 눈을 쳐다봤습니다. 진지한 표정으로 고개를 끄덕이는 걸 보면 동해미르도 이 수상한 인기척을 느낀 게 분명합니다. 두 소년은 바람처럼 재빠르게 그 자리를 피했습니다. 거의 동시에 땅을 박차고 뛰어오른 기파랑과 동해미르는 가까이에 있는 큰 은행나무 굵은 가지 위에 소리 없이 내려앉았습니다. 두 소년은 무성한 잎사귀 사이에 몸을 숨기고 소리가 다가오는 쪽에 시선을 고정시킵니다. 기척은 점점 가까워지고 있습니다.

‘과연 무엇이 나타날까? 드디어 귀신을 만나게 되나?’

기파랑과 동해미르는 긴장한 채 귀신과의 싸움을 대비하기 시작했습니다. 기파랑은 소리를 내지 않기 위해 조심하면서 천천히 등에 메고 있던 활을 꺼내 들고 시위에 화살을 먹였고, 동해미르는 가죽 허리띠에 끼워 두었던 표창을 꺼내서 양손에 하나씩 나누어 듭니다. 마침내 숲 저쪽에서 흰 물체가 모습을 드러냈습니다.

흐느적거리며 천천히 다가오는 흰 물체는 하나, 둘, 셋…, 모두 셋입니다. 나무 위에 숨은 기파랑과 동해미르는 숨소리도 죽여가며 그것들의 정체가 무엇인지 지켜보고 있습니다. 거리가 가까워짐에 따라 달빛에 그 모습이 환히 드러납니다. 가슴까지 드리워진 길고 검은 머리, 축 늘어진 팔 끝에 날카로운 손톱, 기괴하고 소름 끼치는 얼굴, 말로만 듣던 귀신의 모습 그대로였습니다. 귀신들은 좌우를 두리번대며 이쪽으로 걸어오고 있습니다. 푸르스름한 광채가 언뜻언뜻 내비치는 흰옷에는 여기저기 검붉은 피가 묻어 있습니다. 흐흐흐 하는 이상한 낮은 소리를 내며 숲 여기저기를 돌아다니던 귀신들은 마침내 기파랑과 동해미르가 숨어 있는 나무 쪽으로 다가옵니다.

'우리가 여기 숨어 있는 걸 눈치챈 걸까? 아니면…?'

기파랑은 어느 쪽인지 확신이 서지 않아 망설였습니다. 아주 멀리서 조그마한 기척이 들릴 때부터 숨소리도 죽여가며 이곳에 숨은 것이지만, 귀신이라면 그런 것과 상관없이 둘의 사람 냄새를 맡고 위치를 알아낼 수도 있을 거라고 기파랑은 생각했습니다. 그리고 정대 형이 말했듯이 이 귀신들은 하늘을 날 수도 있다고 하니, 갑자기 훌쩍 날아올라 기파랑과 동해미르에게 덤벼들지도 모릅니다. 당겨진 화살은 다가오는 세 귀신 중 오른쪽을 겨눈 채였으나, 기파랑은 성급하게 활시위를 놓지 않았습니다. 기파랑의 머릿속에서 알 수 없는 뭔가가 성급하게 굴지 말라고 계속 충고를 하고 있었습니다. 그것은 오랫동안 열심히 무예를 닦아온 덕에 보통 사람보다 훨씬 발달한 기파랑의 야성적인 본능이었습니다.

'이 귀신들은 뭔가 이상한 점이 있다.'

지금으로선 그게 무엇인지 정확하게 말할 수는 없지만, 기파랑은 본능의 소리를 따라 좀 더 귀신들의 행동을 두고 보기로 했습니다. 귀신의 수가 기껏해야 셋뿐이라는 것도 기파랑에게 여유를 갖게 하는 이유였습니다. 여차해서 싸움이 벌어진대도 동해미르의 표창과 기파랑의 활솜씨라면 금방 해치울 수 있을 것 같았습니다.

'저놈들이 왜 이렇게 자꾸 다가오지?'

동해미르는 귀신들이 한 걸음씩 다가올 때마다 오금이 저려 괴로웠지만, 기파랑이 아직 공격할 의사가 없는 눈치였으므로 꾹 참고 지켜보고만 있었습니다. 그런데 이건 정말 무섭게 생긴 귀신입니다. 달빛에 검은 머리카락 사이의 얼굴이 슬쩍 비칠 때마다, 선명하게 보이는 치켜져 올라간 눈과 이마 위의 뿔이 너무 흉측해서 동해미르는 인상을 찌푸렸습니다.

'에그, 징그러워. 암만 귀신이라지만 정말 너무 못생겼네.'

귀신들은 점점 더 가까이 다가와서 이제는 기파랑과 동해미르가 숨어 있는 나무 바로 아래에 모여서 있습니다. 눈치를 보아하니 저희들 머리 위 가지에 누가 숨어 있는지 전혀 모르고 있는 모양입니다. 귀신들은 그저 끊임없이 두리번대며 좌우를 살피고 있습니다.

"다래모 이마세."

한 귀신이 뭐라고 알아들을 수 없는 말을 합니다. 그러자 나머지 두 귀신이 고개를 주억거립니다.

"곤나니 유레다찌가 사와구까라 오소로시구떼 다래가 데뗴고래마쓰가?"

이번엔 다른 목소리가 말을 합니다만, 이 역시 도무지 알아들을 수 없는 말입니다. 바닷바람에 낯선 냄새가 실려 있습니다. 귀신들에게서 고약한 피비린내가 진동을 합니다. 구역질이 날까 봐 마음껏 숨을 쉬기가 어렵습니다. 그렇지만 기파랑은 악취 따위엔 신경 쓰지 않고 귀를 기울여 귀신들의 대화를 엿들었습니다. 분명 어디선가 저 귀신들의 말투를 들어본 적이 있는 것 같은데 그게 어디였는지가 통 기억이 안 나서 기억을 더듬느라 애를 쓰고 있는 중입니다.

'분명히 들어본 적이 있는 말인데…'

기억이 날 듯, 날 듯 하면서 약 만 올리고 명확히 떠오르지를 않습니다.

"고레 구라이떼 가에리마쇼. 곤나 유레고꼬 이쯔모 쓰르시쯔요가 아리마생."

맨 처음 말했던 귀신이 다시 입을 엽니다. 더 들어봐도 기억이 안 나는 건 안 날 것 같습니다. 그리고 이렇게 알아듣지도 못할 말을 계속 엿듣는다고 이쪽에 이득이 될 일도 없어 보입니다. 기파랑은 동해미르와 눈을 맞추고 공격하자는 신호를 보냈습니다.

'치자!'

동해미르가 고개를 끄덕이며 오른손을 들어 가운데와 왼쪽 귀신을 가리킨 후, 자기 가슴을 살짝 두드립니다. 그 두 귀신에게 자기가 표창을 날리겠다는 표시입니다. 기파랑이 고개를 끄덕였습니다. 기파랑은 세 손가락을 편 손을 들어 동해미르와 박자를 맞추며 한 개씩 천천히 접었습니다. 세 손가락을 다 접으면 그때에 공격 시작입니다. 하나, 둘을 세고 세 번째 손가락을 막 접으려는 찰나!

"고꼬다요! 고꼬!"

아래쪽에 선 귀신들 중 하나가 제법 큰 소리를 지르며 바닷가 쪽 숲을 향해 손을 흔들었습니다. 예상치 못한 상황에 놀란 두 소년은 일단 행동을 멈추고 그 귀신의 시선을 쫓아가 무슨 일인지 살핍니다. 그곳에는 어디선가 나타난 한 무더기의 귀신 떼가 걸어오고 있었습니다. 언뜻 보기에도 그 수가 스물이 넘어 보입니다. 저쪽에 스물, 바로 밑에는 셋, 이쯤 되면 제아무리 기파랑과 동해미르라 해도 섣불리 달려들기 어렵습니다. 기파랑은 두 손을 가슴께로 들어 동해미르에게 진정하라는 신호를 보냈습니다. 동해미르도 귀신들의 수효에 기가 질린 터라 입을 다물지 못하고 고개를 끄덕입니다. 하는 수 없이 둘은 좀 더 상황을 살피기로 했습니다.

"교와 다래까 이마시다까?"

새로 나타난 귀신 중 하나가 가까이 오더니 또 알아들을 수 없는 말을 합니다.

"시가이마쓰. 나래모 기마생데시다."

귀신들은 잠시 뭐라고 저희들끼리 쑥덕거리더니 다시 왔던 길을 되짚어 걸어갑니다. 귀신들이 얼마 정도 멀어졌을 때 기파랑과 동해미르는 나무에서 내려와 그 뒤를 쫓기 시작했습니다. 이렇게 몰래 뒤를 밟을 때에 가장 중요한 것은 기척을 숨겨서 미행당하는 사람이 누군가 자신을 쫓아오고 있다는 것을 모르도록 하는 것입니다. 두 소년은 몸을 가볍게 하여 풀 밟는 소리도 내지 않고 짙은 어둠에 몸을 숨겨가며 귀신들을 따라갔습니다.

13.
귀신 소굴에 뛰어들다

귀신들은 안민사 뒤뜰 숲을 지나서 바닷가 쪽으로 난 비탈길을 따라 절벽 아래로 걸어 내려가기 시작했습니다. 하얀 옷자락과 검고 긴 머리카락이 바닷바람에 날려 징그럽게 펄럭입니다.

기파랑과 동해미르는 펄쩍펄쩍 몸을 날리며 때로는 나뭇가지 위에 오르기도 하고, 때로는 바닥에 납작 엎드리기도 해가며 귀신들이 어디로 가는지 지켜보았습니다. 철썩거리며 파도소리가 크게 들립니다. 검고 넓은 밤바다의 모습이 가뜩이나 긴장하고 있는 두 소년을 더욱 움츠러들게 만듭니다.

모래밭에 내려선 귀신들은 줄을 지어 안민사 바로 아래의 절벽을 따라 걷고 있습니다. 해안 평지에는 몸을 숨길만한 큰 나무도, 그늘도 없었기 때문에 기파랑과 동해미르는 아까보다 멀리서 절벽에 등을 찰싹 달라 붙이고 눈으로만 귀신들의 뒤를 쫓았습니다.

"어디로 가는 걸까?"

동해미르가 기파랑의 귀에 대고 속삭입니다.

"모르지, 귀신들 속을 알 재간이 있나."

기파랑은 대답하면서도 눈은 귀신들에 고정시킨 채 움직이지 않았습니다. 푸르스름한 달빛에만 의존하여 보고 있기 때문에 환한 대낮과 달리 모든 것이 또렷하지가 않습니다. 자칫하다가는 놓쳐버릴 수도 있습니다. 다행스러운 것은 귀신들이 걷고 있는 곳이 인가에서 멀리 떨어진 바닷가라는 점이었습니다. 이 기괴하고 흉측한 귀신 떼가 마을에 나타나 사람들에게 해를 입히는 상황은 정말 상상하기도 싫은 일입니다.

'그런데 저 귀신들의 말투가 아무래도 귀에 익단 말이야. 분명히 어디에선가 들은 적이 있어. 그게 어디였지?'

기파랑은 아까부터 귀신들이 쓰는 말이 자꾸 마음에 걸립니다. 그뿐이 아니라, 뭐라고 딱 꼬집어 말을 할 순 없지만 이 귀신들은 뭔가 수상한 점이 많습니다. 저렇게 알아들을 수 없는 말을 해대는 것도 그렇고, 모래밭에 발자국을 남기며 걸어가는 것도 이상합니다. 무릇 귀신이라면 바람처럼 빠르게 하늘을 날 수도 있다고 들었고, 설사 걷는다 하더라도 땅에 흔적이 보이지 않을 만큼 가벼이 움직인다고 알고 있는데…. 긴장과 궁금함이 한데 뒤엉켜 머릿속이 복잡하지만 지금 할 수 있는 일은 저들의 뒤를 밟는 것뿐이었습니다.

"귀신들 중 하나나 둘 정도만 따로 뒤처졌으면 좋겠는데, 그래야 상대하기가 편할 테니까."

동해미르가 표창을 만지작거리며 혼잣말을 합니다.

"그런 일은 기대하기가 어려울 것 같은데."

"어째서?"

"저 귀신들의 움직임을 봐. 마치 명령에 따르는 것처럼 줄을 맞춰 이동하고 있잖아. 제멋대로 아무렇게나 돌아다니고 있는 게 아냐."

듣고 보니 기파랑의 말이 맞는 것 같습니다. 귀신이 아니고 사람이었다면 병정놀이를 하고 있다고 착각할 것 같은 질서정연한 뒷모습입니다.

으스스한 귀신들의 행진은 절벽에서 툭 튀어나온 바위와 두어 그루의 소나무 앞에 이르러 멈췄습니다. 깊은 밤인 데다가 절벽의 그늘에 가려져 뚜렷하게 보이진 않지만 귀신들은 바위를 빙 둘러싸듯이 하고 서서 주변을 둘러보는 것 같습니다.

"저놈들이 뭘 하는 거지? 바위 밑에 먹을 거라도 묻어두었나?"

동해미르가 목을 길게 빼고 좀 더 잘 보려 하지만 쉽지 않습니다. 설상가상으로 커다란 구름이 바람에 밀려 잠시 달을 가리려고 합니다. 주변이 점점 더 어두워집니다. 구름이 달을 완전히 덮는다면 이나마도 살필 수 없을 것입니다.

"안 되겠다. 들킬지도 모르지만 이렇게 어두울 때 좀 더 가까이 다가가 보자."

기파랑의 제의에 동해미르가 고개를 끄덕입니다. 그리고 다시 한번 암호를 일러두는 것도 잊지 않습니다.

"그러자. 하지만 꼭 기억해야 돼. 내가 '방귀 뿡' 그러면 무조건 나에게 찰싹 달라붙는 거야."

알았다고 작게 읊조리고 기파랑이 먼저 귀신들이 서 있는 곳으로 뛰어 다가갑니다. 워낙 날렵하게 움직이기 때문에 소리도 없고 모래가루 하나 튀지 않습니다. 그야말로 대단한 실력입니다.

"어째, 저렇게 빨리 뛰는데 모래가 파이질 않지? 진짜 귀신들보다 쟤가 더 귀신처럼 날아다니는 것 같다."

동해미르는 잠시 감탄하고서 기파랑의 뒤를 따라 뛰었습니다. 소리를 내지 않으려고 아주 조심하면서요. 어둠을 틈타서 두 소년은 빠르게 귀신들이 모여 선 바위 곁에 바짝 다가갔습니다. 그런데 이게 어찌 된 일입니까? 조금 전까지 바위 앞에 서 있던 귀신들이 순식간에 어디론가 사라져 버렸습니다. 기파랑과 동해미르는 당황스러워서 어찌할 바를 모르고 사방을 두리번거립니다.

"어디로 숨은 거지?"

답답해진 동해미르가 물어보지만 몇 발짝 앞서 있던 기파랑이라고 알 턱이 없습니다.

"모르겠어. 사방이 아주 어둡다 싶었고 그다음엔 없어져 버렸네."

다시 한번 살펴봐도 귀신들은 자취를 감춘 게 분명합니다. 아주 잠깐 동안 구름에 달이 완전히 가려져서 깜깜해졌던 그때에 귀신들이 뭔가 조화를 부린 게 틀림없습니다. 처음엔 어딘가에 숨어 있는 게 아닐까 의심도 해보았지만, 주위엔 20위도 넘는 귀신들이 한꺼번에 몸을 감출 곳이 없습니다. 그저 어른 키 두길 반 정도의 커다랗고 둥근 바위 하나와 가지가 앙상한 소나무 세 그루가 전부입니다.

"어쩌지? 놓쳐버렸나 봐."

동해미르는 낙담하기도 하고 안도가 되기도 해서 한숨을 쉬며 땅에 털썩 주저앉아 버렸습니다. 기파랑을 도와 모두가 두려워하는 귀신을 잡아서 공을 세우려던 계획은 수포로 돌아가 버렸지만, 어떤 능력을 가졌는지도 모르는 귀신들과 목숨을 건 싸움을 벌이지 않아도 되는 것은 다행스러운 일입니다. 동해미르는 차라리 잘 됐다고 생각하며 이대로 귀신들이 사라져 버린 채 영영 다시는 나타나지 않았으면 좋겠다고 바랐습니다. 반면 기파랑은 똥 마려운 강아지처럼 안절부절못하며 귀신의 종적을 찾아내려고 사방을 휘젓고 다닙니다. 조금도 포기한 얼굴이 아닙니다.

"분명히 이 근처 어디에 있을 거야. 축지법이라도 쓰지 않고서야 이렇게 순식간에 사라져 버릴 수가 없잖아."

"하지만 너도 사방을 둘러보면 알잖아. 몸을 숨길만한 곳은 어디에도 없어."

기파랑은 사방을 다시 한번 둘러봅니다. 썰물 때라서 바닷물까지는 서른 걸음도 넘게 떨어져 있고 앞뒤로는 온통 드넓게 펼쳐진 모래밭뿐입니다. 동해미르가 등을 기대고 앉은 절벽은 그야말로 깎아지른 듯 높기만 해서 바닷새 한 마리도 몸을 숨기기 어려운 곳입니다. 동해미르는 이제 완전히 긴장이 풀렸는지 여유만만입니다.

"사라졌다니깐 그러네. 그건 그렇고 기파랑 넌 참 대단해. 아까 뒤에서 보니까 이런 모래밭에서도 발자국을 거의 남기지 않더라. 얼마나 몸이 가벼우면 그렇지? 난 축지법을 익힌 몸인데도 이렇게 발이 푹푹 묻히는데."

'발자국!'

기파랑은 눈이 번쩍 뜨이는 것 같았습니다. 아까 귀신들이 걸으면서 모래를 날리며 발자국을 남기던 것이 떠오릅니다.

'그래, 발자국을 찾으면 그 귀신들이 어디로 갔는지를 알 수가 있어.'

기파랑은 차분히 귀신들의 발자국을 살펴봅니다. 그런데 참 이상합니다. 귀신들이 여기까지 걸어온 발자국들과 바위 주변에 서 있던 자리가 움푹움푹 파여 있는 것은 찾을 수 있는데 발자국은 거기에서 그쳐 있습니다. 아무리 열심히 찾아보아도 다른 방향으로 간 흔적은 없습니다.

"암만해도 귀신들은 이 바위 속으로 들어간 것 같아."

곰곰이 생각을 하던 기파랑은 진지한 얼굴로 이렇게 말했습니다. 동해미르는 피식 웃고 맙니다.

"하긴 귀신이니까 뭐는 못 하겠어. 하지만 그 추측은 별로인 것 같다. 차라리 절벽 위로 날아올라 갔다고 하는 편이 더 그럴듯하지. 딱딱한 바위 속에 뭣 하러 들어가."

"아니, 귀신들이 날아다닐 수 있을 것 같으면 벌써 아까부터 그랬을 거야. 여기까지 수고스럽게 걸어와서 갑자기 왔던 길을 되돌아가기 위해 절벽 위로 날아오른다는 건 말이 안 돼. 그리고 발자국들은 모두 이 앞에서 멈춰 있어. 귀신들이 몸을 숨길 곳은 여기밖에는 없어."

이렇게 말하며 기파랑은 바위를 힘껏 밀어보았습니다만 바위는 꿈쩍도 않습니다.

"이상하다? 이거 진짜 바위인가 본데? 이럴 리가 없는데?"

멋쩍어진 기파랑은 머리를 긁적입니다. 그 말을 들은 동해미르가 한바탕 배를 잡고 웃습니다. 동해미르는 발로 바위를 쿵쿵 차고, 모래를 뿌리면서 이렇게 말했습니다.

"하하하. 그걸 어떻게 알았지? 맞아, 이거 진짜 바위야. 이건 진짜 모래고. 그리고 이건 진짜 나무지…."

그러면서 동해미르가 풀쩍 뛰어 소나무 가지에 대롱대롱 매달렸을 때, 놀라운 일이 벌어졌습니다.

지직- 지지직-

바위틈에 서 있던 소나무 세 그루가 아주 작은 소리를 내며 동해미르가 매달린 쪽으로 기울어졌고 그와 동시에 바위와 절벽 사이에 커다란 구멍이 생겨났습니다.

"이, 이게 뭐야?"

깜짝 놀란 동해미르가 나뭇가지에 매달린 채 기파랑을 쳐다봅니다. 기파랑은 재빨리 움직여서 구멍 안을 살펴보았습니다. 어른 서넛은 너끈히 지나갈 수 있을 만큼 넓은 구멍이었지만 십여 발짝 앞에서 막혀 있습니다. 동해미르가 매달린 가지의 안쪽에 길게 뻗은 나무 손잡이가 달려 있는 것으로 보아 구멍 속에서도 그걸 들어 올리면 밖으로 나갈 수 있는 모양입니다.

"이것 봐. 여기에도 손잡이가 있는 것 같아. 동해미르야. 그 나뭇가지를 놓고 거기서 좀 기다려 봐. 내가 안쪽에서 한번 열어볼게. 만약 스물을 세도 내가 나오지 못하면 아까처럼 해서 열어줘. 알겠지?"

기파랑이 들어가고 동해미르가 나뭇가지를 놓자, 세 그루의 소나무는 원래의 위치로 돌아가서 구멍을 감쪽같이 막습니다. 나무는 아주 정밀하게 만들어진 가짜였고 그 주변, 절벽의 일부도 그럴듯하게 꾸며져 있지만 꽤나 가벼운 재료로 만들어진 것이 분명했습니다. 동해미르가 매달렸던 것만으로도 저렇게 스르륵 움직였으니까요. 하나, 둘, 셋, 동해미르는 입 속으로 조그맣게 수를 세기 시작했습니다. 열여섯을 세었을 때 다시 나무가 움직이고 구멍이 열렸습니다.

"야. 뭐 하느라고 이렇게 오래 걸렸어? 걱정했잖아."

살금살금 구멍 밖으로 빠져나오는 기파랑에게 동해미르가 원망 섞인 투정을 부립니다. 사실 걱정도 걱정이지만 무서웠던 게 더 컸습니다. 사방에 불빛 하나 없는 깜깜한 밤, 귀신이 사는 바닷가에 혼자 서 있으면서 안 무섭다면 그게 더 이상한 거겠죠.

"그게 중요한 게 아냐. 날 따라와 봐."

기파랑은 굉장히 흥분해서 동해미르의 손을 잡고 구멍 안으로 끌어들입니다.

"뭐야. 그저 깜깜할 뿐 아무것도 없잖아."

"지금은 그래 보이지. 저 문이 완전히 닫힐 때까지 기다려 봐."

기파랑은 어째서 이 어두운 곳에 또 들어가자는 걸까요? 동해미르는 갑자기 섬뜩한 생각이 들어서 기파랑의 손을 뿌리쳤습니다.

"너 진짜 기파랑 맞아? 혹시 그사이에 귀신이 내 친구를 잡아먹고 둔갑해서 이상한 수작을 벌이려는 것 아냐? 에잇, 귀신이면 물러가라. 표창 맛을 보여줄까?"

동해미르가 횡설수설하며 달아나려 하자 기파랑이 자기 입을 막고 소리죽여 웃습니다.

"조용히 좀 해. 그렇게 큰 소리를 내면 멀리 있던 귀신들도 듣고 달려오겠다. 잠깐만 기다려 보라니까."

달아날까 말까, 망설이고 있는 사이에 다시 문이 닫히고 사방이 깜깜해졌습니다. 아무것도 안 보이는 상황이라는 생각이 들자 동해미르의 두려움은 더욱 커집니다. 등에는 식은땀이 흐르고 숨소리가 거칠어집니다.

"기파랑, 어디 있어?"

이렇게 무서운 때에 가장 믿음직한 건 역시 친구입니다. 누군가 동해미르의 손을 꼭 잡습니다. 기파랑입니다.

"여기야. 자, 나를 따라와 봐."

동해미르는 순순히 기파랑이 이끄는 대로 동굴 안쪽을 향해 걸었습니다. 뒤도 돌아보지 않고 걸으면서 기파랑이 묻습니다.

"이상하지 않아?"

"뭐가?"

"이제 입구가 완전히 막혀서 달빛도 없는데 희미하게나마 앞을 볼 수 있잖아."

듣고 보니 그렇습니다. 동해미르는 미처 의식하지 못했었지만, 넘어지거나 어딘가에 부딪히지 않고 이렇게 걸을 수 있는 것은 어딘가에서 빛이 흘러나와 사방을 비춰 주고 있다는 이야기입니다. 비록 매우 어둡긴 하지만 앞서서 걷는 기파랑의 뒷모습도 확실히 보이긴 보입니다.

"아까 나 혼자 들어가서 입구를 닫아봤을 때 알았어. 이 안쪽 벽은 막혀 있는 것 같지만, 이것 봐. 여기에서 이렇게 빛이 새어 나오고 있어."

기파랑이 가리킨 곳은 막혀 있다고만 생각했던 동굴의 벽이었습니다. 정말 벽 언저리에 노란 불빛이 어른어른 비칩니다.

"이건 벽이 아니야. 그냥 두꺼운 검은 색 천을 드리워 둔 거지만 어두운 동굴 안쪽이라서 감쪽같이 우리를 속일뻔했지. 빛이 새어 나오는 걸 못 봤다면 알아차리기 어려웠을 거야."

이렇게 말하며 기파랑이 검은 천을 들치고 안으로 쑥 들어가 버립니다. 조심해-라고 동해미르가 말리기도 전에 일어난 일입니다.

"아니, 쟤는 왜 저렇게 겁이 없지? 아무리 비밀을 알아낸 게 기분이 좋아도 귀신 소굴 안으로 들어가는 데 조금 더 신중해야 하는 거 아냐?"

동해미르가 툴툴거리며 기파랑의 뒤를 따릅니다. 기파랑은 왜 이렇게 꾸물거리느냐고 말하고 싶은 듯한 표정으로 동해미르가 빨리 뒤따라오기를 기다리고 있습니다. 그러든지 말든지 동해미르는 서두르지 않습니다. 아니, 서두르면 안 되기 때문에 일부러 천천히 움직이며 차분히 생각을 하려고 애씁니다. 이 어두운 동굴 안에서 어떤 일을 겪을지 모르기 때문입니다.

"이것 봐. 이 안쪽, 여기에도 조금 전처럼 두꺼운 천이 드리워져 있어."

기파랑은 귀신들의 비밀스러운 장소를 발견했다는 사실에 매우 흥분한 모양입니다. 또다시 혼자 앞서 들어가려는 기파랑을 동해미르가 잡았습니다.

"기파랑아. 먼저 천의 끝자락을 들쳐서 안쪽이 어떤지 살펴보고 난 후에 들어가자. 우리 둘 다 다치지 않는 게 가장 중요하다고 이야기했었잖아."

팔을 붙잡힌 기파랑은 이 말을 듣고 잠시 망설이다가 자신의 머리를 툭 치면서 멋쩍게 웃습니다.

"응, 그래. 동해미르 네 말이 맞다. 충고해 줘서 고마워. 귀신들의 소굴을 알았으니 한시라도 빨리 뒤쫓아가야 한다고만 생각했었어. 난 왜 이리 하나밖에 모를까."

동해미르는 미소를 지으며 기파랑의 등을 토닥여주는 것으로 대답을 대신합니다. 기파랑과 동해미르는 조심스럽게 천을 들치고 안쪽을 살펴보았습니다. 지금 자신들이 서 있는 곳과 그리 달라 보이지 않습니다. 아마 저 안으로 열 걸음쯤 걸어 들어가면 또 검은색 천 장막이 드리워져 있을 것입니다. 그다음 번 굴도 마찬가지였습니다. 이미 지나온 것과 같은 구조의 검은 천으로 막힌 곳을 네개 더 지나서 동굴의 훨씬 더 안쪽으로 들어가자 귓가에 이상한 소리가 들립니다.

"무슨 소리지? 이게? 아까부터 무슨 소리가 들릴락 말락 하더니 안으로 들어올수록 점점 커지네."

기파랑이 좀 더 잘 듣기 위해 손을 들어 귀에 가져갑니다.

"웡웡거리는 소리, 덜컹대는 소리, 와자지껄한 소리, 여러 가지 소리가 한데 섞여 있어. 이 장막 안쪽에서 들려오는데? 이 안쪽에 뭔가, 그것도 아주 많이 있어."

동해미르가 장막에 귀를 바짝 붙이고 듣다가 말해줍니다.

"좋았어. 이놈들의 소굴에 아주 가까워졌다는 증거겠지. 어디 어떤 꼴을 하며 숨어 지내고 있는지 한번 볼까?"

기파랑이 장막을 걷으려 하자 동해미르가 말립니다.

"기파랑 잠깐만."

"왜?"

"웃을지도 모르겠지만, 이 안쪽으로 계속 들어가면 지옥에 닿는 게 아닐까 하는 걱정이 들어서. 생각해 봐. 귀신들이 사는 땅속 깊은 곳이라면 지옥밖에 더 있겠어? 아무래도 우리는 지옥으로 이어지는 길에 서 있는 것 같아. 이렇게 자꾸 깊이 들어가도 되는 걸까?"

동해미르의 이 말에 기파랑이 재밌어서 어쩔 줄을 모릅니다.

"그렇게 웃지 마. 난 심각하단 말이야."

동해미르가 걱정 반, 짜증 반으로 얼굴을 찡그립니다.

"이건 사람이 만들어놓은 굴이야. 자 저걸 봐."

기파랑은 난데없이 천장을 가리킵니다.

"저기 굴을 버티고 있는 나무 기둥들이 보이지? 여기 양옆의 벽에도 이어져 있잖아. 누군가 일부러 이렇게 굴을 파면서 흙과 돌이 무너져 내리지 않게 하려고 버티어둔 거야. 어떤 사람이 판 굴인지, 귀신들이 어떻게 알고 이 굴 안으로 들어갔는지는 모르겠지만, 분명한 것은 이 동굴이 인위적으로 만들어진 거라는 거지."

아, 정말 그런 걸까? 동해미르는 두 가지를 감탄하며 동굴을 버티고 있는 굵은 나무 기둥들을 바라보았습니다. 하나는 자신이 나름대로 침착하게 행동하고 있었는데도 어둠과 긴장 때문에 미처 발견하지 못한 나무 기둥들을 단박에 알아챈 기파랑의 명석함과 대담함이었습니다. 또 하나는 이처럼 넓고 긴 굴을 사람이 판 것이라니 그 수고가 얼마나 컸을까 하는 마음이었습니다. 입구에서 이곳까지 아마 100보는 족히 넘을 거리였습니다. 수십 명이 매달렸다 하더라도 여러 달이 걸렸을 일입니다.

"그런데 어째서 귀신들이 사람이 만들어놓은 동굴을 본거지로 삼았을까? 또 이걸 만든 사람은 무슨 까닭에 이런 일을 해놓고서 내버려 두는 걸까?"

"아직 모르지. 하지만 궁금했던 것들 중 꽤 많은 걸 곧 알게 될 거야. 해답은 이 장막 너머에 있어."

이렇게 말하며 기파랑은 천천히 허리춤의 장군 검을 빼어 듭니다. 이제부터 지금까지보다 한 층 더 긴장하고 신경을 곤두세워야 할 것 같습니다. 언제 귀신들과 맞닥뜨려 육박전을 펼치게 될지도 모르니까요. 동해미르도 손에 익은 낡은 칼을 굳게 잡았습니다.

"준비됐지? 자 이제 장막을 걷어 올려 보자."

기파랑이 속삭이듯이 말하고서 아주 조심스레 장막의 귀퉁이를 살짝 올렸습니다. 이 너머는 꽤나 환한지 들쳐진 천의 사이로 노랗고 밝은 빛이 쏟아져 들어옵니다. 어떤 걸 보게 될까? 동해미르의 가슴은 두근거립니다. 너무 흉측하지 않기를. 너무 위험하지 않기를. 부디 귀신들을 무찌르고 무사히 돌아갈 수 있기를 바라면서 두 소년은 좁은 틈으로 동굴 안쪽을 들여다보았습니다. 계속 어두

199

운 곳에 있다가 갑자기 밝아지자 눈이 부셨지만 기파랑과 동해미르는 눈을 가늘게 뜨고서 똑똑히 보았습니다. 동굴 속의 놀라운 광경을….

"이럴 수가! 이 안에 이렇게 넓은 곳이 있었다니? 이건 마치 지하세계 같잖아."

동해미르가 놀라는 것도 무리가 아닙니다. 이제까지 두 소년이 지나온 길도 꽤나 넓고 큰 동굴이었지만 장막 너머의 굴에 비하면 바늘구멍 같다고 해도 될 정도입니다. 어른 키 스무 길은 족히 될 듯한 높은 천장, 웬만한 동네 하나는 충분히 들어갈 만큼 넓고 평평한 땅. 이렇게 넓고 큰 동굴은 들어본 적도 없습니다. 품일 화랑님과 낭도 이백 명이 모두 모여서 무술연습을 해도 넉넉할 것 같습니다. 세상에 이런 곳도 다 있습니다. 동굴이 얼마나 큰지, 수많은 횃불 덕에 환한데도 지금 기파랑과 동해미르가 있는 곳에서는 반대편 끝에 선 사람의 얼굴이 또렷이 보이지 않을 정도입니다. 횃불? 사람? 그렇습니다. 기파랑과 동해미르가 깜짝 놀란 것은 단지 동굴이 너무 크기 때문만은 아닙니다. 안에 마을이 꾸며져 있고 사람들이 살고 있었습니다. 그것도 한두 명이 아닌 백여 명이 넘는 많은 사람들이, 게다가 이 사람들이 그냥 보통 사람이 아닙니다.

"왜구들이다!"

깜짝 놀란 동해미르의 조그마한 외침처럼 동굴 안의 사람들은 하나같이 머리카락을 위로 향해 묶은 왜구들입니다. 보통 왜구들이 그렇듯이 이 사람들도 거의 벌거벗다시피 하고서 기저귀 같은 것만 두른 채, 알아듣지 못할 말을 떠들어대면서 돌아다니고 있습니다. 장막 이편에 기파랑과 동해미르가 숨어서 자신들을 엿보고 있다는 건 꿈에도 모르는 것 같습니다. 요소요소에는 횃불, 촛불이 피워져 볕이 들지 않는 동굴 안을 환히 밝히고 있습니다. 언제 그렇게 만들었는지 동굴 안에는 없는 게 없습니다. 여러 채의 집이 들어서 있고, 소의 힘으로 연자방아를 돌리는 대장간도 있습니다. 나무와 흙으로 만든 듯 보이는 널찍한 2층에서는 여러 왜구들이 칼과 창을 휘두르며 무술연습이 한창입니다.

"저기 봐. 마구간이야. 말을 기르고 있어."

기파랑이 손가락으로 가리킨 곳에는 수십 마리의 말을 풀어 키우는 넓은 울타리가 보입니다. 말들은 입에 마개를 하고 있어서 울음소리를 내지는 못하지만, 그것 외에는 자유롭게 울안을 뛰어다니기도 하고 걷기도 하면서 노닥이고 있었습니다. 살이 탄탄히 오르고 털에 윤기가 흐르는 좋은 말들입니다.

"저기 저 집은 식당인가 봐. 왜구들이 삼삼오오 둘러앉아서 밥을 먹고 있네. 무슨 반찬일까? 꽤 맛있게들 먹는데?"

동해미르는 배가 고픈지 침을 삼키며 유심히 왜구들의 밥 먹는 모습을 봅니다.

"그래! 인제 생각이 난다. 왜구들 말! 바로 저게 귀신들이 쓰는 말이야. 도대체 어디에서 저 말투를 들어봤기에 귀에 익은가 했더니."

기파랑이 이제야 알았다는 듯 자기 무릎을 칩니다.

"왜구의 말이 귀신들의 말이라고? 왜구의 말을 네가 언제 들어

봤어?"

"작년에 노략질을 하려고 몰래 숨어들었다가 군사들에게 잡혔던 왜구 기억나? 그 왜구가 살려달라는 시늉을 하면서 빌어댈 때 들었던 기억이 나. 관청 담 위에 올라가서 함께 구경했었잖아?"

동해미르는 기억이 가물가물한지 고개를 갸웃거립니다.

"구경했던 건 기억나긴 해. 그런데 어째서 귀신들이 일본말을 하는 거지? 왜구들의 죽은 넋이 귀신이 된 건가?"

"그 이유도 알 것 같아. 저쪽 벽을 봐. 저기 지금 칼 든 왜구가 지나가는 곳. 벽에 죽 걸린 옷이랑 가면들 보여?"

"응. 귀신들이 입고 있던 옷이잖아? 저 가면은 귀신의 얼굴이고. 저게 대체?"

잠시 말을 않고 곰곰이 생각하던 동해미르가 도와줘- 하는 표정으로 기파랑을 봅니다. 뭐가 뭔지 잘 모르겠다는 눈치입니다. 기파랑이 설명을 해주었습니다.

"이 왜구들이 저걸로 변장을 하고 나타나 귀신 흉내를 냈던 거야. 고얀 놈들!"

"어째서 그런 짓을 하지? 어린아이도 아니고 귀신 장난을 쳐서 저희들에게 어떤 이득이 있다고?"

이 질문엔 기파랑도 선뜻 대답을 못 합니다.

"글쎄 그건 나도 잘 모르겠네. 어쨌든 귀신이 아니었어. 모두들 왜구들의 농간에 놀아났던 거야. 어쩐지 귀신이라고 하기엔 수상한 점이 많았어. 땅이 푹푹 파이도록 발자국을 남기는 귀신이라니."

"이제 이 귀신 소동의 배후에 왜구들이 있다는 걸 알았으니 어떻게 할 거야? 적이 너무 많아. 우리 둘이서만 상대하기는 어려울 것 같아."

동해미르의 말이 맞습니다. 백여 명의 왜구를 무찌르기에는 아직 두 소년의 무예가 부족합니다. 많은 수의 군사들을 불러와야 할 것 같습니다. 떼를 지어 귀신이 나타났을 때에는 그 기괴함에 놀라고 겁을 먹은 바람에 별로 믿음직한 모습을 보이지 못한 서라벌의 장수와 군사들이지만, 사람이 상대라면 이야기가 다릅니다. 왜구가 나타났다-고 한마디만 하면 득달같이 달려와 전부 사로잡을 수 있습니다.

"그래, 내 생각에도 이건 군사가 나서야 할 일 같아. 서라벌을 지키는 대당군에게 알리자."

"아뿔싸!"

동해미르가 안타까운 탄식을 합니다.

"왜 그래, 동해미르?"

"용춘 장군님과 대당군은 며칠 전에 임금님의 행차를 호위하고 떠났잖아. 지금 본당을 지키는 군사는 그리 많지 않아."

"맞다. 그렇구나. 에이, 그래도 이 정도 수의 왜구 정도는 능히 압도할 수 있을 거야. 남아 있는 군사가 최소한 삼백 명은 넘을 텐데."

"하긴, 여차하면 우리도 나서서 도우면 되지. 기파랑, 우리가 큰 공을 세우게 된 것 같아."

동해미르는 벌써 왜구를 전부 무찌르고 승리를 거둔 얼굴입니다.

"어서 가서 군사들에게 이 사실을 알리자. 안민사 턱밑에 이렇게 많은 왜구가 숨어 있을 줄 누가 상상이나 했겠어?"

기파랑과 동해미르는 장막을 원래대로 덮어두고 살금살금 동굴을 빠져나왔습니다. 어둠에 익숙하지 않아서 몇 번인가 동해미르가 비틀거렸지만 그때마다 기파랑이 부축을 잘해줘서 넘어지진 않았습니다.

"조심해. 큰 소리를 내면 왜구들이 눈치챌 수도 있어."

입구에서 안쪽의 손잡이를 올리고 스르륵 열리는 비밀의 문을 통과하여 밖으로 나오자, 언제부터 그랬는지 후두둑대며 소나기가 내리고 있습니다. 아까부터 짙은 구름이 오가더니 이렇게 비가 오려고 그랬던가 봅니다.

"이거 쉽게 그칠 것 같지 않은데, 어쨌든 빨리 관가에 가서 고해야지. 내가 축지법을 쓸까? 그럼 훨씬 빨리 닿을 수 있을 거야."

"아니야, 혹시 이따가 전투에 참여해야 할지도 모르니까 기력을 아껴두자. 너나 나나 아직은 특별한 재주를 쓰고 나면 꽤나 기진맥진해 버리니까."

기파랑의 말이 옳습니다. 비록 축지법은 자용섬과 달리 매우 큰 기력을 소모하는 것은 아니라고 해도, 하루에 세 번 이상 쓸 수 없을 만큼 힘든 기술이기도 합니다. 수련이 부족해서 그렇겠지요.

"안민사까지는 달려서 가고 그다음에 말을 불러 타고 달리자. 흰 바람과 천둥이라면 대당본영까지 금방이야. 왜구들은 아직 저희들의 기지가 들킨 걸 모르니까 달아날 염려도 없어."

기파랑의 계획을 따르기로 하고 두 소년은 바람처럼 비호처럼 빗속을 달립니다. 절벽의 가파르고 꼬불꼬불한 산길에서도 조금도 머뭇대지 않고 가볍게, 빠르게 뛰어오르는 기파랑과 동해미르의 모습이 정말 믿음직해 보입니다. 두 소년은 순식간에 안민사까지 닿았습니다.

14.
가슴 아픈 반전

안민사 앞마당에서 말들을 부르기 위해 막 휘파람을 불려다가, 저편에서 어슬렁대며 걸어오는 커다란 그림자를 보았을 때 기파랑과 동해미르가 얼마나 깜짝 놀랐는가는 따로 설명할 필요도 없을 겁니다. 아무도 없을 거라 생각했던 곳에서 사람을 만났으니 말입니다. 동굴 속의 왜구들 때문에 가뜩이나 긴장해 있던 두 소년의 가슴은 빠르게 방망이질 쳤습니다.

"엎드려. 저기 사람 그림자가 있어."

기파랑이 먼저 보고 동해미르를 잡아당깁니다.

"엇, 진짜네. 왜구 중 하나일까?"

동해미르가 납작 몸을 숙이며 속삭입니다.

"모르겠어. 그렇지만 모르는 사람일 때에는 일단 왜구로 간주해야 할 것 같아. 미안하지만 잠시 기절을 시켜놓는 수밖에 없어. 저 사람이 볼 일을 다 보고 사라질 때까지 기다려 줄 시간이 없으니까."

"하긴, 낯선 사람이면 경계해야 하는 상황이긴 하지. 그렇지만…."

그렇지만 너무 세게 때리지는 마, 라고 동해미르가 말을 하려는 순간 기파랑이 벼락같이 몸을 날려 검은 그림자에게 다가갑니다. 이쯤 되면 동해미르가 할 일이라곤 부디 저 사람의 부상이 머리에 큰 혹 하나 나는 것 정도로 그치기를 바라는 것뿐입니다. 동해미르의 이런 마음도 모르는 기파랑은 풀쩍 날아 사람 그림자를 향해 주먹을 내리꽂으려 하고 있습니다. 어이쿠, 저런 기세의 주먹에 맞으면 저 사람, 꼬박 사흘은 누워 있어야 할 것 같습니다. 멋모르고 서 있는 저 사람이 조금 불쌍합니다. 그런데 뒷모습이 그리 낯설지가 않습니다. 어째서일까요?

"정대 형?"

주먹이 뒤통수에 닿기 직전 기파랑이 황급히 팔을 거두며 깜짝 놀라 소리를 지릅니다.

"기파랑? 기파랑이냐?"

한 대 호되게 맞을뻔한 사람도 깜짝 놀라 뒤를 돌아보며 큰 소리를 냅니다.

"아이쿠 깜짝이야! 아니 너 이곳에 웬일이야? 안 오기로 했잖아?"

뭐야, 정대 형이잖아- 동해미르도 그제야 마음을 놓고 일어나, 어지간히 놀랐는지 아직도 상기된 표정의 정대에게 다가가며 손을

가슴 아픈 반전

흔듭니다.

"이런, 동해미르도 와 있었니? 하긴 기파랑이 있는 데에 동해미르가 없으면 그게 이상한 거지. 그렇지만 너희들 나랑 약속했었잖아! 귀신을 잡겠다고 함부로 나서지 않기로 말이야. 아주 단단히 준비를 하고 나서셨구먼, 등에 활 멘 것 좀 봐. 하여간 말도 어지간히 안 듣는다니까."

기파랑은 계면쩍은지 뒤통수를 긁적입니다. 여러 사람을 위한 일이었다고는 해도 정대 형과 한 약속을 어긴 것은 사실입니다.

"우리가 귀신을 잡으러 온 건 이미 들켜버렸으니까 그렇다 치고, 형이야말로 무슨 볼일이 있어서 오밤중에 여기에 왔어요? 바로 어젯밤에 그 죽을 고비를 넘기고도 뭣 하러 이 흉흉한 곳엘 또 와요?"

동해미르가 답답하다는 듯 묻습니다. 그냥 안전한 곳에서 쉬면서 치료나 받고 그러면 좋을 텐데, 정대 형도 어지간히 자기 몸 돌볼 줄 모릅니다.

"그, 그게 말하자면 좀 창피한데…"

"어휴, 창피할 짓을 왜 해요? 말 해봐요, 왜 왔는지."

이제 입장이 바뀌어 나무라는 건 동해미르 쪽입니다. 기파랑은 잘 됐다 싶어서 몰래 안도의 한숨을 쉬었습니다. 고지식한 정대 형이 노발대발하며 인연을 끊자고 할까 봐서 은근히 겁이 났던 차였습니다.

"그래도 어쩔 수 없었어, 어젯밤 난리 통에 그만 전대를 잃어버린 걸 조금 전에야 알았거든. 그게 없어지면 며칠 동안 장사한 게 다 허사가 돼버리는 거잖아. 그래서 무서운 걸 무릅쓰고 이렇게 나온 거야. 혹시 이 근처 어디에 아직 그대로 있나 싶어서."

"돈을 잃어버렸어요? 얼마나요?"

동해미르의 말투는 금방 동정이 가득한 것으로 바뀝니다.

"뭐, 사실 많은 돈은 아니야. 은 열 냥쯤? 부자들이 보기엔 하룻저녁 술값도 못 치를 푼돈일지 몰라도, 나한테는⋯ 너도 알다시피⋯."

정대가 쭈뼛거리며 말을 다 마치기도 전에 동해미르가 호통을 칩니다.

"내 이럴 줄 알았어! 아니, 겨우 은 열 냥을 찾으려고 이 깜깜한 밤에 여길 와요? 경비 보던 군사들도 다 도망가 버린 데를? 게다가 비도 이렇게 퍼붓는데! 형 목숨이 은 열 냥 값어치밖에 안 돼요? 그렇지 않잖아요."

정대는 무안해서 쩔쩔매며 동해미르의 손을 잡고 상황을 무마하려고 합니다. 그러거나 말거나 동해미르는 감정을 못 이겨 씩씩거립니다. 기파랑은 동해미르가 왜 저렇게 화가 난 건지 잘 압니다. 자신이 좋아하는 정대 형이 겨우 은전 몇 개 때문에 위험한 일을 하는 게 안타깝고 속이 상한 겁니다.

"동해미르야. 그쯤하고 이제 빨리 가자. 서둘러야지."

기파랑이 흥분한 동해미르를 달래면서 중요한 할 일이 남아 있다는 점을 상기시킵니다.

"그래, 알았어."

마음을 가라앉힌 동해미르가 정대의 손을 잡아끕니다.

"형도 함께 가요. 제 말을 같이 타시고 가면 될 거예요. 대당군 본영에 내려드릴게요."

영문을 모르는 정대는 무슨 말을 하느냐는 표정입니다.

"대당군 본영이라니 무슨 소리야. 우리 집은 바로 저 아래인데. 그리고 너희들은 거기에 왜 가려고?"

"그런 태평한 소리 할 때가 아니에요. 한시바삐 여기서 벗어나야 해요."

움직이지 않으려는 정대를 억지로 당기면서 동해미르와 기파랑이 상황을 설명해 줍니다.

"지금 이 절벽 아래에 거대한 왜구 소굴이 있어요. 기저귀만 찬 왜구들이 바글바글해요. 백 명은 족히 넘을 거예요."

"왜구라고? 지금 왜구라고 했어?"

정대는 우뚝 멈춰 서서 도저히 못 믿겠다는 듯 재차 묻습니다.

"귀신이 아니고?"

"그 음흉한 놈들이 귀신 흉내를 내서 사람들을 감쪽같이 속였던 거예요. 그렇지만 나와 기파랑의 날카로운 눈을 피하진 못했어요. 끝까지 쫓아가서 진실을 알아냈죠."

동해미르는 굉장히 뿌듯한 얼굴로 은밀히 속삭입니다. 정대는 이해가 안 간다는 표정입니다.

"진실이라니, 그게 뭐야? 끝까지 쫓아갔다는 건 또 뭐고? 왜구들과 일전이라도 벌였다는 이야기야? 아, 답답해! 너희들만 알고 있지 말고 나에게도 자세히 설명을 해줘. 왜구들이 배후에 있다면 이거 보통 일이 아니잖아!"

어쩔까, 이러고 있을 시간이 없는데- 기파랑과 동해미르는 잠시 머뭇거리다가 간단하게나마 정대에게 오늘 밤, 둘이 보고 들은 것들을 설명해 주었습니다. 상황을 정확하게 알아야 저 고집쟁이 정대 형이 순순히 이곳을 피할 것 같아서요. 귀신을 잡으러 나선 일, 귀신 떼를 만나 나무 위에 숨었던 일, 그들의 뒤를 따라가 비밀의 입구를 발견한 일, 동굴 안에 거대한 왜구들의 소굴이 있는 일 등을 다 듣고 난 정대의 얼굴은 하얗게 질려 있었습니다.

"그, 그럴 수가…."

"형, 괜찮아요? 안색이 좋질 않아요. 그렇게 무서워 할 것 없어요."

동해미르가 정대를 걱정합니다.

"아니, 난…, 무서운 게 아니라, 화가 난다고 하는 게 맞을 거야. 내 눈앞에서 경비대장의 목숨을 빼앗고, 날 죽을 만큼 괴롭혔던 게 왜구들이었다니…. 절대 용서 못 할 것 같아. 아무것도 몰랐을 때에는 상대가 귀신이니만큼 어쩔 수 없다고 체념하고 있었는데, 이젠 나도 뭔가 복수를 하고 싶어"

정대는 두 주먹을 불끈 쥐고 부르르 떱니다.

"형 마음은 잘 알 것 같아요. 이번 귀신 소동 때에 가장 큰 피해를 입은 사람 중 하나가 바로 정대 형이니까요. 그렇지만 형은 빨리 이곳에서 피해야 해요. 우리가 가서 대당군 군사들을 몰고 오면 큰 전투가 벌어질 테니까요. 이제부터는 낭도들과 군사에게 맡기세요."

기파랑의 말투가 의젓합니다.

"그래요, 형! 나중에 왜구들을 다 사로잡은 다음에, 함께 느긋하게 구경이나 하러 가자고요. 대체 어떻게 생긴 놈들이 우리 정대 형을 괴롭혔었는지."

동해미르가 정대의 허벅지를 툭 치며 쾌활하게 미소를 짓습니다. 정대는 그제야 안정을 되찾고 평소의 얼굴로 돌아가 동해미르의 머리를 쓰다듬어 줍니다.

"그래, 그렇게 되면 좋겠다. 그런데 얘들아, 나도 이번 일에서 뭔가 도움이 되는 역할을 맡고 싶어. 내 계획을 한번 들어봐 줘."

정대의 계획이란 이런 것이었습니다. - 기파랑과 동해미르가 말을 달려 서라벌에 있는 대당군 본영으로 갔다가 자초지종을 설명해서 군사들을 이끌고 다시 돌아오는 시간 동안에 왜구들이 모두다 얌전히 그 굴속에서 기다려준다는 보장은 없다. 아까도 이십여 명의 왜구가 귀신 분장을 하고서 안민사 위로 올라왔었다고 하니, 언제 또 몇 명의 왜구가 밖으로 나와 돌아다닐는지 모른다. 그런데 만약 이럴 때에 동굴에서 전투가 벌어진다면 밖에 나온 왜구들은 또 어디로 숨어버릴지 알 수 없다. 그러니 그 동굴의 위치를 알려주면 정대 자신이 멀리서 망을 보고 있다가 기파랑과 동해미르가 다녀오는 동안에 몇 명이나 바깥으로 나갔는지, 어느 방향으로 갔는지를 기록해 두겠다. - 정대의 이야기를 다 듣고 난 기파랑과 동해미르는 그 계획에 일리가 있다고 생각했습니다. 이십여 명의 왜구만 민가에 몰래 숨어들어도 큰 난리가 날 것은 불 보듯 뻔한 일이었습니다. 또 기파랑과 동해미르는 왜구들이 총 몇 명이나 되는지 모르기 때문에 동굴 속에 있던 놈들을 모조리 잡는다고 해도 한동안 완전히 안심할 수 없기도 합니다. 누군가가 남아 놈들의 동태를 살피는 것은 좋은 일이었지만, 우려되는 바는 정대가 혼자서 망을 보는 게 위험하지 않을까 하는 점이었습니다.

"형 말이 옳긴 한데요. 솔직히 걱정이 되네요. 혹시나 형이 다치거나 하면 안 되니까요."

기파랑이 결정을 못 내리고 눈을 깜빡입니다. 망설여지는 건 동해미르도 매한가지인지 턱을 싸매 쥐고 깊은 생각에 잠겨 있습니다. 그러나 정대의 의지는 확고한 모양입니다.

"아니야, 그렇게 위험할 것 없다고 보는데. 몇십 보 밖에 몰래 숨어 있기만 할 건데 뭐. 누가 그 흉악한 놈들이랑 맞닥뜨린다고 했나? 자 이렇게 머뭇거릴 시간이 없잖아. 빨리 동굴 입구가 어딘지나 일러줘."

"그래, 기파랑. 정대 형에게도 공을 세울 기회를 주자. 혹시 알아? 이번 일로 정대 형에게 큰 상이 내려질지? 포상금을 받게 되면 가난에서 벗어날 수 있잖아. 그리고 무엇보다도 정대 형에게는 왜구들에게 갚아줘야 할 빚이 있으니까."

"동해미르 말대로 경비대장의 원수를 갚고 싶어. 돕게 해줘."

기파랑의 생각에도 정대 형이 도와준다면 좀 더 완벽하게 일을 처리할 수 있을 것 같았습니다. 위험하지만 않다면….

'하긴 멀리에 숨어서 지켜보기만 하는 건데, 게다가 이렇게 비가 세차게 쏟아지고 있으니 왜구들도 정대 형을 찾아내기란 쉽지 않을 거야. 진짜 귀신도 아니니까….'

잠시 생각하던 기파랑이 드디어 결심을 하고 고개를 끄덕입니다.

"그렇게 하세요. 형이 도와주시면 왜구들을 일망타진하는 데에 큰 도움이 될 거예요. 대신 반드시 몸조심한다고 약속해요. 형은 감시만 하는 거예요.”

정대는 알았다며 고개를 끄덕거립니다. 그렇게 해서 세 사람은 빗속을 뚫고 다시 절벽 아래로 내려갔습니다. 소나기는 점점 더 거세지고 있습니다. 멀리서 꾸르릉대며 천둥소리까지 들리는 걸 보니 앞으로도 한참 더 퍼부을 참인가 봅니다.

“저기예요. 저 소나무 세 그루가 삐죽 나와 있는 큰 바위 있죠? 그게 왜구들 소굴이에요.”

동해미르가 정대에게 찰싹 달라붙어 손가락으로 동굴의 입구를 가리켜줍니다. 정대는 의아한 얼굴로 기파랑을 돌아봅니다.

“저기가? 내 눈엔 그냥 평범한 바위로 보이는데?”

기파랑은 그럴 거예요- 하는 얼굴로 씩 웃어주었습니다. 동해미르가 자랑스럽게 가슴을 쑥 내밀며 설명을 해줍니다.

“우연이긴 했지만, 내가 알아냈어요. 이리 와봐요. 여기 이 가지를 잡아당기니까 스르륵 문이 열리더라고요. 아, 괜찮으니까 따라와 봐요.”

동해미르는 정대를 끌고 바위 바로 앞에까지 다가가 자신의 공을 뽐냅니다. 기파랑은 시간이 아쉬웠지만, 동해미르가 어리광부리는 것을 그냥 내버려 두었습니다. 기파랑 자신과 스승님 외에 동해미르가 저렇게까지 마음에 들어 하는 사람이 이제껏 없었기 때문이었습니다.

“오, 정말 감쪽같은데 용케 찾아냈네.”

정대는 입구를 유심히 살펴봅니다.

"그렇죠. 내가 장난삼아 이 가지에 매달려 보지 않았더라면 결코 알 수 없었을 거예요."

동해미르는 등 뒤에 선 정대에게 멋지게 보이려고 어깨를 쩍 벌린 후, 허리춤을 잡고 잘난 척을 합니다. 정대가 바짝 다가오는 기척이 느껴집니다. 머리라도 쓸어주려는 것이겠지요. 정대의 커다란 왼손이 동해미르의 어깨를 꼭 잡습니다.

"그러게. 근데 모르는 편이 더 좋았을 거야. 그랬더라면 이렇게까지 하지 않아도 됐을걸."

동해미르는 그게 무슨 말인가 싶어 정대의 얼굴을 보려고 고개를 돌리려 했습니다. 그때 무언가 차갑고 섬뜩한 것이 목덜미에 닿는 느낌이 듭니다. 그리고 어깨를 잡고 있는 정대의 왼손이 쇳덩이처럼 묵직하게 동해미르를 짓누릅니다. 정대는 날카로운 단도를 동해미르의 목에 바짝 겨누고 있었습니다. 비를 맞아 이미 차가워진 몸이지만 단도 날에서 뿜어져 나오는 냉기가 워낙 싸늘하게 느껴져서 동해미르는 소름이 쫙 끼쳤습니다.

꽈르릉!

번개가 번쩍이고 거기에 반사된 칼날이 선명하게 빛납니다.

"아야야, 아파요. 에그, 무슨 장난을 이렇게 해요. 이러다가 다치겠어요."

동해미르는 어깨가 아파서 짜증스런 목소리를 냅니다. 몇 발짝 떨어진 곳에서 이를 지켜본 기파랑은 깜짝 놀라 두 사람의 곁으로 뛰어갑니다.

"동해미르! 괜찮아?"

"움직이지 마! 기파랑, 넌 그 자리에 서 있어! 내가 시키는 대로 하면 너희 둘 다 다치지 않아도 돼."

이제껏 알고 있던 정대가 아닙니다. 잔인하고 냉혹한 사람이라는 것이 말투에서 고스란히 드러납니다. 기세에 눌린 기파랑은 시키는 대로 가만 서 있을 수밖에 없었습니다. 정대는 동해미르를 어쩌려고 저러는 걸까요. 기파랑은 도무지 이해가 되질 않습니다. 다만 분명한 것은 지금 동해미르의 목숨이 정대의 손안에 든 상태라는 것이었습니다.

"정대 형, 도대체 왜 이러는데요? 이제 그만 놔줘요, 네?"

동해미르가 사정을 해봐도 소용이 없습니다. 오히려 정대는 어깨를 움켜쥔 손에 더 힘을 줘서 아픔을 느낀 동해미르가 신음소리를 내게 만듭니다.

"잠자코 시키는 대로 하라고 했지! 말을 하지 말란 이야기야!"

하는 수 없이 동해미르는 입을 꾹 다뭅니다. 정대는 기파랑에게 지시를 내립니다.

"자, 넌 어서 그 문을 열어. 달아나거나 허튼수작을 할 생각일랑은 아예 말고!"

기파랑은 순순히 가지를 당겨서 입구를 열었습니다. 영문을 알수 없지만 위험해졌다는 것은 분명해 보입니다. 아마 이대로 왜구들의 소굴까지 들어가게 될 것 같습니다. 아, 정대 형을 데리고 이곳까지 오는 게 아닌데- 후회가 가슴을 때립니다. 어떻게든 달아날 방법을 생각해 내야만 합니다. 이대로 끌려들어 간다면 살아남기 어려울 겁니다. 고민하고 있는 사이에 문이 완전히 열렸습니다.

"앞장서서 들어가. 이미 한번 들어가 보았다고 하니까 따로 설명할 필요 없겠지. 천천히 계속 걷는 거야. 내가 멈추라고 할 때까지."

동해미르를 꼭 붙든 정대에게선 도무지 놔줄 기미가 보이지 않습니다. 기파랑은 천천히 동굴 안으로 걸어 들어갑니다. 그때 기파랑의 머릿속에 한 가지 묘책이 떠올랐습니다. 정대가 장막을 젖힐 때 그때가 공격할 만한 기회일 겁니다. 앞서가는 척하다가 장막 뒤에 숨어서 달려들면….

"손잡이에 돌이나 뭐 그런 걸 고여둬. 그리고 장막을 지나갈 때엔 완전히 걷어서 한쪽으로 치워라. 내가 뒤쪽에서 네 모습을 똑똑히 볼 수 있게!"

기파랑의 마음속을 환히 읽는 듯한 정대입니다. 이렇게 되면 순순히 시키는 대로 할 수밖에 없습니다. 세 사람은 묵묵히 동굴 안으로 들어섰습니다. 기파랑이 댓 발짝 앞서 걷고 있고 정대는 여전히 동해미르의 목에 칼을 바짝 겨누고 있습니다. 이제 마지막 장막 앞에 섰습니다. 이 건너는 왜구들의 소굴입니다.

하아- 기파랑은 짧게 한숨을 쉬고 나서 장막을 홱 걷어 올렸습니다. 안쪽에서 오가던 왜구들이 난데없이 등장한 불청객들을 보고 깜짝 놀라 이쪽으로 뛰어옵니다.

"기파랑, 이제 거기에 서서 꼼짝도 하지 마."

정대가 명령을 내렸습니다. 그리고 곧바로 왜구의 말도 내뱉습니다.

"고노 바까야로! 게비모 데끼나이노까?"

설마 하던 동해미르는 정대의 입에서 일본 말이 나오는 순간 온 몸의 힘이 다 빠져나가는 것 같았습니다.

'아! 나는 그동안 왜구들의 밀정을 형이라 여기고 따르고 있었 구나.'

후회와 분노가 한꺼번에 밀려와서 몸을 추스르기가 어렵습니다. 눈앞이 빙글빙글 도는 듯하고 구역질이 납니다. 정대는 왜구들 중에서도 꽤 높은 위치에 있는 게 분명했습니다. 기파랑을 잡으려고 달려오던 왜구들은 정대를 보자 깍듯이 고개를 숙이며 예의를 갖춥니다. 그리고 다른 동료들에게도 이쪽으로 오라고 신호를 보냅니다. 한꺼번에 백여 명의 왜구들이 동굴 입구에 모여듭니다. 몇 놈이 몸수색을 하여 두 소년의 활과 칼도 빼앗아 가버렸습니다. 놀라운 것은 그중 몇 명은 정대처럼 안민사 앞에서 장사를 하던 사람들이라는 점입니다. 고운 무지개떡을 팔던 떡장수, 술이 맛있다고 소문나서 늘 손님이 끊이지 않던 술집 주인, 그럴듯한 가짜 칼과 활을 팔던 장난감 가게 아저씨까지…, 이제 보니 한눈에 왜구란 걸 알겠는데 왜 이전엔 몰랐는지 기파랑은 자신의 어리석음이 원망스럽고, 왜구들의 치밀한 준비에 이가 갈립니다.

"아니, 이게 누구야. 활쏘기 대장 기파랑이랑 동해미르 아니야? 장군님, 이 녀석들은 왜 잡아 오신 겁니까?"

떡장수가 빙글빙글 웃으며 묻습니다. 장군…, 정대는 왜구들의 장군인가 봅니다.

"바보 녀석들, 오늘 귀신 분장을 하고서 순찰을 나갔던 건 누구의 부대냐?"

정대가 호통을 칩니다.

"아마 카즈히로의 부대인 것으로 알고 있습니다. 무엇이 잘못됐습니까?"

야단을 맞은 떡장수가 기가 질린 표정으로 대답을 합니다.

"그 멍청이들은 이 두 어린애가 자신들의 뒤를 밟는 것도 눈치 채지 못했단 말이다. 만약 이 아이들이 우연히 나와 만나지 않았더라면 지금쯤 군사들이 이곳에 들이닥쳤을 것이다!"

이 말을 들은 떡장수와 술집 주인은 깜짝 놀라 어쩔 줄을 모릅니다.

"저런, 저희는 그런 일이 있는 줄은 정말 꿈에도 몰랐습니다. 카즈히로는 저희가 단단히 혼을 내겠습니다. 부디 용서를 해주십시오. 장군님!"

그리고는 납작 엎드려 두 손을 모아 싹싹 빕니다. 정대는 한심하다는 듯 혀를 끌끌 찼습니다.

"언제나 그렇게 비는 것만 잘하지. 멍청한 놈들! 그만 일어나서 기파랑을 묶어둬라."

"옛!"

부하들은 빨딱 일어나서 밧줄을 가져다가, 잽싸게 기파랑을 포박합니다. 동해미르가 저렇게 꽉 잡혀 있으니 반항도 할 수 없습니다. 기파랑은 얌전히 왜구들이 하는 대로 내버려 두었습니다. 왜구들은 어른 손가락보다도 굵은 튼튼한 새끼줄로 기파랑을 꽁꽁 묶었습니다. 얼마나 세게 조여대는지 팔이 저릴 지경입니다. 기파랑은 아프지만 이를 꾹 물고 참았습니다. 왜구들 앞에서 앓는 소리를 내고 싶지가 않습니다. 기파랑이 눈살을 찌푸린 걸 알아챈 정대가 한마디 합니다.

"이해해라. 그렇게까지 하지 않으면 안심이 안 돼서 그러는 것뿐이니까. 다 네 무술실력이 뛰어난 탓이다. 뭐, 며칠만 참으면 돼."

기파랑은 대답하지 않았습니다. 다만 정대의 얼굴을 매섭게 쏘아 볼 뿐입니다. 두 다리마저 겨우 걷는 정도만 가능하게 묶어놓아서 이제 달아나지도 못합니다.

"휴우, 하여튼 이제야 한숨 돌리겠다. 요 녀석들! 하여튼 보통 재주가 아니라니까. 너희들이 군사를 부르러 간다고 했을 때에는 얼마나 놀랐는지 숨 쉬는 걸 잊어먹을 뻔했다. 하하하!"

정대는 호탕하게 웃더니 동해미르를 잡고 있던 손을 놓습니다. 겨누고 있던 칼도 거두고 동해미르의 머리를 쓸어주기까지 합니다. 동해미르는 그 웃음소리가 거슬려서 견딜 수가 없습니다.

"장군님! 그 통통한 녀석도 묶어둘까요?"

떡장수가 밧줄을 들고 다가오자 정대가 손을 내젓습니다.

"그럴 거 없다. 기파랑 저 녀석이야 하도 잘 갈아놓은 칼 같아서 저렇게 해둘 필요가 있지만, 동해미르는 그저 어린애일 뿐이야."

"하지만 달아나려고 한다면 귀찮지 않을까요?"

떡장수가 이렇게 말하자 정대가 매섭게 쏘아 봅니다.

"두 번 말하게 하지 마라! 그리고 이 아이는 절대 혼자서 달아나지 않아. 친구가 묶여있는데 그걸 모른체하고 도망갈 수 있는 애가 아니다."

"예! 알겠습니다."

정대의 사나운 눈빛 하나만으로도 부하들은 벌벌 떱니다. 왜구들 사이에서는 꽤나 엄한 장수인가 봅니다. 하지만 그런 정대도 동해미르의 실력을 잘못 파악하고 있었습니다.

'이 사람은 아직 내가 풍백님께 얼마나 많은 것을 배웠는지 모르고 있다!'

아직 기회가 있다는 생각이 들자, 동해미르는 마음을 다잡을 수가 있었습니다. 틈을 노려 어떻게든 여기에서 달아날 겁니다. 물론 기파랑과 함께!

"자, 얘들아. 안으로 들어가 구경이나 하자. 이왕 이렇게 된 건데 아무것도 않고 멍하니 서 있기만 할 건 없잖아. 물기도 좀 말리는 게 좋겠고…, 무슨 비가 이렇게 쏟아지지?"

이제 완전히 느긋해진 정대는 동해미르와 상체가 꽁꽁 묶인 기파랑의 어깨를 양손으로 하나씩 끌어안고 천천히 걷습니다. 그 친근한 모습과 말투가 이전과 전혀 다름없는 것이 오히려 소름 끼치는 일이었습니다.

"우리가 왜 이런 땅속에서 숨어 지내고 있는지 궁금하지 않은가? 짐작이 되니?"

그건 사실 기파랑과 동해미르도 알고 싶어 하던 바였습니다. 동해미르가 약간 무뚝뚝한 어조로 순순히 대답합니다.

"알고 싶어요. 왜 여기에 살림을 차렸는지, 어떻게 해서 이런 비밀기지를 몰래 꾸몄는지."

"음, 그걸 설명하려면 2년 전으로 거슬러 올라갈 필요가 있어.

아마 너희들도 기억하고 있을 거야. 재작년에 삼백 명이 넘는 우리 일본 군사들이 배를 타고 신라에 쳐들어 왔다가 불과 한나절도 못 되어 모조리 죽거나 붙잡히는 수모를 당한 사실을…. 알아? 아는 이야기니?"

정대는 과거의 일을 회상하는 듯, 눈을 가늘게 뜨고 천장을 보며 말을 합니다. 그 일이라면 기파랑과 정대도 잘 알고 있습니다. 아니, 신라의 화랑과 낭도들이라면 누구나 그 일을 자랑스럽게 배우고 기억하고 있습니다. 일당백의 신라 군사들이 얼마나 용맹하고 멋지게 왜구들을 무찔렀는가 하는 사실을요.

"우리는 그때, 치욕스러운 패배를 당하고 전 병력이 전멸하다시피 했지만, 그래도 배운 게 하나 있었지. 배를 타고 온 보병이 신라의 기병과 싸움을 벌여서는 안 된다는 걸 말이야."

흥! 기파랑은 고소하다 싶었습니다. 당연하지, 신라의 군사는 천하제일인걸.

"그건 일본의 병사가 약하다거나 신라의 병사가 강하다거나 하는 그런 문제가 아니었어. 우리가 싸움에 진 이유는 단 한 가지! 바로 이것 때문이었다."

이렇게 말하며 정대는 말들을 풀어두고 기르는 울타리 앞에 멈춰 섰습니다. 정대를 알아본 것인지 검은 말 한 마리가 다가와 그 손을 핥으려 합니다.

"상상해 봐. 꼬박 하루 동안 배를 저어가며 이곳까지 온 우리 군사들이 다시 너희가 사는 마을까지 뛰어가려면 얼마나 힘이 들었겠는가를!"

'정신 나간 놈들! 그렇게 힘들 짓을 뭣 하러 해! 남의 나라에 노략질하러 쳐들어올 힘이 있으면 열심히 밭 갈고 씨 뿌려서 농사를 지을 일이지! 죽어도 싼 놈들!'

기파랑은 이렇게 생각하고 있었지만, 굳이 입 밖에 내지는 않았습니다. 정대의 기분을 상하게 해서 자신들에게 별로 이득이 될 게 없었기 때문입니다. 그런 기파랑의 마음을 아는지 모르는지 정대는 말을 천천히 쓰다듬으며 계속 이야기를 이어갑니다.

"그에 비해 너희 신라의 기병들은 말을 타고 우리들의 뒤를 쫓았어. 일본의 군사들은 뛰는 것만으로도 숨이 차서 쓰러질 지경이었지. 결국 말을 타고 있느냐 두 다리로 서 있느냐의 차이가 두 나라의 전력 차이였던 거야. 달리는 말 위에서 날리는 화살에 픽픽 쓰러지는 우리 군사들을 보면서 결국 우리 일본은 신라와 싸우는 걸 포기해야 했다. 무슨 말인지 알겠니?"

동해미르가 답답하다는 듯 묻습니다.

"그렇다면 애초부터 큰 배에 말까지 싣고 오면 되잖아요."

정대는 그 말이 나올 줄 알았다는 듯 여유롭게 웃습니다.

"너희는 신라 수군의 무서움을 모르기에 그런 말을 할 수 있는 거란다. 제기랄! 그놈들의 배는 왜 그리 크고도 빠른 건지! 도대체 신라는 어떻게 나라 전체가 섬인 우리 일본보다도 더 좋은 군선을 만들 수 있는 거냐? 결국 우리들은 작은 배에 나누어 타고 밤을 틈타 몰래 쳐들어올 수밖에 없단 말이야. 말 한 필을 싣기 위해서는 군사 두 명을 덜 태워야 하고, 그만큼 노를 저을 사람이 줄기 때문에 배가 느려진다는 의미다. 그렇게 되면 해안에 닿기도 전에 신라 수군에게 당하겠지."

음, 그렇군- 기파랑은 비록 우울한 상황에서이긴 하지만 좋은 걸 배웠다고 생각했습니다. 왜구의 약점을 왜구 장군에게서 듣다니, 살다 보니 별일을 다 겪습니다.

"그래서 우리들은 신라를 애써 잊기로 했다. 어차피 싸워봐야 이기기도 어려운데 희생을 무릅쓰고 계속 쳐들어갈 이유가 없었지. 이 동굴을 처음 발견한 마사오라는 사내가 우여곡절 끝에 일본으로 돌아오기까지는 그렇게 생각했었다."

"그게 누군데요?"

머릿속으로는 울안의 말이 몇 마리인가 세고 있으면서 동해미르가 무척 궁금한 듯 묻습니다. 지금까지 센 것만으로도 이백 마리가 넘습니다. 여기에 있는 왜구들의 수를 다 합한 것보다도 배나 많은 숫자입니다. 이건 무슨 의미일까- 동해미르는 이 와중에도 뭔가를 알아내려고 애를 씁니다.

"그 패전으로부터 몇 달 뒤, 복수를 하겠다며 몇 안 되는 부하들을 이끌고 다시 신라에 쳐들어왔던 하급 장수지. 물론 그때라고 별반 다를 게 없어서 마사오의 부대도 별수 없이 쫓기는 신세가 되고 말았다. 부하들은 모두 죽거나 사로잡혔고, 마사오도 허벅지에 활을 맞고 바로 이곳 해안까지 도망을 쳤지."

정대는 아이들을 이끌고 다시 걷기 시작했습니다. 창, 칼이 죽 걸린 대장간을 지나 화살 만드는 곳에 이른 정대는 다시 걸음을 멈추고 만들어진 화살을 꼼꼼히 살펴보았습니다.

"음, 잘 만들어졌다. 이만하면 신라의 화살과 비교해도 그리 떨어지지 않겠어. 너희 나라의 활 만드는 기술을 배우려고 꽤나 애를 썼거든.”

이야기가 다른 곳으로 흐르자 기파랑이 한마디 합니다.

“도망을 쳐서요? 그다음엔 어떻게 된 건데요?”

정대는 아이들이 포로가 되고 나서도 자신의 이야기에 관심을 갖는다는 게 기쁜지 호탕하게 웃으며 좋아합니다.

“난 너희들이 별로 관심이 없는 줄 알았지. 하하하, 좋아! 그런 배짱. 그 뒤의 이야기는 이렇다. 마사오는 부상을 당한 몸으로 어찌어찌 이곳까지는 피해올 수 있었지만, 더 이상 달릴 수가 없었지. 모래밭에 다다라서는 기는 게 고작이었어. 신라 군사들은 쫓아오고 있었고 꼼짝없이 죽은 목숨이었지. 마사오는 커다란 바위를 발견하고 그 뒤에 숨었다. 바위 뒤라고 해도 오래 숨을 곳은 못 되었지만, 그래도 평지에 누워있는 것보다는 나을 것이라고 생각했던 거지. 그때, 마사오의 눈에 띈 게 있었어. 절벽에 아주 조그만 틈새가 있더란 말이지. 그쪽에 숨는 게 발견될 가능성이 더 낮다고 여긴 마사오는 틈새 안으로 기어들어 갔는데, 이 틈새가 생각 외로 아주 길게 이어져 있더란 거야.”

동해미르가 고개를 갸웃거립니다.

“하지만 이 동굴의 입구는 좁지 않은데요? 아니 오히려 아주 넓은 편이라고 하는 게 맞겠죠.”

기파랑도 고개를 끄덕입니다. 정대는 조금 더 들어보라는 시늉을 하면서 이야기를 계속했습니다.

“바위틈을 따라 한참을 기어간 마사오는 깜짝 놀랐지. 좁게 이어져 있던 틈새가 끝나는 곳에 도저히 믿기지 않을 만큼 커다란 동굴이 있었으니까. 죽기 전에 별 장관을 다 보게 되는구나 하고 마사오는 감탄했다고 해. 좁은 틈새로 흘러들어 오는 조금의 빛이지만 동굴 내부를 둘러보기에는 충분했지. 그렇지만 자신은 결국 죽을 운명이라고 생각했었을 거야. 왜냐면 그에게는 타는 목을 적셔줄 한 모금의 물도, 또 아무런 먹을 것도 없었으니까 말이야. 동굴 바닥에 맑은 샘물이 퐁퐁 솟는 걸 알기 전까지는…. 그래! 이 동굴엔 사람이 먹을 수 있는 샘물이, 그것도 이 많은 군사가 모두 마실 수 있을 만큼 넉넉한 양이 있었던 거야. 샘을 찾은 마사오는 정신없이 물을 마시고, 샘 주변의 이끼를 뜯어 먹으면서 상처가 나을 때까지 이곳에 숨어 있었다. 그게 바로 저 우물이야.”

정대가 가리키는 곳엔 돌로 쌓아 올린 큼지막한 우물이 있었고, 때마침 한 왜구가 물을 퍼 올리는 게 보였습니다.

“동굴은 그야말로 신이 내린 은신처였지. 상처가 어느 정도 아물어서 몸을 움직일 수 있게 된 마사오는 한밤중에 배를 훔쳐 타고 일본으로 돌아와, 이 사실을 우리 지역의 제후이신 내 아버지에게 알렸다. 마사오의 이야기를 다 들으신 아버지께서는 떨 듯이 기뻐하셨어. 아버지와 참모들은 회의를 열어 몇 날 며칠 동안 계획을 짜고 또 점검했지. 신라의 왕이 살고 있는 서라벌을 함락시킬 계획을 말이야.”

“서라벌을 함락시킨다고요?”

이 모욕적인 말에 기파랑은 펄쩍 뛰며 얼굴을 붉힙니다. 동해미르도 발끈하긴 마찬가지였습니다. 정대는 아이들의 이런 반응을 오히려 즐기는 것처럼 빙글댑니다.

"우리 계획은 이런 것이었어. 한 달에 한두 번, 소수의 인원을 태운 쾌속선이 이곳 해안에 몰래 도착해서 최정예의 우수한 군사들을 내려놓고 돌아간다. 가벼운 무기와 연장만 가지고 온 군사들은 차례로 동굴 안으로 들어가서 좁은 입구를 파나가는 거지. 말을 타고 여유롭게 지나갈 수 있을 만큼의 너비와 높이로. 그와 동시에 나처럼 이곳 말을 할 줄 아는 군사들은 떠돌이 장사치로 변장을 하고서 시장과 마을을 돌아다니며 이런저런 이야기를 주워듣고, 가끔 먹을 것과 필요한 것들을 사서 동굴에 가져다주는 거야. 넓게 파나가던 것이 동굴 입구에 다다랐을 때에는 일본 최고의 기술자들이 와서 감쪽같은 비밀 출입구를 만들어두었지. 이러는 동안에도 본국에서 온 군사들이 몇 명씩 늘어났고, 굴을 파는 임무를 맡지 않은 군사들은 매일 저런 식으로 훈련을 쉬지 않았지. 자칫 몸이 무뎌지면 곤란하니까 말이야."

정대가 가리킨 곳은 2층으로 꾸며진 넓은 마루였습니다. 아까 기파랑과 동해미르가 처음 엿봤을 때처럼 왜구들이 무술연습을 하고 있습니다.

"그렇게 하는 게 말처럼 그리 쉬운 건 아니었다. 무엇보다도 바위를 그렇게 넓은 구멍이 나도록 뚫고 무너지지 않도록 하는 게 고생스러운 일이었지. 또 공기가 통할 수 있도록 조그마한 구멍들을 뚫어두는 것도 필요했고. 그 일을 하는 동안 우수한 군사들이 여럿 다치기도 하고 그중에는 목숨을 잃은 병사도 있었다. 꼬박 1년이 걸렸어."

"그렇게까지 하면서 이런 동굴을 만들 필요가 있어요? 차라리 어디 산속에 숨어 지내는 게 나을 텐데."

동해미르가 코를 후비며 비웃듯이 말합니다. 정대가 고개를 끄덕입니다.

"그러게 말이다. 너희들 같은 화랑이나 낭도가 없다면 그래도 되겠지. 그런데 봐라, 너희들이 하는 일이 뭐니?"

"산세 좋은 곳을 찾아다니며 구경도 하고 훈련도 하면서 호연지기를 기르는 것…, 아하 그렇구나."

이제야 알겠다는 듯 동해미르가 고개를 끄덕입니다.

"그래. 화랑들이 낭도들을 이끌고 하도 이 산, 저 산 돌아다니는 통에 어디 한 군데에 숨어 지낸다는 건 불가능한 일이 되어버렸지. 수가 적기나 해야지. 화랑 한 명이 거느리고 다니는 낭도가 이백여 명이나 되니…."

'화랑'이란 말을 할 때에 정대의 얼굴이 잠시 일그러집니다. 아주 징그러운 것을 본 것 같은 표정입니다.

"그런데 귀신 장난은 어째서 시작한 거예요? 그렇게 몰래 숨어 있고 싶은 사람들이… 귀신이 나타났다는 소문이 퍼지고 시끄러워져서 좋을 게 없잖아요."

동해미르가 또 묻습니다. 기파랑은 그 점에 관해서 짚이는 바가 있긴 했지만, 그냥 정대가 지껄이도록 내버려 두었습니다.

"오히려 그 반대지. 훨씬 조용해졌잖니? 누가 이곳에 가까이 오려 하겠니? 귀신들이 들끓는 곳에. 이제 이 바닷가가 다시 옛날처럼 한적해진 거야. 아무도 근처에 살지 않을 때처럼 말이야. 얼마나 좋으냐?"

정대는 마치 한적함과 평안함이 주변에 떠다니는 것처럼 뿌듯한 표정을 짓고서 크게 숨을 들이마십니다. 그러다가 갑자기 무서운 표정을 지었습니다.

"맨 처음, 이 자리에 안민사가 지어진다는 말을 들었을 때에는 분해서 미칠뻔했었지. 그때는 막 입구 공사를 끝내고 한두 필씩 말을 사서 몰래 들이던 때인데 말이야. 사람이 거의 찾지 않는 호젓한 바닷가 절벽이라서 숨어 있기에 딱 좋았는데 이게 웬일인가 싶어 가슴이 철렁했었어. 생각해 봐. 절이 들어서면 신도들이 기도를 드리려고 낮이고 밤이고 찾아오겠지? 게다가 그 사람들을 먹여주고 재워줄 곳이 필요하니까 상인들도 모여들기 마련이고. 사람들이 많은 곳이니까 혹시 말썽이나 싸움이라도 일어날까 봐 군사들까지도 배치된다는 말이야. 실제로도 안민사가 들어선 이후에 몇 번이나 이곳이 발각될 위기가 있었고. 자칫하면 그렇게 오랫동안 공들였던 일이 다 물거품이 될뻔했지."

"그래서 귀신 장난을 생각해 낸 거군요."

동해미르의 질문에 정대가 고개를 끄덕입니다.

"능금꽃이 장수로 위장하고서 동정을 살피다가 저 어리석은 백정왕이 지방을 유람하기 위해 대당군을 호위로 붙인다는 소문을 듣고, 이건 하늘이 내리신 기회라고 생각했지. 텅 빈 것이나 다름없는 서라벌! 그야말로 함락은 식은 죽 먹기일 거야. 난 서둘러 본국에 사람을 보내서 잘 훈련된 기병들을 보내달라고 요청했고, 그들은 이제 내일이면 도착할 거다. 기병들이 도착하면 이곳에서 하루를 쉬고 여기 병사들과 합세해서 모레 밤에 금성을 칠 계획이다. 바로 저 말들을 타고! 말을 빨리 몬다면 이곳에서 금성까지는 두 식경도 걸리지 않아. 신라의 군사들은 깊이 자고 있을 시간이지. 그런데 몇천이나 되는 사람들이 안민사에 모여 있으면 곤란하지 않겠니? 아무리 군사가 아니라고 해도 수천 명과 싸우는 건 힘이 드는 일이니까…. 귀신을 만들어서 사람들이 겁을 집어먹고 제풀에 도망가게 했지. 동물의 뼈를 옷에 문대서 퍼런빛이 돌게 하고, 돼지 피를 가면에 뒤집어씌웠던 거야. 어떠냐? 제법 그럴듯했지?"

거의 모든 수수께끼가 풀린 것 같습니다. 기파랑과 동해미르는 천천히 고개를 끄덕입니다.

"그런데 우리를 왜 죽이지 않나요? 이런 이야기를 해주는 이유가 뭐예요?"

동해미르가 아무런 감정이 느껴지지 않는 말투로 이렇게 묻자 정대는 너털웃음을 웃습니다.

"죽여? 너희를? 뭣 하러 내가 그런 짓을 하겠어? 너희는 모레에 싸움이 끝나고 나서 나와 함께 일본으로 돌아가자. 그곳에 가도 여기처럼 사람들이 살고 있단다. 너희는 일본의 용맹한 무사로 길러지게 될 거야. 너희처럼 재주 있고 용감한 장수를 얻기는 쉬운 게 아니거든. 아, 그리고 너희가 정 원한다면 너희 부모님들을 함께 데려가도 좋아. 너희들이니까 특별히 배려하는 거다."

너무 어처구니없는 이 말에 기파랑은 할 말을 잃었고, 동해미르는 콧방귀를 뀌며 비꼽니다.

"그것참, 정말 고마워서 몸 둘 바를 모르겠네. 신라사람 다 죽일 거지만 나는 특별히 살려준다니…"

정대는 동해미르가 비꼬거나 말거나 신경도 쓰지 않으면서, 그저 귀엽다는 듯 동해미르의 통통한 볼을 꼬집으며 놀립니다.

"고마워하지 않아도 된다. 우리 사이에 뭘 그런 일을 가지고…"

동해미르가 짜증스러워서 얼굴을 찡그리고 손을 뿌리치자 정대는 또 호탕한 웃음을 웃습니다. 꼬집혔던 동해미르의 볼이 빨갛게 약간 부어오릅니다. 뭐 이만하면 들을만한 이야기는 다 들은 것 같았습니다. 기파랑은 마지막으로 아까부터 궁금하게 여기던 것 한 가지만 더 묻기로 했습니다.

"그런데 꼭 직접 경비대장을 죽였어야 했어요? 그것도 비겁하게 등 뒤에서 베는 수법으로? 겁만 줘서 쫓아버렸어도 됐잖아요."

대범한 척, 호탕한 척 줄곧 여유를 부리던 정대도 기파랑의 이 말에는 어지간히 놀랐는지 순식간에 얼굴에서 웃음기가 싹 가셨습니다.

"네가 그걸 어떻게…, 너 설마 그날 밤에 그 자리에도 숨어 있었던 거냐? 아니지, 그럴 리가 없는데?"

깜짝 놀라기는 동해미르도 마찬가지였습니다. 동해미르는 눈을 똥그랗게 뜨고 정대를 노려보았습니다. 정대는 곧 다시 안정을 되찾고 팔을 흔들며 억지웃음을 짓습니다.

"아아, 믿어줄지 모르겠지만, 나도 겁만 줘서 쫓아내고 싶었단다. 그런데 그 녀석, 어찌나 고집이 센지…, 제 부하들은 다 도망가버렸는데도 끝까지 칼을 휘둘러대더군. 그것도 그냥 아무렇게나 휘두르는 칼이 아니었어. 뒤에서 가만 보니까 솜씨가 보통은 넘더라

가슴 아픈 반전

고. 내 부하들을 여럿 다치게 하더란 말이야. 더 놔뒀다가는 안 되겠다 싶어서 그 녀석이 손수 쥐여준 창으로 베어 버렸지. 하지만 너무 그런 눈으로 보지는 말아라. 한방에 깨끗이 저세상으로 보냈으니 그리 괴롭지는 않았을 거다."

이야기를 듣던 동해미르가 갑자기 엉엉 울며 정대를 밀칩니다.

"이 비겁자! 살인자!"

처음엔 동해미르가 하는 대로 그냥 내버려 두던 정대였지만 그 울음이 길어지자 짜증스러운지 동해미르를 확 떠밀어 버립니다.

"이 녀석이 실성을 했나? 그만해, 이놈! 듣기 싫다!"

떠밀린 동해미르는 꽁꽁 묶인 기파랑 앞에 털썩 쓰러집니다. 쓰러져서도 엉엉대며 우는 걸 그치지 않습니다.

"바보 녀석! 원래 군인은 다 그런 거야. 죽이지 않으면 내가 죽는 거라고. 그 경비대장이란 놈이 네 친척도 아닌데 그렇게 울 게 뭐란 말이냐?"

정대가 뭐라고 하든 말든 동해미르는 계속 커다랗게 울음소리를 내며 발버둥을 칩니다.

"좋은 사람인 줄 알았는데, 으허헝. 비겁한 살인자였어, 엉엉!"

동해미르는 기파랑을 껴안으며 애절하게도 웁니다. 기파랑이 보기에도 동해미르의 반응이 너무 뜻밖이어서 어처구니가 없습니다. 지금 우리들이 죽을지 살지 모르는 상황에서 이게 무슨 어린애 같은 행동인가- 하는 생각도 듭니다. 그러는 중에도 동해미르는 계속 정대를 원망합니다.

"나쁜 놈, 비겁한 놈!"

"그쯤 해둬! 더 이상은 참지 않겠다!"

정대가 화가 머리끝까지 나서 버럭 소리를 지릅니다. 그러자 동해미르는 기파랑을 바짝 끌어안으며 더 큰 소리를 냅니다.

"참지 마라! 이 더러운 왜구! 방귀 뿡!"

뭐? 방귀 뿡? 탈출이구나— 기파랑은 손목만 겨우 움직일 수 있는 양손으로 동해미르의 옷자락을 꽉 움켜쥐었습니다. 동해미르도 기파랑을 끌어안은 양팔에 더욱 힘을 줍니다.

축지법이 시작되었습니다. 사방의 풍경이 일렁이면서 흔들립니다. 머리카락을 날리며 살랑바람이 붑니다. 동해미르의 머리라도 한 대 호되게 때리려고 오른손을 번쩍 들었던 정대는 이 갑작스러운 변화에 놀라 주춤대다가 믿을 수 없는 광경을 보게 되었습니다. 동해미르가 기파랑을 끌어안고 사람이 도저히 낼 수 없는 속도로 멀어져갑니다. 세 사람이 서 있던 자리에서 동굴 입구까지는 200보가 훨씬 넘는 거리인데, 정대의 입에서 저놈 잡아! 라는 말이 다 나오기도 전에 동해미르와 기파랑의 모습은 동굴 밖으로 사라져버린 것입니다. 정대는 자신이 헛것을 본 걸까 싶어 주위를 둘러보았습니다. 부하들 서넛도 얼빠진 듯, 시선을 입구 쪽에 고정시켜두고 있습니다.

"너도 지금 그거 봤느냐?"

부하가 입을 쩍 벌리고 고개를 끄덕입니다. 이런! 헛것이 아닙니다. 그 녀석이 그런 놀라운 재주를 감쪽같이 속이고 있었다니…, 신라의 아이들은 왜 이렇게 사람을 깜짝깜짝 놀라게 하는 겁니까? 정대는 이를 바드득 갑니다.

"여봐라! 모두들 나가서 녀석들을 잡아 와! 어린아이라고 절대 방심하면 안 된다. 신궁이라 할만한 활솜씨를 가진 놈들이야!"

명령을 받은 왜구들이 신속하게 무기를 빼 들고 밖으로 뛰어나갑니다. 바깥에는 아까보다 더욱 거세게 비가 내리고 있습니다.

소년 화랑 신라 수호기

15.
최후의 싸움

"난 네가 우는 척하는 건 줄 몰랐어. 실성한 줄 알았지. 네 거짓 말에 나만 속은 게 아닐걸? 그것도 재주다 야."

동해미르가 기파랑을 꽁꽁 묶어둔 새끼줄을 풀고 있는 동안, 기 파랑은 몇 번이고 이 이야기를 했습니다. 동해미르는 쉼 없이 손을 놀리며 그저 씩 웃을 뿐입니다. 마침내 길고 단단한 매듭을 다 풀 고 기파랑의 두 팔과 두 다리가 자유로워졌습니다. 기파랑은 조여 져 있던 발목과 팔목을 주물러서 피가 잘 통하도록 합니다. 어찌 나 세게 묶여 있었던지 검붉은 멍이 들어 있습니다.

"이제 어떻게 할 거야? 군사들을 부르러 갈 거야? 아니면 우리 끼리 다시 쳐들어갈 거야?"

동해미르가 이제껏 기파랑을 묶고 있던 밧줄을 둘둘 말면서 묻 습니다. 지금 두 사람은 안민사 대웅전 지붕 위에 앉아 있습니다.

동해미르가 다급하게 탈출하느라 앞뒤 재지 않고 축지법을 쓰는 바람에 목적지가 여기가 되어버린 겁니다.

"아차! 내가 잘못 생각했어. 처음부터 목적지를 본당에 있는 대당군 본영으로 정해두었으면 지금쯤 군사들을 불러 모으고 있었을 텐데. 지금이라도 다시 경주 쪽으로 축지법을 쓸까?"

동해미르는 이제야 머리가 좀 돌아간다는 듯 안타까워합니다. 그러나 기파랑은 별로 아쉬워하는 기색이 없습니다.

"그럴 필요 없어. 어차피 이제는 한 식경의 시간도 없어. 우리가 멀리 달아났다는 생각이 들면 놈들은 이판사판의 심정이 돼서 민가를 습격하든지, 아니면 또다시 다른 곳에 몸을 숨길 테니까. 그 어느 쪽도 우리가 바라는 바가 아니야."

"그럼, 어떻게 하려고?"

동해미르가 묻습니다.

"다시 녀석들의 소굴로 돌아가자. 그리고 모든 왜구가 우리를 쫓아 동굴 안으로 들어오게 유인하는 거야."

무모한 계획입니다. 적의 수를 감안하지 않은 것이 분명합니다.

"하지만 기파랑! 왜구들이 너무 많아. 두 명에서 백 명을 상대하기는 어려워."

"아니, 아직 싸우지는 않아. 일단 안으로 유인하기만 하면 묘책이 있어."

"그 묘책이 뭔데?"

누가 엿듣는 것도 아닌데 기파랑은 동해미르만 들을 수 있게 귀엣말을 합니다. 다 듣고 난 동해미르의 얼굴이 밝은 것으로 보아 그 묘책이란 꽤 쓸만한 것인가 봅니다.

"그래! 그렇게 하자. 아주 좋은 생각이다."

동해미르가 좋아하며 손뼉을 두어 차례 치고 나서 둘둘 만 밧줄을 들고 일어섭니다.

"그건 뭣 하러 가져가려고? 그냥 여기 어디에 던져두지."

기파랑이 묻자 동해미르는 단호하게 대답하며 오히려 힘차게 밧줄을 앞으로 쑥 내밉니다.

"이걸로 정대를 꽁꽁 묶어서 끌고 다니려고, 감히 내 친구를 포박해? 어디 혼 좀 나봐라!"

보아하니 그 결의가 보통이 아닙니다. 기파랑은 더 이상 잔소리

않고, 입을 벌려 쏟아지는 비를 한 모금 받아 마신 다음, 아래로 뛰어내릴 준비를 하는 동해미르를 바라봅니다.

"그럼, 이제 출발하는 거다. 넌 좌측, 난 우측에서 쫓기는 척하며 왜구들을 몰아 동굴 안으로 끌어들이는 거야!"

"알았어. 넌 우측! 난 좌측!"

동해미르가 기세 좋게 외칩니다. 조금 전 축지법을 쓴 터라 많이 피곤할 텐데 조금도 내색을 않습니다. 두 소년은 동시에 풀쩍 뛰어내려 두 방향으로 갈라집니다.

"조심해야 해! 화살 안 맞을 자신 있지?"

"하하! 절대로 안 맞지. 왜구들 화살도 못 피할까 봐서?"

두 소년의 웃음소리, 이야기 소리가 빗속에서도 멀리까지 퍼집니다. 귀를 쫑긋 세우고 수색을 하던 왜구들은 그 소리를 듣고 모여들기 시작합니다.

"저기다! 잡아라! 활을 쏴!"

"길목을 막아! 놓치지 마라!"

왜구들은 서로에게 소리를 질러가며 기파랑과 동해미르를 잡으려고 안간힘을 씁니다. 그물을 던지는 놈, 활을 쏘는 놈, 어떻게 해서든 붙잡아 보려고 두 팔을 벌리고 달려드는 놈 등등, 하여간 왜구들이 가진 재주란 재주는 전부 발휘하고 있는 데도 두 아이는 도무지 잡혀 줄 생각이 없습니다. 어찌나 재빠르고 날쌘지 사람을 상대하고 있는 건지, 귀신을 상대하고 있는 건지 분간이 되지 않을 정도입니다. 구석에 몰아넣어서 이젠 꼼짝 못 하겠지 하고 다가

가면 발에 날개라도 달린 듯 가파른 절벽을 날다시피 뛰어 올라가 버리질 않나, 엉덩이만 요리조리 흔들어서 공들여서 쏜 여러 발의 화살을 모조리 피하질 않나, 그야말로 어지간히 짜증스럽고, 성가시게 하는 녀석들입니다. 뭐니 뭐니 해도 가장 화가 나는 건, 이 많은 인원의 추격을 피하면서 저 어린놈들이 깔깔대며 웃고 있다는 사실이었습니다. 잡히기만 하면 일단 볼기에서 불이 날 때까지 죽어라 패주겠다고 벼르는 왜구가 한, 둘이 아닙니다. 분해서 속이 부글부글 끓습니다. 제일 분하다고 생각하는 놈은 아까 선두에 섰다가 동해미르가 던진 돌팔매에 코를 맞아 쓰러진 다음, 칼까지 빼앗긴 왜구였습니다. 코피를 뚝뚝 떨어트리며 동해미르의 뒤를 쫓는 녀석의 얼굴엔 비장함마저 엿보입니다.

"야! 이 바보들아. 이쪽이야! 이쪽!"

동해미르가 동굴 입구에 서서 큰 소리를 내며 왜구들을 약 올립니다. 성질을 못 이겨 제 살을 쥐어뜯는 놈, 잡을 자신은 없으니 알아듣지도 못할 일본 말로 욕을 퍼부어 대는 놈, 이번에야말로 하는 마음으로 칼을 휘두르며 달려드는 놈, 반응도 가지각색입니다. 날아오는 화살과 칼날을 피해 동해미르가 동굴 안으로 뛰어들어가자 왜구들은 쾌재를 부르며 우르르 몰려듭니다.

"멍청한 놈! 그 안에 들어가면 그야말로 독 안에 든 쥐다. 하하하!"

"이제야 네놈의 비명소리를 들어보겠구나. 죽여달라고 사정을 하게 만들어주마!"

수십 명의 왜구가 한꺼번에 우르르 동굴 안으로 뛰어드는 그 모습도 일종의 장관이었습니다. 이제야말로 저 얄밉고 날쌘 꼬마를 몰아넣었다고 생각한 왜구들은 벌써 승리를 거둔 것처럼 칼을 높이 들고 환호성을 지르기도 합니다. 이렇게 왜구들을 모두 동굴 안으로 끌어들이는 게 실은 기파랑과 동해미르의 작전이라고는 꿈에도 생각 못 한 채 말입니다.

"문을 닫아! 두 번 다시 도망치지 못하게! 그리고 너희들 몇 명은 입구를 떠나지 말고 지켜라! 워낙 쥐새끼 같은 놈들이니 어디로 튈지 모른다!"

왜구들이 모두 굴 안으로 들어오고 나서, 맨 뒤에 선 떡장수가 호령을 하며 부하들에게 지시를 내립니다. 그래도 장수라고 제법 생각을 하며 움직이는 것입니다.

"옛! 알겠습니다."

지목당한 왜구들이 힘차게 대답하며 입구를 막기 위해 멈춰 서지만 얼굴엔 아쉬운 빛이 역력합니다. 저 두 꼬마를 잡아 해치울 때, 자신들도 마음껏 괴롭히고 싶은데 그걸 못 하게 될까 봐 안타까운 표정이었습니다.

'기파랑은 잘하고 있겠지?'

동굴 안에 들어와서도 한 마리 날쌘 매처럼 왜구들의 공격을 피하면서 동해미르는 기파랑이 걱정되어 어디 있나 살펴봅니다. 이미 동해미르보다 먼저 자기 몫의 왜구들을 몰고 들어온 기파랑은, 왜구들이 무술연습을 하던 2층 마루에서 수십 명의 왜구들을 상대로 칼을 겨루고 있었습니다. 채애, 채앵! 칼끼리 부딪치는 날카로운 소리에 내심 걱정도 되지만 다른 사람도 아니고 기파랑이 하는 일이었으므로, 우려할 것 없다고 동해미르는 자신을 타일렀습니다.

"네 이놈, 거기 서라! 비겁하게 자꾸 도망만 치지 말고 남자답게 덤벼라!"

이렇게 소리를 지르며 장난감 가게 주인이 동해미르를 도발합니다. 하도 어처구니가 없어서 동해미르는 일부러 뒤를 돌아보며 대꾸를 했습니다.

"수십 명이 칼을 빼 들고 어린아이 하나를 쫓아오는 너희들이 나에게 비겁하다고? 하하하 그것참 좋겠구나! 남자답고 정정당당해서."

그때, 동해미르는 자신의 발이 어딘가에 걸리는 것을 느꼈습니다. 중심이 흐트러진 동해미르는 자신이 호되게 넘어질 것이라는 걸 알았습니다. 아뿔싸! 경솔했다. 앞을 보고 달렸어야 했는데…. 왜구들의 도발에 넘어간 어리석음을 책망해 봐도 별 도움이 안 됩니다. 꽈당탕! 빠른 속도로 달리다가 다리가 엉켜서 땅바닥에 내동댕이쳐진 동해미르는 아픔을 참고 벌떡 일어났습니다.

'내가 어디에 걸려 넘어진 거지?'

동해미르는 고개를 들어 자신이 막 지나온 자리를 봅니다. 거기엔 어느새 왜구 장수의 옷을 갖춰 입은 정대가 기다란 칼을 들고 서서 씨익 웃고 있습니다. 지게 다리를 하고 있는 걸 보아 동해미르를 넘어뜨린 건 정대였나 봅니다.

"아직 멀었어. 동해미르. 딴죽을 좀 걸었다고 해서 그렇게 나가떨어지다니…. 일본에 건너가거들랑 수련을 좀 더 쌓아라. 훌륭한 장수가 되는 것은 쉬운 일이 아니다."

끝까지 밉살스러운 놈입니다. 제 맘대로 사람을 일본에도 보냈다가, 왜구 장수도 만들었다가 합니다. 그리고 거짓말로 동해미르를 농락한 놈입니다. 비록 잠시였지만, 친형처럼 여기며 믿음이 컸던 만큼, 동해미르가 정대를 미워하는 마음도 큽니다.

"그래? 어디 누구의 솜씨가 더 나은가 한번 볼까? 내가 보기엔 이 동해미르 님과 칼을 겨룰만한 주제가 안 되는 것 같은데?"

동해미르는 정면으로 칼을 겨누면서 매섭게 정대를 노려보았습니다.

"하하하, 역시 대단한 용기다! 그래, 그쯤은 되어야 사내라고 할 수 있지."

정대는 여유롭게 웃으며 재미있어합니다.

"저런 무례한 놈! 여기가 어디라고 감히…. 장군! 저희가 처리하겠습니다. 맡겨주십시오."

두 사람을 넓게 둘러싼 왜구들이 동해미르에게 달려들려 하자 정대가 오른손을 들어 제지합니다.

"멈춰! 이 바보들아. 지금 너희가 무사들의 대결에 끼어들 셈이냐? 저 아이를 봐라. 저렇게 어린데도 너희들의 머릿수에 주눅 들지 않고 여기까지 뛰어들었다. 게다가 이 나에게 정면으로 덤벼들려 하고 있지 않은가! 나이가 어리다고는 해도 진정한 무사의 모습이 아니냐. 이런 싸움을 받아들이지 않을 수 있겠느냐? 너희들은 물러서 있어라!"

정대의 명령에 왜구들은 일제히 두어 발짝 뒤로 물러납니다. 동해미르는 그러거나 말거나 신경도 쓰지 않으면서 검술을 펼칠 자세를 잡았습니다.

"그런데 그 칼이 너무 하급이로군그래. 그런 걸로 실력이 나오겠어?"

빙글빙글 웃으며 다가오던 정대는 무슨 생각인지 자신의 허리에 찼던 짧은 칼을 꺼내서 동해미르의 발밑에 던져줍니다.

"그걸 써라. 좋은 칼이다. 길이가 약간 짧긴 하지만 지금 네 몸이라면 오히려 그 편이 더 쓰기 나을 테지. 칼이 나빠서 졌다고 하면 서로 개운치가 않잖아."

동해미르는 어쩔까 하고 잠시 망설였습니다. 그렇지 않아도 왜구에게서 빼앗은 이 싸구려 칼이 너무 질이 낮아서 꺼려지긴 했습니다. 별로 휘두르지도 않았는데 벌써 이가 다 빠져버렸습니다. 에라, 모르겠다. 동해미르는 큰맘 먹고 정대가 던져준 칼을 집어 들었습니다. 정대의 말처럼, 손에 칼을 쥐는 순간부터 좋은 칼이라는 느낌이 듭니다. 이런 칼이라면 바람처럼 가벼이 휘두를 수 있을 것 같습니다. 칼집에서 칼을 뽑자 날카로운 칼날에서 광채가 납니다. 오호라, 대단한데- 동해미르는 명검의 매력에 잠시 멍해졌습니다.

"용단이라는 이름의 칼이다. 말 그대로 용도 벨 수 있을 만큼 잘 드는 칼이란 뜻이다. 어떠냐? 마음에 쏙 들지?"

정대는 다 안다는 듯 싱글거리며 동해미르를 놀립니다. 동해미르는 다시 정신을 차리고 칼을 잡은 손에 힘을 주었습니다.

"그래, 왜구 장수를 죽이기에는 그만인 것 같다!"

그 말에 정대가 얼굴을 찡그립니다.

"인석이? 기껏 칼까지 주었는데 겨우 할 말이 그거냐?"

"이건 너를 베고 나서 돌려주마! 이얏!"

동해미르는 기운차게 외치고 혼신의 힘을 다해 일격을 날립니다. 그러나 정대는 슬쩍 몸을 틀어 가볍게 피합니다. 아직 칼집에서 칼을 뽑지도 않았습니다.

"좋아! 하지만 내딛는 발에 신속함이 조금 부족하다."

동해미르는 화를 꾹 참고 다시 칼을 휘두릅니다.

"더욱 과감하게! 칼끝에 머뭇거림이 있다!"

정대는 쉽사리 동해미르의 공격을 피하며 쉬지 않고 지껄입니다. 아무리 베고, 찌르고, 최선을 다해도 옷깃도 스치지 못합니다. 위에는 또 그 위가 있고, 뛰는 놈 위에 나는 놈 있다더니 정대의 검술은 동해미르가 상대할 수 있는 수준이 아닌 것 같습니다. 적어도 기파랑과 동격, 아니 그 이상일는지도 모릅니다. 동해미르는 스승님이 무술을 가르쳐주실 때에 연습을 게을리했던 것을 후회했습니다.

'아, 조금 더 이를 악물고 열심히 배웠어야 했는데…. 그랬더라면 이 밉살스런 정대가 최소한 칼을 뽑아 들게는 할 수 있었을 텐데.'

약이 바짝 올라 얼굴은 홍시처럼 붉어지고, 거세게 칼을 휘둘러 대느라고 숨이 턱 밑까지 차올랐습니다. 동해미르는 지칠 대로 지쳐서 두 팔을 늘어뜨리고 거친 숨을 몰아쉬었습니다.

"왜 그래? 그걸로 끝이냐? 겨우 그 정도 재주로 날 벤다고 큰소리를 쳤단 말이지? 원래대로라면 크게 혼이 나야겠지만, 이번만은 그냥 넘어가 주마. 얌전히 항복을 해라. 후에 내가 칼 다루는 법을 제대로 일러주지."

정대는 아무 일도 없었던 것처럼 땀 한 방울 흐르지 않고, 숨소리 하나 흐트러지지 않았습니다. 동해미르는 그 사실이 견딜 수 없이 싫습니다. 화가 머리끝까지 올라서 이성적으로 판단을 내리기도 어렵습니다.

"죽으면 죽었지. 항복은 없다. 나를 붙잡고 싶으면 먼저 쓰러뜨려라! 이 왜국의 개야!"

"이놈이 기어코!"

어지간히 받아주던 정대도 이 말에는 화가 나는지 무서운 표정을 지으며 다가옵니다. 칼 손잡이에 오른손을 바짝 두고 있는 것이, 이번에야말로 칼을 뽑아 치려는 모양새입니다.

'나를 찌를 때가 기회다. 그때에 나도 너를 찔러주마.'

동해미르는 머릿속으로 이런 무서운 생각을 하며, 정대를 조금이라도 더 방심하게 하기 위해 두 팔을 축 늘어뜨리고 아무 기운도 없는 듯 위장을 하고 있습니다. 여기서 동해미르의 짧은 삶이 끝나는 걸까요?

기파랑은 다수의 왜구에 둘러싸여서 공격을 받고 있었지만, 그리 큰 어려움 없이 막아내며 원래의 계획대로 움직이고 있었습니다. 적들의 공격을 피하면서 말들에게 접근하여 울타리를 몇 개 잘라두었고, 왼손에는 벽에 걸려 있던 횃불까지 빼 들고 있습니다. 이제 말 울타리 바닥에 깔아둔 마른 짚에 불만 붙이면 됩니다. 그러면 깜짝 놀란 말들이 불을 피하려고 일제히 뛰쳐나오려고 대혼란이 일어날 것이고, 그러면 기파랑은 그 와중에 동해미르와 함께 달아날 것입니다. 입구를 빠져나가고 난 뒤에는 그곳에 기파랑이 가진 기력을 모두 모은 자용섬을 날릴 심산입니다. 이 큰 동굴 전체를 무너뜨리지는 못하겠지만 나무 기둥으로 받쳐둔 입구의 좁은 굴이라면 이미 지반이 약해진 터라 무너져 내릴 것이고 그러면 왜구들을 모두 이 안에 가둬버릴 수 있습니다.

'동해미르가 어디쯤 있지?'

말 울타리 바닥에 불을 붙이기 전, 기파랑은 마지막으로 동해미르의 위치를 확인하기 위해 좌우를 둘러봅니다. 이런, 동해미르가 매우 탈진해서 벽에 기대어 겨우 서 있고, 정대가 사납게 칼을 빼들려 하고 있습니다.

"멈춰라!"

기파랑은 이것저것 잴 사이 없이 황급히 횃불을 바닥에 집어 던지고 휙 몸을 날려 정대와 동해미르 사이로 뛰어들었습니다.

쩽!- 기파랑이 정대의 칼을 막자 날카로운 소리가 나며 불꽃이 튑니다. 정대의 기세가 얼마나 대단했는지 기파랑이 들고 있던 왜구의 하급 칼은 대번에 두 동강이 나버렸습니다. 그러나 기파랑의 재주도 만만치 않습니다. 부러진 칼날이 채 땅에 떨어지기 전에 이를 왼손으로 잡고서 재빨리 양손 검법을 펼칩니다. 화려하기는 공작의 날개와 같고, 날카롭기는 매의 발톱 같습니다. 정대는 기파랑의 공세를 피하려고 뒤로 너덧 발짝 물러나며 씩 웃습니다.

"과연, 놀라운 재주야. 이제 겨우 열셋인데도 그만한 칼솜씨라니…. 네가 아깝기도 하지만, 동시에 무섭기도 하구나. 어떻게 해야 할까. 이 자리에서 죽여 근심의 싹을 없앨까? 아니면 일본으로 데려가 천하제일의 검사가 자라나는 걸 지켜볼까?"

정대는 천천히 머리 위로 칼을 들어 올립니다. 기파랑은 동해미르의 안위를 걱정합니다.

"괜찮아? 동해미르? 어디 다쳤니?"

"아니야. 그냥 지친 것뿐이야. 미안해. 내 앞가림도 못 하고…."

기파랑은 대답 대신 동해미르의 어깨를 꼭 안아주었습니다. 가장 사랑하는 친구를 위로하는 마음을 가득 담아서요. 그리고 다시 돌아서서 정대를 향해 칼을 겨눕니다. 부러져 나간 기파랑의 칼은 짤막하고 볼품없지만, 거기에서 뿜어져 나오는 위압감만은 그 어느 명검 못지않습니다. 정대도 기파랑에게는 더 나은 칼을 권하지 않습니다. 두 사람의 사이에 팽팽한 긴장감이 흐릅니다.

"이얍!"

두 사람은 거의 동시에 고함을 내지르며 칼을 맞부딪칩니다. 정대의 긴 칼이 기파랑의 머리를 노리고 기파랑의 동강 난 칼은 정대의 허리를 겨냥하고 있습니다. 첫 번째 공격은 둘 다 빗나가고 곧이어 어지러운 칼바람이 일어납니다. 웬만한 실력을 가진 이가 아니고서는 뭐가 어떻게 되고 있는 건지도 못 알아볼 만큼, 빠르게 두 사람의 칼이 마주치고, 엇갈리고, 불꽃을 튀기고, 허공을 가릅니다. 왜구들도 넋을 놓고 두 고수의 대결을 지켜보고 있습니다.

"윽!"

기파랑이 먼저 뒤로 물러나며 신음소리를 냅니다. 동해미르가 걱정스러운 마음으로 살펴봅니다. 아! 기파랑의 어깨에 피가 번집니다.

"괜찮아. 얕게 스친 것뿐이야."

동해미르의 걱정을 아는지 기파랑은 상처가 깊지 않음을 알립니다. 그런데 정대의 얼굴도 일그러져 있습니다. 정대는 종아리 뒤쪽을 찔려서 똑바로 서 있지도 못합니다. 저희들 대장의 부상을 본 왜구들은 고함을 지르며 일제히 두 소년에게 달려들 태세입니다. 그때였습니다. 말 울타리 쪽에서 다급한 비명소리와 땅을 흔드는 발굽소리가 들려왔습니다.

"불이야아! 마구간에 불이 붙었다!"

아까 기파랑이 던져놓은 횃불에서 번진 불꽃은 이제 쉽게 끄기 어려울 만큼, 거세졌습니다. 그 주변의 왜구들은 어떻게든 불길을 잡아보려고 안간힘을 쓰고는 있었지만, 불이 워낙 넓게 퍼져버렸고, 놀란 말들이 미친 듯이 이리저리 뛰어대는 통에 발굽에 채이지 않는 것만도 쉬운 일이 아니었습니다. 동굴 속은 그야말로 생지옥이 되어 불길과 혼란, 비명소리로 가득 메워집니다. 기파랑과 동해미르는 마주 보고 고개를 끄덕입니다. 계획이 성공했습니다. 이제 이곳에서 달아나 자용섬으로 입구를 막을 일만 남았습니다. 그런데 이렇게 혼란스러워서야 자용섬을 날리기 위해 기력을 모으기가 쉽지 않을 것 같습니다. 특히 위협이 되는 것은 귀신같은 형상으로 칼을 빼 들고 다가오는 정대였습니다.

"이노옴! 기파라앙!"

정대의 얼굴에는 핏줄이 튀어나와 터질듯합니다. 다행스러운 것은 정대가 다리를 다쳐서 빨리 걷지 못한다는 점이었습니다.

"뛰어! 동해미르."

기파랑은 동해미르의 손을 잡고 입구 쪽을 향해 달리기 시작했습니다. 아까 입구를 지키고 있던 군사들은 어디로 사라졌는지 보이지 않습니다. 아마 불을 끄러 간 것이겠지요. 이제는 많이 지친 기파랑과 동해미르는 구르다시피 밖을 향해 내달렸습니다.

"자, 이쯤에서 자용섬을 쓰면 되겠다."

어느 정도 동굴 밖으로 나온 기파랑은 자세를 잡고, 기를 양손에 모았습니다. 붉은빛의 기운이 선명합니다. 빛이 점점 밝아지더니 이제껏 동해미르가 한 번도 본 적 없을 만큼, 커지고 환해졌습니다. 이만하면 충분할 것도 같은데 기파랑은 아직도 기를 모으고 있습니다. 하긴 신중히 최선을 다해야 합니다. 동굴 입구가 반드시 무너져 내릴 만큼 위력적인 자용섬이 필요하니까요.

"타아앗!"

마침내 기파랑이 자용섬을 날립니다. 붉은 용 모양을 한 강맹한 기운이 빠르게 날아갑니다. 동굴 내부를 환히 밝혀주는 그 빛 덕분에 어둑한 동굴 입구가 대낮같이 선명히 눈에 들어왔습니다. 그 덕에 동해미르의 눈에 말을 몰고 달려 나오는 성난 정대의 모습이 보입니다. 어느새 이만큼이나 가깝게 쫓아온 걸까? 잠시 감탄하고 걱정스러워 하는 사이 자용섬은 정대의 어깨 위를 스쳐 지나갑니다.

콰아앙!

기파랑이 날린 자용섬은 정확히 동굴의 천장을 맞히고 땅을 흔듭니다. 돌가루와 먼지가 어지러이 날리고, 커다란 바위가 뚝뚝 떨어져 내립니다. 인위적으로 파내서 약해진 지반을 받히고 있던 나무 기둥들이 부러져 맥없이 쓰러집니다. 워낙 큰 기운을 쏟아낸 데다가, 작전이 성공적으로 끝난 것에 안도한 기파랑이 그 자리에 털썩 주저앉아버립니다. 동해미르는 달아나—라고 외치며 기파랑을 잡아당기려고 손을 내밀었습니다. 동굴은 빠른 속도로 무너져 내리고 있습니다. 그러나 동해미르의 손이 채 닿기도 전에 기파랑의 다리를 동굴 안으로 끌어당기는 커다란 손이 있습니다. 정대입니다.

"놔라! 놔!"

기파랑은 필사적으로 발을 저으며 정대의 손아귀에서 벗어나

소년 화랑 신라 수호기

려 하지만, 어쩌나 억세게 쥐였는지 꼼짝도 할 수 없습니다. 자용섬에 온 힘을 쏟아부은 기파랑은 그것을 뿌리칠 만한 기력이 없었습니다.

"기파랑 이놈! 용서 못 한다. 이놈!"

정대는 머리에서 피를 흘리고 있습니다. 아까 그가 타고 달려나왔던 말은 벌써 떨어지는 돌에 깔려버렸습니다. 정대는 다리의 부상 때문에 빨리 움직이지 못하지만 기파랑만은 절대 놓치지 않겠다는 듯 꽉 붙들고 동굴 안으로 되돌아가려 용을 썼습니다. 아픔도 느끼지 못하고, 계획도 없는 것이 분노로 실성한 게 틀림없어 보입니다. 그러는 와중에도 동굴이 무너지며 돌 더미가 쉴 없이 떨어져 내리고 있습니다. 동해미르는 마지막 수단이라는 심정으로 허리춤에서 밧줄을 꺼내어 한쪽 끝을 기파랑에게 던졌습니다. 아까 기파랑이 묶여 있던 그 밧줄입니다. 하늘이 도왔는지 기파랑의 손에 밧줄이 잡히는 것을 본 순간, 동해미르는 축지법의 주문을 외웠습니다.

휘이잉– 바람이 불어와 동해미르와 기파랑을 동굴 밖으로 당겨줍니다. 예기치 않았던 그 힘이 워낙 세서 정대는 기파랑의 발목을 잡고 있던 손을 놓쳐버렸습니다. 자신의 손아귀에서 기파랑이 빠져나간 것을 믿지 못하겠다는 듯, 정대는 잠시 자신의 손바닥을 들여다보다가 고개를 들어 기파랑과 눈을 마주칩니다.

'저건 웃는 얼굴인가?'

기파랑은 그 짧은 찰나에 본 정대의 표정이 무엇이었는지 지금도 잘 모르겠습니다. 하지만 그 당시의 심정은 너무도 가슴이 아파

견딜 수가 없었습니다. 자신의 몸이 당겨지는 것을 느끼면서 기파랑은 아주 잠깐 머뭇거렸습니다.

'지금 손을 내밀면 정대 형에게 닿을까?'

그리고 기파랑이 막 팔을 뻗어 정대의 옷자락을 쥐려는 순간, 바람처럼 빠르게 두 사람이 멀어져 갔습니다. 와르르르- 동굴은 완전히 무너져 내렸습니다. 동굴 안쪽에서 누구의 것인지 모르는 비명소리가 들려옵니다.

두 소년은 몸을 날려 동굴 밖으로 완전히 빠져나왔습니다. 동해미르의 주문은 가능한 한 멀리 달아나자는 것이었으나 워낙 힘이 다 빠진 터라, 불과 20보도 가지 못하고 멈춰버렸습니다.

"후-유-우."

두 소년은 천천히 몸을 일으키며 크게 숨을 쉬었습니다. 도저히 믿어지지 않을 만큼 긴박한 순간이었지만, 그래도 용케 둘 다 무사한 체로 일을 마무리 지었습니다. 어느새 비는 그치고, 새 하루가 시작되려는지 동해 바다 저쪽에서 붉은 해의 기운이 비칩니다. 기파랑과 동해미르는 고마워서 서로를 꼬옥 껴안았습니다.

"잘했어."

"수고 많았어."

무너져 내리던 동굴은 이제 잠잠해졌습니다. 가끔 조그만 돌조각이 떼굴떼굴 굴러 내려오긴 해도, 우레와 같은 소리를 내던 조금 전에 비하면 고요하기까지 합니다. 이 고요를 깬 것은 꺼져가는 정대의 목소리였습니다.

"도… 동해미르…, 거기에 있니?"

깜짝 놀란 기파랑과 동해미르는 소리가 나는 곳으로 뛰어갔습니다. 거기엔 정대가 누워서 숨을 헐떡이고 있었습니다. 정대는 바위에 파묻혀서 가슴 위쪽만 밖에 드러나 있습니다. 피가 흐르는 얼굴엔 고통이 가득하지만 어쩐지 평화로워 보입니다. 그야말로 안민사에서 함께 놀며 동해미르를 무등 태워주던 때의 그 얼굴입니다. 정대는 숨쉬기가 어려운지 기침을 하며 괴로워합니다.

"형!"

동해미르가 소리를 지르며 정대의 곁에 주저앉습니다. 어떻게 된 일인지 기파랑의 가슴도 많이 아픕니다.

"오…, 와줬구나. 동해미르야. 실은… 쿨럭, 내가… 어제부터 깜빡하고 말을 하지 않은 게 있어서….."

정대는 손을 들어 동해미르의 머리를 만지려 하지만 기운이 없는지 벌벌 떨기만 합니다.

"형! 말하지 말고 있어요! 내가 지금 꺼내줄게요."

동해미르는 정대의 손을 한번 꼭 잡고서 벌떡 일어나 정대를 짓누르고 있는 바위를 밀어내려고 용을 씁니다. 하지만 바위는 꿈쩍도 않습니다. 기파랑도 재빨리 힘을 보태 보았지만 소용이 없습니다.

"어이…, 그만둬. 이제 얼마 안 남았어."

동해미르는 정대의 곁에 앉아 얼굴에 묻은 피를 닦아 줍니다. 정대가 미소를 짓습니다. 기파랑은 어찌해야 할지를 몰라 그저 멍하니 서 있었습니다. 동해미르처럼 저렇게 살갑게 할 자신도 없고, 그렇다고 외면할 마음도 들지 않습니다. 정대는 동해미르의 손을 잡고서 잠시 기운을 모아 말을 합니다.

"동해미르야…, 갈비 참 맛있었어…. 고마웠다."

그리고 아무 소리도 나지 않습니다. 말소리도, 헐떡이며 숨을 쉬는 소리도.

"정대 형! 죽지 마요!"

동해미르가 잡고 있던 손을 흔들어봐도 소용이 없습니다. 정대의 눈은 굳게 감긴 채 떠질 기미가 없습니다.

"형!"

동해미르가 길게 울부짖습니다. 기파랑은 친구에게 다가가 그 어깨에 손을 짚어주는 것밖에 해줄 수 있는 게 없습니다. 동해미르의 어깨가 들썩입니다.

"기파랑…."

한동안 아무 말이 없던 동해미르가 무겁게 입을 엽니다.

"응."

기파랑의 목소리도 침울합니다.

"우리가 이긴 건데…, 그런데 왜 이렇게 가슴이 아프지?"

동해미르의 물음에 기파랑은 아무런 대답도 하지 못했습니다. 기파랑도 그 이유를 알고 싶었으니까요. 바다 위로 반쯤 떠오른 해가 두 소년의 어깨를 따뜻하게 비춰주고 있었지만, 기파랑과 동해미르에게는 조금도 위로가 되질 않았습니다. 두 소년은 한참 동안이나 정대의 시체 곁에서 움직일 줄 모릅니다.

어디선가 나타난 바닷새 한 마리가 동해 바다 저 너머로 날아가며 길고 구슬픈 울음소리를 남깁니다.

16.
상처를 씻어주는 향기

"다들 힘내라! 깍지 낀 손에 힘을 꽉 주고…!"

보동랑과 품일, 두 화랑이 낭도들을 응원하는 목소리가 우렁찹
니다. 대표로 뽑혀 나온 낭도들은 둘로 편을 나누어 가마놀이, 그
러니까 요즘의 기마전 비슷한 놀이를 막 시작할 태세입니다. 풍악
으로 유람을 다녀와 토함산을 찾은 신라의 제7 화랑 보동랑이 낭
도들 간의 친목을 도모하기 위하여 떡과 고기, 술을 냈고 모두 어
울려 즐겁게 하루를 함께 보내는 중입니다.

"우와아아아!"

서로를 향해 돌진하는 가마꾼들의 함성소리가 하늘을 찌를듯
합니다. 그에 뒤질세라 응원하는 낭도들도 목청을 높여 환호성을
보냅니다. 활기찬 젊은 낭도들의 웃음소리가 가을 산을 가득 채우
고 있습니다.

"잘해라! 아무도 다치지 말고!"

기파랑도 비스듬히 올라와 있는 풀밭에 편히 앉아 손뼉을 치며 성원을 보내고서 옆에 앉은 동해미르를 봅니다.

"힘내요."

동해미르는 마지못해 맥없이 한마디 하고서 시선을 먼 하늘에 둡니다. 약간 벌어진 입가에서는 금방이라도 한숨이 새어 나올 것 같습니다. 벌써 석 달 가까이 늘 이런 상태입니다. 기파랑은 동해미르가 걱정스럽습니다.

왜구들은 모두 사로잡혔습니다. 동굴 안에 있던 무리들은, 그날 오후에 기파랑과 동해미르에게서 소식을 전해 듣고 달려온 기세등등한 신라의 군사들에게 순순히 항복을 했습니다. 그도 그럴법한 것이 자신들이 하늘처럼 믿고 있던 장수가 이미 목숨을 잃은 뒤였고, 그나마 신라 군사들이 굴의 입구를 열어주지 않았더라면 꼼짝없이 안에 갇힌 채 굶어 죽었어야 하는 상황이었으니까요. 왜구들이 한 명씩 차례로 줄을 지어 좁게 틔워둔 굴 입구를 나오면, 주변을 빙 에워싸고 기다리던 신라군이 포박을 했습니다.

"소감님! 이제 모두 나온 것이라고 합니다."

일본말을 할 줄 아는 병사가, 마지막으로 동굴을 빠져나와 순순히 밧줄에 묶인 왜구의 말을 전합니다.

"철갑병! 수색을 시작하라!"

혹시라도 동굴 안에 남아 숨어 있을지 모르는 왜구 잔당을 수색하기 위해 두껍고 튼튼한 철갑옷과 투구로 무장한 철갑병이 투

입될 때, 그때까지 멀찍이서 가만히 지켜보던 기파랑이 지휘를 맡은 장수에게 다가가 부탁을 했습니다.

"소감님, 저도 병사들의 뒤를 따라 잠시 동굴 안에 들어갈 수 있을까요? 아까 전투 중에 급히 달아나느라고 동굴 안에 칼과 활을 두고 왔습니다. 저와 동해미르에게는 매우 소중한 물건입니다."

"그래? 그렇다면 병사들이 수색을 끝마치고 난 후에 따로 시간을 주마. 행여 적군이 남아 있거나 해서 네가 다치면 안 되니까."

소감님은 수염을 쓰다듬으며 순순히 승낙을 해줍니다. 기파랑은 공손히 머리를 숙여 감사하다는 인사를 했습니다. 두어 식경이 지나자, 그때까지 동굴 안을 꼼꼼히 살펴본 철갑병들이 밖으로 나와서 안에는 아무도 남아 있지 않다는 보고를 했습니다.

"얘야, 이제 동굴 안에 들어가서 네 물건을 가져 오거라. 혼자 가기 뭣하면 경호해줄 군사를 서넛 붙여줄까? 혹시라도 무섭거나 하면 그렇게 하렴."

기파랑은 정중히 사양하며 혼자 동굴 안으로 들어갔습니다. 여전히 엄청나게 넓은 곳입니다. 불과 몇 시진 정도 전에 이곳에서 그렇게 많은 왜구들과 목숨을 걸고 전투를 벌였다는 게 믿어지지 않을 만큼, 동굴 내부는 고요하고 평화로워서 쓸쓸해 보이기까지 합니다. 잘 꾸며져 있던 마을은 많이 부서져 있었고, 여기저기에 불탄 흔적이 남아 있습니다. 사방을 둘러보던 기파랑은 생전 처음 느끼는 이상한 기분에 사로잡혔습니다. 조금 전까지 이곳에서 밥을 먹고, 이야기를 나누던 왜구들과 정대 형의 모습이 머릿속에서 지워지질 않습니다.

'아냐! 난 옳은 일을 한 거야! 만약 이 왜구들을 섬멸하지 않았다면 훨씬 더 많은 수의 신라사람들이 고통을 겪고 목숨을 잃었을 거야.'

기파랑은 세차게 머리를 흔들어서 자꾸 감상적인 생각에 약해지려는 마음을 다스렸습니다. 기파랑은 일부러 발에 힘을 주어 씩씩하게 걸으면서 자신의 무기를 찾습니다. 장군 검과 활, 동해미르의 표창이며 낡은 무기들은 식당 한구석에 놓여 있었습니다. 기파랑은 자신의 활을 어깨에 메고, 장군 검을 허리띠에 꽂은 다음, 두 손으로 동해미르의 무기들을 안고 두 번째 목적지로 걸음을 옮겼습니다. 안쪽으로 계속 걸어오던 기파랑이 멈춰선 곳은 아까 동해미르와 정대가 일전을 벌이던 곳이었습니다. 찬찬히 주변을 둘러보는 기파랑의 눈에 고급스럽게 장식된 장검이 들어옵니다. 찾았습니다. 분명 정대가 사용하던 그 칼입니다. 기파랑은 정대의 칼을 칼집에 넣어 조심스레 감싸 안습니다. 동해미르에게 전해주려는 것입니다.

"오, 찾으려던 것은 다 찾았느냐?"

기파랑이 한 무더기의 무기를 들고나오자, 밖에서 기다리던 소감님이 반가운 얼굴로 맞아 줍니다. 참으로 훌륭하고 담이 큰 소년이 아니냐- 소감님은 감탄하고, 또 감탄했습니다. 귀신의 뒤를 몰래 밟은 용기, 무슨 수를 썼는지는 몰라도 저 많은 왜구를 동굴 안에 가둔 지략, 신라군에게 왜구 소굴을 알리러 한걸음에 달려온 신속함, 이 모든 것을 소년 단 둘이서 해냈다는 사실이 놀랍기만 합니다.

"예, 소감님. 제가 동굴 안에 들어가도록 허락해 주셔서 감사합니다."

기파랑은 고개를 숙여 인사를 하고 병사들과 헤어져, 아직까지도 얼이 빠진 표정으로 하늘을 보고 있는 동해미르에게 다가갔습니다.

"동해미르야, 이거."

기파랑이 내미는 칼을 보고 동해미르는 약간 놀랍니다.

"이건 정대 형이?"

"그래, 맞아. 정대 형이 쓰던 칼이야. 그리고 이제부터는 네가 갖고 있는 게 좋을 것 같아. 정대 형도 분명히 너에게 주고 싶었을 거야."

동해미르는 말없이 정대의 칼을 받아들고 눈시울을 붉힙니다. 그리고 매우 소중한 것을 다루듯 조심스레 칼을 등에 맵니다.

"이제 그만 가자. 부모님께서 걱정하고 계실 거야. 귀신에게 물려 간 줄 아시겠다."

잠시 고개를 숙이고 생각에 잠겨 있던 동해미르가 기파랑의 어깨를 툭 치며 이렇게 말했습니다. 기파랑도 그게 걱정이 되던 차였습니다. 특히나 자신은 어젯밤에 부모님과 절대 밖에 나다니지 않겠다고 단단히 약속까지 했던 터라 혼이 날 것은 분명한 일이었습니다. 기파랑은 집으로 돌아오는 말 위에서 과연 얼마나 호되게 야단을 맞게 될 것인가를 걱정했습니다.

"아이고, 이 녀석들아! 담도 크지."

군사들에게서 소식을 전해 듣고, 집에서 기다리고 계시던 부모님들은 이 한마디를 하시고는 별다른 말씀 없이 기파랑과 동해미르를 꼭 안아주셨습니다. 마음 약한 어머니들은 눈물을 글썽이셨고, 아버지들은 두 아이가 어디 다친 데는 없나 하고 살펴보십니다. 기파랑의 어깨 상처가 그리 심하지 않은 것에 모두 안도의 한숨을 쉬셨습니다. 전날 밤을 꼬박 지새운 두 아이는 그 날 오후부터 다음 날 아침까지 깊은 잠에 빠져 푹 잤습니다.

다음 날 밤, 계획대로 일본을 출발하여 배를 타고 몰래 숨어들어 온 왜구들은, 미리 기다리고 있던 신라 군사들의 공격에 힘 한번 써보지 못하고 모조리 붙잡혀 버렸습니다. 사로잡은 왜구의 수가 모두 삼백 명에 이른다고 하니, 지금 생각해도 아찔합니다.

그게 벌써 석 달 전의 일이라니 세월은 참 빠릅니다. 파손된 곳을 수리한 안민사는 예전만큼 많은 사람들로 늘 북적였고, 안민사 앞 장터에도 전국에서 몰려든 장사꾼들이 매일 활기차게 장을 엽니다. 지명 스님의 법회에는 올바르게 사는 법을 들으려는 사람들이 구름처럼 모여들곤 합니다. 왜구들의 소굴이었던 동굴은 입구를 봉해놓고 군사들이 엄중하게 경비를 서고 있습니다. 행여 엉뚱한 생각을 품는 무리가 이용하지 못하게 하기 위해서지요. 임금님은 경주로 돌아오셨고, 낭도들도 다시 산과 들로 옮겨 다니며 무술 연습을 시작했으며, 사람들은 언제 귀신이 무서워 벌벌 떨었냐는 듯, 밤늦게까지 친구들과 어울려 다니고 태평가를 부릅니다. 이렇게 다른 것들은 모두 제자리를 찾아가고 있는데, 동해미르만 마음속에 깊이 남은 상처를 지우지 못한 채 겉돌고 있습니다. 기파랑을 멀리하거나 하는 것은 아니지만, 전에 없던 어두운 그늘이 얼굴에 드리워진 채 정대가 남긴 칼을 품에 꼭 안고서, 자주 맥없이 먼 산을 바라보는 모습은 안쓰럽기 짝이 없습니다.

"동해미르 기운 좀 차려! 왜 자꾸 그래?"

가끔 보다 못한 기파랑이 이렇게 말하며 어깨를 툭 쳐봐도 그저 약간 웃으며 고개를 끄덕일 뿐입니다. 여러 낭도가 함께 어울려 신나게 먹고 마시고 노는 오늘도, 동해미르는 어깨를 축 늘어뜨리고 있습니다. 언제 동해미르의 활짝 웃는 얼굴을 봤는지 기억이 가물거릴 정도입니다.

"아휴, 지겨워. 또 저 노래를 부르는 녀석들이 있네. 도대체 누가 퍼뜨린 걸까?"

해가 질 무렵 낭도들과 헤어져 집으로 돌아오는 길에 만난 꼬마 녀석들 몇 명이, 요즘 서라벌에서 유행하고 있는 노래를 부르며 지나가는 것을 보고 동해미르가 지겹다는 듯 한마디 합니다. 기파랑도 저 노래가 귀에 거슬리기는 마찬가지입니다.

"그러게. 처음에는 몇 번 혼도 내고 해봤지만, 이젠 나도 포기했어. 보이는 꼬마들마다 알밤을 먹일 수도 없는 노릇이고."

꼬마들이 부르는 노래는 이런 것이었습니다.

─ 선화 공주님은 남몰래 사랑하는, 마뚱방을 밤마다 만난대요. ─

처음에는 한두 녀석이 부르던 노래였지만, 어느새 널리 퍼져 이제 신라사람 누구라도 이 노래를 모르는 사람이 없습니다. 기파랑은 속이 상했습니다. 바로 몇 발짝 앞에서 뵈었던 선화 공주님은 너무 예쁘고 귀한 분이었는데, 어디의 누가 저런 엉터리 노래를 퍼트려 공주님의 명예를 떨어트리고 있는지 잡기만 하면 아주 혼을 내겠다고 벼르는 중이었습니다. 마음 같아서는 동해미르와 함께 나서서 마뚱방이라는 녀석을 찾아내고 싶지만, 동해미르가 저렇게 축 처져 있으니 곁에 있는 기파랑도 덩달아 기운이 빠져버린 겁니다. 그런 기파랑의 속을 모르는 꼬마들은 어디서 났는지 마 한 뿌리씩을 입에 물고 맛나게 씹어 먹으면서 노래를 고래고래 부르며 멀어집니다.

"어디서 솔잎 향기가 나지 않니?"

밤나무 숲 근처에 와서 동해미르가 코를 킁킁거립니다. 그러고 보니 어디선가 맑고 상쾌한 솔잎 냄새가 납니다. 마음이 편안해지고 아주 기분이 좋아지게 만드는 향기입니다.

"근처에서 누가 소나무를 베었나?"

기파랑과 동해미르는 자신도 모르게 가슴을 활짝 펴고 한껏 숨을 들이쉽니다. 폐 속에 들어온 솔잎 향기 가득한 공기가 두 아이를 왠지 행복하게 만듭니다. 그때 숲속에서 누군가가 말을 겁니다.

"얘들아, 오늘은 늦게 왔구나. 요새는 이곳에서 연습을 않는 거냐?"

너무나 기다렸기에 오히려 그 목소리를 듣는 것이 뜻밖이어서 기파랑과 동해미르는 서로 얼굴을 마주 보았습니다.

"스승님?"

동해미르가 먼저 펄쩍 몸을 날려 밤나무 숲 안으로 뛰어듭니다. 기파랑도 얼른 그 뒤를 따랐습니다. 일 년 만에 만난 풍백님은 환하게 웃으시며 동해미르와 기파랑을 안아주십니다.

"스승님, 약속보다 늦으셨습니다. 얼마나 뵙고 싶었는데요."

큰절을 올린 기파랑과 동해미르가 풍백님의 도포자락을 꼭 쥐고 놓지 않습니다. 하고 싶은 말이 너무 많습니다. 얼마나 큰일을 겪었는지, 얼마나 마음이 아팠었는지 스승님께 말씀드리고 어리광을 피우고 싶은 마음에 동해미르는 눈물까지 그렁그렁 맺혀 있습니다. 풍백님은 다 안다는 듯, 어느새 부쩍 커버린 두 아이의 머리를 쓰다듬으며 웃기만 하십니다. 풍백님의 소맷자락에서 짙고 상쾌한 소나무 냄새가 납니다. 그 향기가 기파랑과 동해미르의 마음속 그늘까지 모두 지워줄 것만 같습니다. 오늘 밤, 밤나무 숲은 오랜만에 밝은 웃음소리로 꽉 채워질 겁니다. 가을 하늘에 둥실 떠오른, 크고 밝은 달님도 기분이 좋아 싱긋 웃어주는 그런 밤입니다.

이상하지요? 낙엽이 가득한데도 봄이 온 것 같으니 말이에요.

- 끝 -

초판 1쇄 발행 2022. 8. 26.

지은이 박수미
펴낸이 김병호
펴낸곳 주식회사 바른북스

편집진행 김수현
디자인 양헌경

등록 2019년 4월 3일 제2019-000040호
주소 서울시 성동구 연무장5길 9-16, 301호 (성수동2가, 블루스톤타워)
대표전화 070-7857-9719 | **경영지원** 02-3409-9719 | **팩스** 070-7610-9820

•바른북스는 여러분의 다양한 아이디어와 원고 투고를 설레는 마음으로 기다리고 있습니다.

이메일 barunbooks21@naver.com | **원고투고** barunbooks21@naver.com
홈페이지 www.barunbooks.com | **공식 블로그** blog.naver.com/barunbooks7
공식 포스트 post.naver.com/barunbooks7 | **페이스북** facebook.com/barunbooks7

ⓒ 박수미, 2022
ISBN 979-11-6545-843-0 03810